Anna Baar

Die Farbe des Granatapfels

Anna Baar

Die Farbe des Granatapfels

Roman

WALLSTEIN VERLAG

Bibliografische Information der Deutschen Nationalbibliothek
Die Deutsche Nationalbibliothek verzeichnet diese Publikation in der Deutschen Nationalbibliografie; detaillierte bibliografische Daten sind im Internet über http://dnb.d-nb.de abrufbar.

3. Auflage 2015
www.wallstein-verlag.de
Vom Verlag gesetzt aus der Stempel Garamond
Umschlaggestaltung: Susanne Gerhards, Düsseldorf
unter Verwendung einer Vorlage von © plainpicture/Millennium
Druck und Verarbeitung: Pustet, Regensburg
ISBN 978-3-8353-1765-9

Zwei Jahre nach Hanins Tod wurde die Eisenbahntrasse hinter unserem Haus stillgelegt. Als die Züge den Landstrich noch mit ihren flüchtigen Girlanden aus Pfiffen und Rauch behängten, war uns der Damm ein heiliger Ort, ein von Gräsern dichtbewachsenes Zwischenreich auf Leben und Vergehen. Im Sommer glühten die Schienen an manchen Tagen so, dass die Luft darüber aufsprang und in ungestüme Lichtwesen zerfiel, die sich leichtfüßig über dem Stahllauf kräuselten, schneller noch als die Mückenschwärme. An Wintertagen waren die Gleise frostkalt, die Schattenseiten morgens noch mit den Splitterblüten des Raureifs besprengt, dass unsere Ohren, die wir zwischendurch auflegten, um herannahende Züge aufzuspüren, beinahe daran haften blieben. Es gab keinen Zweifel, dass dieser verbotenste aller Orte der geeignetste war, die Orakel und Gespenster, die uns in Wermutnächten aus den Träumen schreckten, zu verhöhnen mit unserem Übermut, der der Übermut der Kleinlauten war, die ihre Schreckbilder wenigstens bis zum Einbruch der Dunkelheit ins Vergessen zu drängen hofften – einmal im verschwörerischen Flüstern, einmal im Narrengeschrei, denn wer hätte die Stille ertragen, die uns daran erinnerte, dass wir in den Klüften unserer Seelen abgesprengt und allein waren und das Versprechen der Unzertrennlichkeit nicht einzulösen vermochten.

Heimlichtuer waren wir, die Stunde um Stunde jede Glückserwartung daran bemaßen, als Erster die Richtung zu erraten, aus der sich ein Zug näherte – und nichts schien mehr von Belang als das Horchen und Lauern. Und Späher waren wir, allzeit bereit, auf die richtige Vorhersage Arsch und Ehre zu verwetten – und wenn auch unsere todernst behauptete, aber immerzu an den nächstbesten Winkelzug verhökerte Ehre nichts galt, galt der Arsch doch allemal.

Manchmal war ich es, der einen Tag lang jenes erhebende Selbstgefühl zuteil wurde, das selbst Angsthasen zu Helden macht, doch das Glück reichte nie hin, den Triumph leichten Herzens auszukosten und den Kopf auch nur ein klein wenig höher zu tragen als an gewöhnlichen Tagen, denn durch die stillen Schauer der Genugtuung flackerte meine Verlegenheit: Die wahren Helden, so viel stand fest, waren Hanin und Ela, denen nur ebenbürtig sein konnte, wer das *Verrecken*, wie sie es nannten, nicht einmal im Geheimen fürchtete, Hanin und Ela, die sich nicht auf unser kindisches Ratespiel beschränkten, mutig und leichtsinnig, wie sie waren, zwei aus der Zeit gestürzte Engel, die den Makrofonpfiffen der herandonnernden Lokomotiven zu den Schummerstunden ohne Wimpernzucken die Hitzköpfe hinhielten – Hand in Hand auf immer derselben Bahnschwelle –, allen Warnrufen und Leuchtsignalen die Stirn boten und sich erst im letzten Atemholen, unter dem Kreischen notgebremster Stahlgussräder, im Lichtkegel der Diesellok über die Schüttung von Fels- und Trümmergestein in den Graben warfen, wo wir anderen uns mit angststeifen Fingern umfangen hielten, zitternd, die Augen zugekniffen, winselnd oder aus Leibeskräften anbrüllend gegen Panik und Höllenlärm, denn es war nicht auszumachen, ob die zwei Gliederpuppenkörper, die zuerst in die Senke kollerten und dann wie für die Ewigkeit liegen blieben, tot oder lebendig waren.

So vergingen die Jahre. Und immer ging es gut. Bis auf das eine Mal. Und irgendwann, ich schwor es Ela hoch und heilig, würde ich es sein, die es am längsten auf den Gleisen hielte. Vielleicht an jenem Tag im September, an dem wir uns daran erinnern, wie sich Hanin seiner Flügel entsann und durchbrannte – ohne Lebewohl, wie es seine Art war.

Die Zunge des Basilisken

Was reden mit ihr? Ich glaubte Nada schon vor zwanzig Jahren alt, jetzt ist sie es wirklich. Wir sitzen auf der Veranda, rauchen eine Zigarette nach der anderen. Die Asche wird lang, fällt auf das Plastiktischtuch, das schon voller Brandlöcher ist, fällt zu Boden, krümmt sich unter einem Windstoß fort, sammelt sich da und dort in den geschützten Ecken und Winkeln. Manchmal sehe ich Nadas Asche im Ringelspiel des Winds über die Terrasse wirbeln. Überall Asche: im brüchigen Weidenrutengeflecht der verwitterten Korbsessel, in den bodennahen Spinnwebnestern, die Nada längst nicht mehr sieht, in Rachen und Nase dann und wann. Darauf angesprochen, reißt Nada Mund und Augen auf und zieht dabei die Luft so mühevoll in die verschleimten Lungen, dass mich ein schlechtes Gewissen beschleicht. *U ime oca i sina i duha svetoga, amen!* Sie bekreuzigt sich, wirft die Hände hoch, fährt mit ihren knorrigen Fingern über das glutvernarbte Tischtuch, dass die Asche zerstäubt und zu Boden fällt, und noch während sie über das ausgebleichte Muster streicht und mit ihren rotlackierten Krallen an den Brandschrunden kratzt, als wollte sie auch diese unbemerkt entfernen, behauptet sie, da sei doch nichts, sei auch nichts gewesen: *Wo siehst du Asche? Wo? Da ist nichts! Du mit deinem Sauberkeitswahn! Schlimmer als deine Mutter!* Und dann, nach einem Kopfschütteln: *Gore infišat nego poludit – Spinnen ist schlimmer, als verrückt zu werden.*

Es dämmert. Die Bora macht mich frösteln, jagt Blätter, Staub und Asche über die Veranda. Nada sagt, ihr sei nicht kalt, *nie*. Und nein, sie wolle keine Strickweste und auch kein Glas Wasser und ich solle – *verdammtnochmal* – aufhören mit meiner Fürsorge, mit meinem lachhaften *Gesundheitswahn* – neunundachtzig Jahre sei sie, immerhin, obwohl oder gerade weil sie nie einen Gedanken an das Trinken verschwendet habe. *Ich habe keinen Durst. Nie!* Ich unterdrücke ein Lachen, nach dem mir ohnehin nicht zumute war, dann, den letzten Lungenzug kaum ausgehustet, beginnt sie von vorne: *Du bist doch meschugge, dass du immer und überall Asche siehst.* Sie wird nicht locker lassen, bis wir schlafen gehen.

Nadas Angewohnheit, das Offensichtliche abzustreiten, klemmt mir jedes Mal den Hals ab. Ich halte still, wie im Sturm geduckt, halte ihr nichts entgegen, um jede Zuspitzung zu vermeiden, presse den Atem in ungeschickten Stößen durch den Kehlspalt und versuche den Zaunkönig zu erdrücken, der wieder darin zu nisten beginnt, dass mir von seinem Scharren ums Haar das Wasser in die Augen tritt. Ich will die Alte auf ihren Rückzugsgefechten nicht um die letzten Siege bringen, denn wie viel schwerer wöge meine Schuld als ihre Vorhaltung, Asche zu sehen, wo keine ist! Lieber ziehe ich aus freien Stücken den Kürzeren, wenn es denn zwischen uns überhaupt so etwas wie *freie Stücke* gibt.

Der Sturm reißt an, fällt in scharfen Böen über dem Berghang ein, zerrt an den Fensterbalken, an den abgepflückten Wäscheleinen, an Nadas schlampiger Steckfrisur. Im Geäst des alten Mandelbaums ein Trommelwirbel, ein Fauchen im Schilf. So hält er es, wie immer, und fegt die guten Schiffe in den Hafen und zermalmt die schlechten an Molen und Klippen oder wälzt sie in die Schlünde der Wasserwirbel.

Die Bora, sagen die Alten, bringt die Menschen um den Verstand, mancher springt da von Bord einer ins Trudeln geratenen *Barka*, auch wenn er gar nicht schwimmen kann. Das Kopfschmerzwetter dickt uns das Blut ein, macht den Adern Druck, kratzt an den Schädeldecken. Polternde Spukschatten, die an allem Flüchtigen die Klauen wetzen, und ich, die Unverfrorene, die Lachhafte, die Asche sieht, wo keine ist, weiß mir nichts anderes mehr, als auf die Kraft zu vertrauen, die den Brustkorb zehn-, zwanzigmal in der Minute auftreibt und senkt, gegen den Atem des Winds.

Eine Zigarette nach der anderen. Motten und Nachtfalter tummeln sich in wilden Mazurkas um das Laternenlicht. Unter dem Brustbein schwelt Ekel, aber ich rauche weiter, als ließen sich durch den beißenden Dunst die Leerräume und Nebenhöhlen stopfen, die ein bloßer Atemzug nicht zu füllen vermag, weil die Leibeslöcher für Dichteres vorgesehen sind, weil man die Hohlräume und Tiefungen nur im Schmerz spürt, sich nur so mit jedem Luftzug am Leben weiß. Kippen quellen über den Rand des Aschenbechers, Qualm tritt uns aus Nasen und Mündern. Ich zupfe Fäden aus meiner Strickjacke, rolle sie zwischen Daumen und Zeigefinger zu Wollkugeln, werfe sie auf den Boden, in jenen anderen Himmel, den Fledermaushimmel, denn die Fledermäuse stehen mit dem Teufel im Bund, dass sich die Mädchen nach Einbruch der Dunkelheit nur ja nicht draußen herumtreiben. *Verfängt sich eine Fledermaus im Haar, kommt sie nimmer frei!*

Mein Blick oszilliert zwischen Brandlöchern und Aschenbechern und Nadas dreckigem Hauskleid, voller Brandlöcher auch das Kleid, trifft auf die in Schüben bebende Schildkrötenhaut über dem Halsausschnitt. War ich es, die eben noch halb entrückt an der Brandkrätze des Tischtuchs rieb – *Schlimmer als deine Mutter!*, abermals, aber jetzt hinter versiegelten Lippen? *Was weißt du schon von mir?*, will ich entgegnen und würge den Satz schnell in die Fressscharte wie eine Bittermandel, die man nicht unbemerkt ausspucken kann, denn was, wenn das nur Gedachte auf meiner Zunge zum Wort reifte und aus mir herausbräche, und was, wenn sie gar nichts wissen *will* und auch damals schon nichts wissen wollte, als sie mich *ihr ganzes Glück*, *ihr Einundalles*, *ihr Kind* nannte?

Sie immer: *Wen liebt Nada am meisten?*
Das Kind schwieg.
Sie dann mit freundlicher Schärfe: *Sag: Mich!*
Das Kind wider Willen: *Mich.*

Auf einem Beistelltisch am hausseitigen Eck der Veranda flimmert der Röhrenfernseher. Seit Nada es der kranken Beine wegen nur noch selten in den Garten schafft, geht das so, an den meisten Tagen von früh bis spät. Wenn ihr Hörgerät *spinnt* oder wieder einmal unauffindbar ist, fährt sie den Fernsehapparat mit einem entschlossenen Fingerdruck auf ihrer kartoffelteig- und schmutzverklebten Fernbedienung auf volle Lautstärke, dass man die Tiraden der Nachrichtensprecher und die

Stimmen brasilianischer und mexikanischer Telenovelastars bis hinunter zum Strand hört. Vor ein paar Tagen hat das Hörgerät wieder einmal Beine gekriegt. Immer wieder fragt sie danach. Keiner hilft suchen.

Nie kann ich sicher sein, dass Nada mich hört. Ob sie jetzt vernimmt, wie uns die Windgötter verlachen für die vorgetäuschten Meriten, für unser Großtun und Scheinen, wie die Äste und Scharniere krächzen, wie die Brandung schäumt am Strand vorm Haus? Wie ein gefräßiger Basilisk züngelt das Meer an Kies und Felsen, und im Nu erbricht es sich, erbricht den bitteren Auswurf von Tang und Muschelschalen, spuckt in gleichförmigen Spasmen aufs Ufer, was ihm nicht bekommt – totes Meeresgetier und Unrat und manchmal einen noch fest verschnürten Plastiksack voller Katzenleichen. Taumelnd die Barken, die da vor Anker liegen, als rissen sie sich gleich von den Tauen los. Die Bojen zappeln und schlenkern, außer Rand und Band, wie Kinder, die beim Verteilen von Näschereien das Zukurzkommen fürchten. Nachtschwarz tobt das Meer, die Wellenkämme in Fontänen gegen den Himmel gespritzt und ans Ufer geklatscht, in ein Nebelgewölk zerstäubt und als Mehltauschleier über den Horizont gespannt. Mittendrin wir beide, Haut an Haut, die Klatschmohnlippen zum ewigen Kuss geschürzt.

Ich litt Nada immer schon und litt sie gut – aber das besagt nichts. Seit ich mich erinnern kann, taste ich mich schadenklug und kleinlaut an den Borten unseres Trauerspiels entlang, glitsche in ihre Fallstricke, wie ich, wenn ich Hals über Kopf in den Schlaf tunke, in jene bodenlosen Sturzträume falle, aus denen einen jedes Mal ein epileptisches Zucken schreckt, in letzter Sekunde, wenn bis zum Aufprall nur der eine Augenblick fehlt. Manchmal schaffe ich es auf die Beine, bis ich an ihren Wunderkammern und Lachkabinetten, an ihren Droh- und Angstgebärden abermals zu Fall komme und mich wieder lieb Kind mache – immer noch, nach all den Jahren: ihr lieb Kind. Dann verachte ich mich und verachte sie, der mein Mitleid gilt, und schwöre jedes Mal bei allem, was mir lieb ist, auf der Hut zu sein.

Nur die Narren glauben, nach dem Krieg sei Frieden.

Mislim – Ich glaube – so beginnt sie jetzt immer, wenn ich sie bedränge, aus ihrem Leben zu erzählen. Ihre Sätze sind kürzer geworden, ihr Atem auch. Auch meine Geduld. Sie ist es nicht gewohnt, gefragt zu werden. Zeitlebens meine Teilnahmslosigkeit, ein Glassturz, an dem sie sich die Fingerknochen wundschlug, und jetzt? Die Neugier! Jetzt, da alles zur Neige geht, selbst der Nachgeschmack der Lebensreste fade wird, sorgsam verstaut für die letzte Reise, auch was ihr vier Jahre Volksbefreiungskampf verleidet oder in Verklärungen und Anekdoten verkapselt haben: die hingehauchten Liebeserklärungen, die Bitterwinter, Sprengsätze und heimlichen Bittgebete, die Selbstverschwendung an die Liebe oder das, was sie dafür hielt, die Stunden des Wartens am Strand von Bačvice und zuvor die Kindheit in jenem Vorort von Split, *Solin!*, und an den Ufern der Cetina, die Maskeraden auch und der Leichtsinn, der Mangel, das Unerhörte, das Insgeheime.

Die alten Lieder und Reime trotzen dem Bildzerfall im verkrustenden Hirn, und wie um sich aufzuspielen drängen sie nun an die Oberfläche, durchkreuzen jeden Einfall, um am Ende oft im unpassendsten Moment aus ihr hervorzubrechen, dass es den Anschein hat, ihr Denken bestünde nur noch aus Vers und Gesang: *Čiribiri-bella, Mare moja.* Ich will mir die Ohren zuhalten und höre doch hin, koste jede Strophe aus und jede Melodie, denn wenn sie auch sonst nichts hervorbringt – wer weiß, wie lange sie noch singt.

Errät sie meine Angst, sie entbehren zu müssen? Was bliebe ohne sie von unserer Welt? Nichts als die Gegend, ein Landstrich von Stein und Disteln, ein Strich, der sich zum Bannkreis krümmt und alles umfängt und zusammenhält und nur die Gloriole der Zugehörigkeit nie zusammenhielt, die mit den Jahren und in unseren eigenen Zeitmaßen wie Nadas Asche in alle Himmelsrichtungen stob, aus den Fugen ins Nichts. Nichts bliebe mir ohne sie als Steinwüsten und Strände, Kalkdächer und Mauervorsprünge, Wellen und Horizont. Ein Flecken Erde nur, seelenlos mit einem Mal, unberührt von unserem Geschick, gleichgültig auch gegen das Kind, das da heranwuchs, an Nadas Brüste und Brandstätten kroch, sich da wieder und wieder verbrannte, das gebrannte Kind, das das Feuer nicht scheute, nicht weil es aus dem Schaden nicht klug geworden wäre, sondern weil es sich der Gefahr aussetzen musste, um sich in Nadas Fühlung zu wissen, sich in Sicherheit zu wissen vor jenen viel größeren Gefahren, vor denen sie dauernd warnte. Zeit ihres Lebens die Glut, die ihr Gesicht mit jedem Atemzug zum Leuchten brachte und schon im nächsten Augenblick im brüchigen Rückstand erlosch, der im Takt der Lungenzüge von ihr abfiel, als verginge jedes Mal ein Teil ihrer selbst, als riefe sie mit jedem Atemholen ihr eigenes Sterben an. Der Geruch ihres Wasserstoffhaars war dem Kind geläufig, einen Tag ohne Angst um sie kannte es nicht. Es meinte sogar, die Angst kröne die Liebe, und keiner wahren Liebe sei man gewiss ohne dies Entsetzen.

Als die Zeit noch lang war, schien alles schon getan, und doch war alles helllicht und neu, ein Wundernehmen unterm Blätterdach des Mandelbaums, im Tasten und Schauen und im Hinhören, das ein Hellhören war im Lauten wie im Leisen, denn was dem Kind ans Ohr drang, waren nicht Schall und Geräusch, Klangfarben waren es, Anrührungen, die seine Stimmbänder anschlugen und zum Klingen brachten, dass sich der eigene Ton in die flüchtigen Aromen von Anis und Rosmarin mengte, in die Leichtigkeit der Stille. Alles war ihm gut: die aufgeschlagenen Knieschwarten, in die sich Salz und Dreck einfraßen, die Brombeerdornen auch, der Anblick der winzigen, strampelnden Beinchen, wenn man einen Käfer oder eine Assel auf den Rücken drehte, die Stachelkronen und Wachholdernester, an deren Flechtwerk sich dies linkische Kind beim kleinsten Übermut verletzte, auch die Sonnenstiche im Nacken der über die langen Sommer in andre Obhut Gegebenen, denen man die Rückkehr der Mütter versprach, gedankenlos dahinversprochen – *Bald ist es soweit. Bald!* –, dass man sich die Ohren zuhalten mochte, um fest zu bleiben im Glauben, es gäbe gar kein Außerhalb, das es zu ersehnen gelte, denn obwohl man in den Schlagschatten der Pinien und Zypressen Finsternis atmete, wärmte einem der Sommer doch Knochen und

Gemüt, und man wurde gehätschelt und genährt, und kein böses Wort, solange man sich duckte, und nur ein Sichgedulden allezeit.

Sie waren sich gut, Nada und das Kind, in den Stegreifmärchen und Mätzchen, auf allen vieren auf dem Fransenkelim Maulesel nachahmend, außer sich, albern und allen Ernstes – und auf die immer seltenere Erkundigung, die ihren Zweibund gefährden mochte, stand die Antwort längst fest: *Bald kommt die Mutter. Bald!* Zum Sommerende würde sie auftauchen, einen heimholen in die Fremde, in die sie selbst einst aufgebrochen war, das Land des Vaters und der vielen Jahreszeiten, deren wärmste das Kind nur vom Hörensagen kannte. Doch das Wort *Bald* war keine Besänftigung, sondern ein Hinhaltewort, das die Sehnsüchte mehrte und häufte.

In immer gleicher Bildfolge träumte das Kind vom Verschwinden der einen, der sein Sehnen galt und der es kaum bis zur Hüfte reichte, als sie einst vor ihm stand in ihrem knielangen Persianer – ein riesenhafter Kegel mit arschlangem Haar, den Kopf so hoch, dass man, wenn man zu ihr aufblickte, immer auch ein Stück vom Himmel sah. Wie sie da lächelt und schweigt und sich dann jäh abwendet, und man glaubt noch an ein Spiel – gleich ruft sie *Guck-guck!*, gleich kommt sie aus ihrem Versteck, dann rufen beide *Da!* –, doch diesmal nicht, als sei die Zeit im *Bald!* festgefahren, eine hängengebliebene Plattenspielernadel, die jedes Mal zurückspringt, genau an dem Punkt, da man das erlösende *Da!* schon vorhersieht.

Das Kind geht auf Entdeckung, schaut hinter jede Tür, hinter jeden Vorhang, in den Kleiderschrank, unter die Betten, in die Spinnwebwinkel, bis ihm die Lust am Spiel vergeht, da sie es so hinhält, nicht antwortet, nicht hört, wie es doch brüllt und schluchzt und seine milchigen Vorstellungen um ihr Verschwinden kreisen und um Worte, die es noch nicht hat, Worte, die die Spielverderberin zum Vorschein kommen lassen sollen – Angstworte, Drohworte. Doch jeder Ruf treibt sie noch weiter ab, als sei der Schreihals selbst an ihrem Fortgehen schuld. Und wenn es schon nicht abzuwenden ist, das Fortgehen, so will man es doch immerhin herbeigeführt haben, denn so geschähe einem recht und man könnte sich an seiner Schuld betäuben und darüber alles Leid vergessen.

Es war wie ein stundenlanges Sterben, das man am Ende doch überlebte. Und mochte es dem Kind auch gelingen, sich an die Dunkelheit zu gewöhnen, krümmte es sich doch in den Tausendscherbenstunden, da es mit flachem Atem durch die Zimmer lief und wieder Nachschau hielt, im Hoffen, dass es doch nur ein Versteckspiel sei. Nada findet das rastlose Bälgchen zwischen Türen und Angeln, hebt es auf ihren weichen Schoß, sucht es mit allerlei Unfug abzulenken, schiebt ihm bittere Schokolade in den Mund. Das Kind lässt sich rasch betäuben, presst die Lippen aneinander, dass das Blut aus ihnen weicht, presst sie so aneinander, wie es sie zeit seines Lebens aneinanderpressen wird, wenn ihm etwas unerträglich ist. Nada, die einzige Verbliebene, soll nicht erraten, dass ihre Gegenwart zum Trost nicht reicht. Lieber stumm als niemands Kind.

Unter Tags, wenn die Traumbilder am Blendlicht des Sommers brachen und sich wie die nachts weit aufgeschürzten Blüten der Finsterblume zu unscheinbaren Schwängeln falteten, schien das Fehlen der Mutter ebenso belanglos wie Nadas Weigerung, dem anvertrauten Kind öfter als alle paar Wochen ein Bad einzulassen, um ihm den Schmutz und das Meersalz, das ihm schon durch die Löcher und Poren ins Fleisch drang, von Haut und Haar zu spülen. Das Kind kannte ja nichts anderes, war unempfindlich gegen die Not des Vertrauten, auch gegen Nadas leere Drohung, sich einen Tamariskenast zu brechen, wenn es barfuß durch den Garten lief – *Du kriegst Tetanus!* –, sich die Knie aufschlug – *Lass sehen, ob es eine Blutvergiftung ist!* –, einmal außer Rand und Band geriet – *Du wirst dir den Kopf brechen!* – oder widersprach, denn wenn der scharfe Gertenstrich sogar die störrischen Maulesel in Gang brachte, wie sollte er dann nicht geeignet sein, dem verstockten Balg die Flausen auszutreiben?

Die Rute ist aus dem Paradies gefallen, murmelte die Schöne, *Šiba je iz raja ispala*, und bei allen Göttern und Würdenträgern: Wie viel lieber wären dem Kind die paar Stiche in den nackten Kniekehlen gewesen als die Gewissensbisse, wenn sich Nada beim kleinsten Ungehorsam in ihr Schweigen zurückzog oder, was verschiedentlich geschah, sich wegdrehte und ihre Hände vors Gesicht schlug und ihre Schultern beben ließ, um es bis ins Mark fühlen zu lassen, welchen Schmerz es ihr mit seinem *Eigensinn* bereitete. *Eines Tages, wenn ich nicht mehr bin, wirst du schon sehen, wie gut du es hattest!* Und: *Wirst du dann an mein Grab kommen?* Und: *Wirst du um mich weinen, traurig sein, mein Kind?* Und schon im nächsten Atemholen, da dem Kind die Angst – endlich! – in winzigen Schweißperlen auf der Stirn geschrieben stand:

Wer ist mein Einundalles, mein Augenlicht? … Sag: Ich! Ich.

Das Kind ließ sich den Bann gefallen, die harten Worte auch, die sich Nada als *Ehrlichkeit* zugutehielt, denn es bemaß seine Welt mit ihrem Maß, das das Maß aller Dinge war, und es liebte Nada – auch dafür, dass es ihr einerlei war, ob es seine Zähne putzte, ob es sich die Hände wusch. Nur die Unterwäsche hatte rein zu sein, frisch und ohne Löcher, denn es war zu jeder Zeit mit einem Unglück zu rechnen, und was, wenn sie einen ins Krankenhaus brächten und auszögen, wenn die Ärzte und Schwestern ein schmutziges Höschen zu Gesicht bekämen oder löchrige Socken!

Es gab nur den einen Einklang: das Biegen, das Brechen, den Sieg. Und die Siegerin – immer dieselbe. *Nada, geh nicht fort!*, will man rufen, *Ich nehme alles zurück, das Trotzen und Toben, die Frechheit, die Wut, denn dein ist das Wort und dein ist das Schweigen, das härter schlägt als jeder Stock, und in allem sollst du recht behalten.* Was hätt ich dem Kind nicht alles in den Mund gelegt, im Nachhinein, um seine Geschichte umzuschreiben, aber es lässt sich nichts umschreiben, und das Kind rechnete nicht mehr mit dem Gehörtwerden, auch nicht, als es nach und nach Worte und Wege fand. Ängstlich kroch es unter Nadas Rabenflügel, unter dem es finster war und drückend heiß, doch wer, wenn nicht sie, hätte es beschützen sollen vor den Scheren und Giftzähnen wilder Tiere, vor den Blutvergiftungen und Fieberkrämpfen, vor Typhus und Wundbrand, den *Nijemci* und der *Baba Roga*? Wer hätte es beschützen sollen als die, die ihm Mut zusprach und jeden Schrecken herunterspielte – *Es ist nichts, nichts!*, *Uch! To nije ništa!* –, nur um die Furcht schon im nächsten Augenblick erneut zu schüren – verschwörerisch gedämpft die Reibholzstimme, in die sogar im Flüstern ein grauer Ton einbrach. Die immer gleichen Erzählungen von der alten Seelenfängerin, die einen in Wechselgestalt, einmal als schönes Mädchen, ein andermal als der meistgeliebte Mensch, mit Lockrufen umgarnte oder unter einem Vorwand um Hilfe anrief, *Hirtensohn, erbarme dich! Sieh doch: mein Haar – im Dornenbusch verhaspelt!*, ehe sie sich auf den Wirbelkamm ihres Opfers schwang, um es mit festem Schenkeldruck, die Haare als Zügel, zu Tode zu reiten. Und Ziegenfüße habe sie, die *Baba Roga*. Einigen im Dorf soll sie begegnet sein, manchen unter freiem Himmel, beim Schafehüten, beim Wasserholen oder bei der Feldarbeit, manchen in der Schlafkammer, den Kranken und Hinfälligen vor allem, denen sie nur den Atem abzudrücken brauchte; immer die schwarzblauen Blutplacken unter der Totenblässe, als man die Leblosen fand.

Selbst die Kinder, vor allem die Neugeborenen, liefen Gefahr, denn die *Baba Roga* war erpicht, ihnen in einem langen Kuss die Seele auszuschlürfen, begierig darauf, sich mit der Schönheit der Menschenkinder anzustecken. Also wickelten die Mütter und Ammen die Säuglinge in schmutzige Tücher und zogen den besonders Schönen wenigstens ein Kleidungsstück verkehrt herum an, ein Häubchen oder ein Hemdchen, damit die Engel nur ja keinen Gefallen an ihnen fänden.

Das Kind wusste um die Bedrohung, denn es traf wohl zu, dass es schön war – und doch hatte es Zweifel, da ihm niemand je ein Kleidungsstück verkehrt herum angezogen hatte und keiner Schmiere stand, wenn Nada ihren Mund an seine Glutstirn presste und ihm verzuckerten Kamillentee reichte und ihm der Totentrommler an die Schläfen pochte, während es mit seinen Fieberaugen genau erkennen konnte, wie die *Baba Roga* im Türrahmen anhielt, lächelnd und lautlos die Lippen bewegend, als sei sie mit den Engeln um die Kinderseele im Gespräch. Und so zeichnete es einmal, als ihm die Teta ein Stück Kreide schenkte, den Umriss eines kleinen Leichnams auf den Asphalt und gab ihn zu Nadas Entsetzen als den eigenen aus, denn der Fluch der *Baba Roga* galt ihm genauso, wie ihm das Versprechen galt, dass bald, *bald!* die Mutter käme, und nirgendwo war Zuflucht, nicht in Nadas Blick, nicht im zerklüfteten Schatten der Ölbäume, nicht in den steifen Laken, die man in den schweren Nächten in Eiswasser tränkte und um die nackten Hüften und Schenkel schlug, ehe man sich unter dem Summen der Stechmücken in einen seichten, unergiebigen Schlaf quälte.

Mehr als ein eigenes Unglück fürchtete das Kind Nadas Tod, denn was, wenn sie ihm wegstürbe, ihm als letzte Hinterlist ihren Tod *antäte*? Man musste ihr zu Gebot stehen, um sie vor einer solchen Vergeltung abzuhalten. Und was machte es, dass das ofenwarme, duftende Brot, das man jeden Morgen vom *Pekar* holte und auf dem Nachhauseweg lustvoll an sich drückte, nicht angerührt werden durfte, ehe das alte aufgegessen war, dass Nada beharrlich das harte Brot vom Vortag auftrug, aber davon stets genug, auch jeden Tag ein Ei im Glas und Polenta mit Zucker und Milch, soviel man wollte. Man konnte es ihr schon nachsehen, wie sie zum allabendlichen

Stromausfall *Nestala struja!* ausrief, als sei etwas Bemerkenswertes geschehen, als sei man die Schwärze nicht längst gewohnt, das dauernde Tappen im Dunkel – nach einer lotsenden Hand, nach den Wänden und Türstöcken, nach den Laden, in denen stets Zünder und Kerzen bevorratet waren.

Gewiss, eines Tages, wenn Nada stürbe, würde das Kind sehen, wie gut es war, wie alles um seinetwillen geschehen war und alles im Namen der Liebe, und bestimmt würde es dann auch verstehen, was es mit den Nesseln und Buschbränden auf sich hatte und mit dem Geschrei der ausgehungerten Katzen, das die nächtliche Stille zerriss und die Eintönigkeit des Hochsommers, oder mit den Ziegen und Hütehunden auf den staubigen Stolperpfaden und unwegsamen Distelweiden, und wenn sein Blick scheinbar ins Leere ging, sah das Kind von weitem, wie die Herden auseinanderstoben, aufgescheucht vom Tramontana, der seine wütenden Häscher über die nackten Bergrücken stieß, sie auf das Dorf und die umliegenden Weingärten und Olivenhaine und mitten hinein in den Hafen hetzte, die Schiffe aufs offene Meer hinaus fauchte, alles anherrschte, was sich nicht beugte.

Dort, woher die Böen kamen, in einer Karstspalte unweit des Südhangs des *Sveti Vid*, hauste die *Baba Roga*, halb wahnsinnig vor Einsamkeit und Schmerz um ihr ertrunkenes Kind, das sie seither an allen Kindern und Hilflosen zu rächen trachtete. Einst hatte das Meer den leblosen Buben an den Strand vor dem Haus gespült, und das Kind war neugierig dahin geeilt, um die im seichten Wasser wie zum Totentanz pendelnden Beine zu betrachten und dann die Wachshaut des Gesichts, die gebrochenen Augen, den klaffenden Mund mit einem Stück Treibholz zu erforschen, ihn anzustupsen, auch an den noch schütter behaarten Achselhöhlen und endlich auch am Bubengeschlecht, in Erwartung, dass er sich plötzlich regte und aufspränge und lauthals lachte, wie Nada es immer tat, wenn sie sich lange genug totgestellt hatte, so lange, dass das Kind darüber in Verzweiflung geraten war. Doch dieser Tote: nichts davon.

Man konnte so einen stillen Kameraden schon liebgewinnen – die Friedfertigkeit seines Ausdrucks und wie er sich alles gefallen ließ. Wer weiß, wie lange das Kind schon um ihn war, als Nada herbeigeeilt kam, ohne dass irgendwer nach ihr gerufen hatte. Und wie es sich ertappt meinte, wie sich ein heimlicher Schnüffler ertappt glaubt, wenn ein zweiter hinzutritt, während sie, noch unschlüssig, ob sie das eben noch verzweifelt gesuchte Balg an sich drücken oder ohrfeigen sollte, den Blick sofort auf den Hampeltänzer richtete und sich die wie zum Backenstreich ausholende Hand selbst auf den Mund schlug und dann vor dem heil gebliebenen Gesicht des Kinds zu fuchteln begann, wie um eine Furcht zu zerstreuen, die sie dadurch erst entfachte. Und welche Erleichterung dann, als sie das Fuchteln einhielt und dazubleiben beschloss, um alles zu *bezeugen*, falls Angehörige oder Polizisten einträfen, wie sie sagte – und keine Anstalten mehr, das Kind zu schelten oder zu besänftigen, nur noch Augen für dies andere Kind, das sich lasch und biegsam in der Brandung wälzte.

Sie schien sich den Tod einprägen zu wollen als ein fremdes Gesicht von Angst und Lust, das einen nicht mehr anbelangt, nicht so angeht wie der Tod der Schwester, und das Kind bemerkte das schnelle Heben und

Senken ihrer Brust, sah die feuchten Achseln im Armausschnitt ihres Kleids und dass sie keinen Schritt zurückwich, als zwei Fischer den zarten Bubenkörper an Armen und Beinen griffen, ihn wortlos aus dem Meer hoben und auf trockenen Tang betteten, während sich die Menschentraube der Hinzugekommenen für Sekunden lichtete. Da, aufgewühlt mit einem Mal, hätte es gern gelacht, um sich ein wenig zu beruhigen, denn nun, da der Knabe bewegungslos dalag, nur mit seiner Badehose bekleidet, lilienbleich und – hat's wer gesehen? – mit schwarzen Blutplacken an den Armen, kam ihm der Schlenkertanz abermals in den Sinn, und es dachte: *Was ist der Jadran für ein Possenreißer – macht selbst die Toten noch tanzen.*

In den folgenden Nächten wälzte das Kind die Laken knitterig, starrte mit aufgerissenen Augen an die Wand, sah die *Baba Roga*, wie sie lächelnd aus dem Gedränge hervorkam, das um den Ertrunkenen war, sah die Spur ihrer Ziegenfüße, und gerade, als es Nadas Augenmerk endlich dahin gelenkt hatte, leckte eine Welle die Fußabdrücke vom Sand, dass Nada nichts erkennen konnte und ihm entgegen all seiner Beteuerungen versicherte, dass es sich geirrt habe – *Gore infišat nego poludit!, Spinnen ist schlimmer als verrückt zu werden!* Mehrmals schrak es hoch, stand auf, vergewisserte sich, dass niemand hinter dem Vorhang war und der Schrank fest verschlossen, denn womöglich hatte die *Baba Roga* es dabei beobachtet, wie es dem Toten das Treibholz ins Gesicht und ans Geschlecht drückte, und was, wenn der als Wiedergänger in die Welt der Lebenden zurückkehrte, um sich an ihm zu rächen? Wie Quecksilber schwoll die Angst. Erst als es durch den Türspalt Nadas Glut aufleuchten sah und ihre Rauchschwaden zu ihm drangen, wurde es ruhiger und dachte an den Vater, wie er ihm, wenn es im anderen Land zu Bett ging, lange Geschichten erzählte, ihm dabei sanft über Schläfen und Wangen strich, ihm schließlich ein Kreuzzeichen auf die Stirn machte – *Gott schütze dich!* – und es nicht zu fragen wagte, wovor Gott es schützen solle, auch weil es stillschweigend bezweifelte, dass dieser Gott, der doch nicht ankam gegen die *Baba Roga* und den *Nijemac*, der Nadas Lieblingsschwester erschossen hatte, zum Beschützer tauge.

Wirst du um mich weinen, traurig sein, mein Kind? Es schüttelt den Kopf, die Distelkrone rutscht ihm über die Stirn, bleibt an der Nasenwurzel hängen. Ein dünnes, klebriges Rinnsal läuft ihm die Wange entlang, über die Lippen, tropft am Kinn ab, zerplatzt als winziger Klecks auf der Brust. Ihm wachsen Flügel. Wie sich die Schulterblätter aufwerfen, wie die Haut darüber spannt! Jetzt fuchtelt sie vor seinem Gesicht herum: *Was starrst du immer so ins Nichts?*

Ich unterdrücke Brechreiz, zünde mir noch eine Zigarette an. Überall Asche. Der Rauch tritt mir in die Augen, der Körper hält dagegen, Rotz und Tränen. Nada bemerkt nichts. Wir schweigen. Nur in Gedanken halte ich Zwiesprache mit ihr. *Los, erzähl!*, fordere ich, vom Krieg meinetwegen oder von den Eskapaden. Wer war dir die Heimlichkeit wert? Es muss doch mehr als den einen gegeben haben, mehr auch als die beiden. Ich weiß vom Admiral. Die Mutter hat es mir erzählt: polstererstickte Schreie an jenem Freitagnachmittag –

und danach immer wieder – durch die verschlossene Schlafzimmertür und selbst durch die alten Mauern der Zagreber Villa hindurch in den Flur, in den Garten, auf die Straße. Da half es nicht, dass die Mutter, zu jener Zeit ein Mädchen von elf, zwölf Jahren, eilig alle Fenster schloss und dagegen ging mit den mit einem Mal so gar nicht zaghaften Fingerübungen und den dahingepatzten Akkorden am tausendmalverfluchten Bösendorferflügel, in dessen pechschwarzem Lack man an hellen Tagen sein eigenes Spiegelbild sah.

Begreiflich, Nada, wie dir zumute war, Beppe über die Jahreszeiten zu entbehren, eine Frau von Fleisch und Blut. Wie muss man sich da aufrichten und auch ein wenig rächen, heimlich, für seine Lust an weiter Welt und Abenteuer, für sieben Monate auf hoher See. Und man selbst? Im Hintertreffen, die Faust nur hinterrücks geballt, da die besten Jahre so durch die Lappen gehen, mit der Arbeit und den Pflichten und den beiden Kindern – *Stell dir vor, Anuschka, sie nannten mich die Frau mit den zwei Koffern! – Žena sa dva kufera!*, eine Dreifachgängerin zumal –, da kommt der Admiral gerade recht.

Mutter und ich belustigten uns an dem Geheimnis, das nie eines war, verdichteten das wenige, was wir wussten oder zu wissen glaubten, in unseren eigenen Worten und Ausdeutungen zu einer eindrucksvollen Liebelei, in die wir unsere verstohlenen Begierden weben konnten, ohne uns verdächtig zu machen. Vielleicht kamen wir auf die Treulose zu sprechen, um einander die eigene Sittlichkeit vorzumachen, einander jede irrige Lust zu vergällen und am Ende selbst gut dazustehen. Und es war wohl nichts dabei, denn wir behielten alles für uns, sprachen Nada nie darauf an, um sie nicht zu beschämen, um sie nicht zu behelligen in ihrem Andenken an die Admiralsflechse, die in drei Minuten dreißig-, vierzigmal an ihrem Muttermund aufsalutierte, bis die Gischt die Welt um sie auswusch und alles ins Vergessen drängte, selbst die Kinder, die einander nicht in die Augen zu sehen wagten, unschlüssig, ob sie Rabatz machen oder sich tot stellen sollten, nun, da sich alles, was sie eben noch aus der Schlafkammer bestürmt hatte – das Ächzen des Lattenrostes, die Seufzer, die zwischen dem Schluchzen eines Balkanlieds und wildem Zorngebrüll dahinglitten –, in betretener Stille auflöste.

Ich töte die Zigarette aus. Sie ist nicht einmal zur Hälfte heruntergebrannt. Nada sieht mich fragend an. Ich mag es nicht, wenn man mich fragend ansieht, wenn ich mich aufgefordert fühle zu einer Antwort, zu einem Wort auch nur. Aber die Siegerin spielt ihre Trümpfe aus. Immer.

Nada klatschte mich auf, wo sie nur konnte, beschwor mich, auf den Richtigen zu warten, selbst als ich die Männer längst nicht mehr an einer Hand abzählen konnte, leuchtete die Winkel meiner Seele aus, als wäre es ein Gesetz der Liebe, einander zu entblößen und bis zum Überdruss vertraut zu machen. Beim kleinsten Verdacht schon klagte sie ihr Anrecht auf die Wahrheit ein, wild entschlossen, jedes Dunkel zu lichten. Nichts blieb ihrem Blick verborgen, nichts blieb geheim. Und wenn sie mir auf die Schliche kam, verriet sie nicht, wie sie es angestellt hatte, nur so viel: *Ein Vöglein hat es mir gezwitschert.*

Was war mit dem Operateur, Nada?

Lange und heimlich hatte das Kind die Chirurgenhände betrachtet, sich ausgemalt, wie die dicken Finger mit den runden, sehr kurz geschnittenen Fingernägeln die Klinge führten, die Beppes schwartige Haut über dem Kreuzbein aufriss, wie sie die Wunde aufstülpten und darin stocherten mit Lanzetten aus Edelstahl, hart an den Nerven, bis endlich das Rückgrat frei lag, und wie sie dann abtrugen und zurechtrückten, was abzutragen und zurechtzurücken war, um den Schmerz abzustellen, mit dem sich die Wirbelkörper gegen Beppes viel zu schwer gewordenen Leib auflehnten, und wie die Chirurgenhand, als alles an seinem Platz war, die Nadel fasste und die Haut mit über zwanzig Stichen vernähte, wie die Mutter, drüben im Vaterland, einmal den mit Äpfeln und Semmelmasse gefüllten Truthahn zugenäht hatte, und wie dieselbe heilkundige, von Nada hundertmal dankbar geküsste Hand dann auf der Veranda – oder war es in ihrem Zagreber Salon? – als ungeschickte Pranke nach dem Stiel eines Weinglases griff und dann und wann auch nach der Schulter einer Frau.

Seltsam war mir zumute, als Nada mich einmal fragte, ob eine heimliche Liebe der Grund meines ständigen Schweigens sei, und ohne die Antwort abzuwarten, die ich ihr ohnehin nicht gegeben hätte, sagte sie: *Die Liebenden können am wenigsten für ihre Liebe,* und dann, nach einem Blick ins Nichts: *Die Liebenden haben immer recht!,* und ich glaubte zu begreifen, glaubte zu wissen, woran sie dachte, war erleichtert und zugleich beunruhigt, weil mir, der immerzu heimlich Liebenden, die Niedertracht genommen war – und wer war ich ohne meine Niedertracht, die sie allzeit *registrierte – Nona sve registrira*?

Hatten die Liebenden auch recht, als sie ihre Herzen und Pfeile in Tische, Baumrinden und Türen ritzten, wie ich es mit dem einen getan hatte, nicht dem richtigen in Nadas Argusblick? Von Zeit zu Zeit brachen ihre Sirenen in jenen Traum – *Du könntest schwanger werden, Gott behüte!* und *Hol dir bloß keine Krankheit!* und *Wenn die Männer einmal aufgelegt sind, gibt es kein Zurück!* und wieder: *Ist er der richtige, Kind?* – aber sie waren leicht zu vertreiben und lösten sich in einem leisen Ton, der Atem und Aufruhr war.

An den Kopfwehtagen, an denen der Himmel tiefer hing und Nada eine Handvoll *Plivadon* schlucken musste, um alles für das Kind tun und die Teppichfransen glattstriegeln zu können, wie es ihr über die Jahre erst zur Gewohnheit und dann zum Drang geworden war, konnte es den Atem der *Baba Roga* als Fieberbrand auf Stirn und Backen spüren, wenn sich die Fingerkuppen kalt und feucht auf die Gesichtshaut legten. So blieb es reglos, um wieder ins Nichts oder – wer wusste das schon – in eine andere Welt zu starren, schien nicht zu bemerken, wenn man es anrief, und niemand fand je heraus, was sich in seinem Inneren zutrug, denn seine Antwort auf die Frage, woran es gerade denke, war immer die gleiche: *Nichts* – und manchmal nur den Mund zum Strich gepresst und nur ein Schulterzucken, als hätte es ihm die Sprachen verschlagen, die Muttersprache, die Vatersprache, die Engelszunge auch; und so, als geriete durch sein Schweigen auch das Denken ins Stammeln, denn es zog nur ein Gesicht, wenn man es *Einundalles* nannte und *Meinganzesglück*.

Dem Kind waren die Namen geläufig wie Nadas *Bald*, das niemals für die rechte Zeit stand, denn wer ihm aus dem Blick ging, erlosch ihm aus dem Sinn. Längst hatten die Wände begonnen, ihm Geschichten zu erzählen, Geschichten von Donnerschlag und nächtlichem Katzengeschrei, vom kopflosen Reiter, von tödlichen Geschwüren und dem Brandschatz des Nachthimmels. In seiner lustvollen Trägheit glaubte sich das Kind auf nichts und niemanden angewiesen und fühlte sich darüber stark, und die Stärke geriet ihm zum Hochmut, zur Abscheu gegen die Worte der Verwandten, die ihr Glück auf seine schmalen Schultern luden, es nun auch *schüchtern* nannten oder *aufdenmundgefallen*. Und immer mehr fürchtete es auch die eigenen Worte, die Nadas Kinn zittern machten und der Mutter unerträglich waren, zum Davonlaufen.

Man konnte sich an den Abschied schon gewöhnen. Beim dritten Mal ließ das Kind nicht mehr von seinem Spiel ab, als ihm die Mutter die Lippen auf die Stirn drückte, schien so gleichgültig, dass sie aufatmete, während sie sich den Abschiedstropfen aus dem Lidrand strich, und es setzte die Beschäftigung auch fort, als sie längst weg war. Es hatte sich beigebracht, die Puppen und Muscheln und Schneckenhäuser dem Lebendigen vorzuziehen, denn die Dinge gehorchten einem, wenn man nur ordentlich darauf achtgab, und das Schweigen der Dinge war kein Schweigen, und nur in Gesellschaft war einem das Alleinsein Last – und in Nadas Sehnsucht nach den alten Zeiten: *Was ist aus dem Kind geworden, das, kaum dass es laufen konnte (denn von Beginn an lief es, anstatt zu gehen), nicht mehr stillhielt? Manchmal wirbelte und tanzte es bis zum Stürzen, und nicht nur zu den Schlagern von Tereza oder Zlatko Pejaković, wenn Beppe den Plattenspieler aufdrehte. Alle Ecken im Haus haben wir mit Decken und Tüchern verkleidet, damit sie ihm nicht zur Gefahr wurden. So lieb hatten wir es.*

Fand Nada auf der Veranda keine Abendkühlung oder keine Ruhe, nahm sie das Kind bei der Hand, ging mit ihm an den Strand, deutete nach den Fledermäusen, die lautlos über ihren Köpfen schwirrten, nach den Schattenwächtern, zu denen das Kind nicht aufblicken mochte, den Unglückskündern, denn *Wehe, wenn sich der Šišmiš in deinem Haar verfängt, dann schneid ich dir die Zöpfe ab.*

Wenn die Zikaden verstummten, wurde das Meer manchmal ganz flach. Dann schien es zu atmen, wie es in ruhigen Zügen den Strand leckte und leise gurgelnd die ausgehöhlten Felsbrocken flutete, ein Klatschen, wenn der Rumpf einer Barke auf dem Wasser anschlug, das Geflüster der kullernden Kiesel, die dem Lockruf der Strömung folgten, als wollten sie Heimlichkeit treiben, und *Tauchst du auch nur einen Finger ins Meer, bist du mit allen Welten verbunden!* und *Nenn mir das Meer niemals ein Wasser!*, denn wie könnte es ein Wasser sein, wenn man davon Durst bekam und blaue Lippen. Und *Sieh nur, das Meeresleuchten!*, das ausschweifende Farbenspiel fluoreszierenden Planktons, wenn das Kind, watend bis zu den Knien, in jenem magischen Spiegel rührte, dass es nur so gleißte und funkelte – Myriaden winziger Lichtblitze! Bei jedem Innehalten formte sich das Rieseln und Schluchzen der selbst erweckten scharfen Brecher zu den Wehmutliedern, mit denen Nada es in den gutgeheißenen Nächten, die doch immer Dunkelnächte blieben, in den Schlaf gesungen hat. Wie hat es sich da die Ohren zugehalten, heimlich, um sich nicht mit Nadas bitterem Schwärmen anzustecken! Doch vergeblich, denn jedes Wort brannte sich in die Gehörgänge – *Lijepo ime majka | usta napunjuje | a pijesma o majci | daleko se čuje* –, und schwer wie die Liedzeilen wog bald das Gewissen, denn die Mutter, o Hochherzigkeit und Güte!, würde ihm den letzten Bissen Brot überlassen, auch wenn sie dafür hungern müsste, ihr Leben geben für seins, als gäbe es ein Überdauern ohne sie, als bedeutete ihr Sterben weniger als das eigene – *Makar gladovala | milom ćedu daje* –, als wäre nicht jeder Mutterschmerz auch der eigene, denn welches Mitleid mit der Mutter, der schönen, die drüben im Vaterland womöglich schuftete und hungerte und litt, und alles im Namen der Liebe und nur zu *seinem* Wohl – *Ona uvijek radi | i za svoje dijete neprekidno pati!* –, und welcher Undank zu meinen, die Mutter würde nicht *für* es arbeiten, sondern *gegen* es, nicht *für* es hungern, sondern *gegen* es, nicht *für* es sterben, sondern *gegen* es, wie sie einst schon gegen es geblutet hat – auch wenn man ewig bis zum Hals in ihrer Schuld stehen würde, denn niemand liebt besser als sie.

Man musste Nada gern haben, musste ihr alles nachsehen, auch dass sie die Sprachlosigkeit des Kinds vor anderen zu rechtfertigen suchte, auch dass sie seine Wortempfindlichkeit als Marotte abtat, *Du bringst mich noch ins Grab!*, auch dass ihr seine Schüchternheit nur Ausrede war, ein Vorwand, um die Not geheim zu halten, auch dass sie das geschwürige Innenfutter ihrer Seele so lärmend nach außen kehrte: *Wirst du um mich weinen, traurig sein, mein Kind? Wirst du traurig sein!*

Wirst du wohl! – es war keine Frage, es war ein Gebot –, auch ihre Versuche, ihm die Sprache einmal mit Gewalt und Meißel, dann wieder mit süßlichen Erpressungen zu entlocken, als ließe sich das Unausgesprochene wie ein Mandelkern freilegen, indem man nur die Schale aufbricht mit den Floskeln und vorweggenommenen Antworten, die sie dem Kind in den Mund zwang, weil es doch wieder nichts zu sagen wusste auf die vorgekauten Sätze, die Beschwörungsformeln, das Dahingesagte: *Sag: Mich!, Sag: Ich!, Ich grätsch dir die Stimmritzen, damit du endlich sprichst, denn wer glaubst du, dass du bist! Wer bist du, zum Teufel? Am Ende der Teufel selbst?*

Das Kind vergab Nada die Nesselliebe, fühlte, dass auch ihm ein Stachel wuchs, leistete nicht Widerstand, wenn sie es an den Schultern packte und schüttelte, bis es unter ihren Maulschellen Wort um Wort erbrach – heuchlerisch, nichtssagend – und ihr das Blaue vom Himmel log und sie beim süßesten Kosenamen rief, denn am Grund seines Herzens war es kein freundliches Kind, sondern wehleidig und zur Liebe nicht begabt; Nada aber war zufrieden.

Sie: *Wer ist mein Augenlicht?*
Das Kind schweigt.
Sie: *Sag: Ich!*
Das Kind: *Ich.*

Die Bora hat sich gelegt. *Du bekommst die Bilder*, sagt die Alte zwischen zwei schnellen Zügen aus ihrer bis zum Filter heruntergerauchten Zigarette. *Hör auf damit!*, entgegne ich. Jetzt bin ich es, die das Offenkundige abstreitet, die ihr, da es an der Zeit ist, Abschied und Trost verweigert. Jetzt über ihren Tod reden, der sich unter ihrer pergamentenen Haut ankündigt? Nie im Leben! Und sagte sie nicht, sie fürchte den Tod nicht, als sie noch bei Kräften war?

Nie wollte es mir gelingen, sie zu trösten. Hab ich nicht mit meinen Mitleidsgesten eine noch tiefere Verstörung heraufbeschworen, ihre Höllenhunde aufgestört, die schlechtvernarbten Seelenwunden aufgerissen, dass sie wieder vom Sterben sprach und vom Abschiednehmen und von Vesela, der meistgeliebten Schwester, der Getöteten? Und dann: Schmerzgrimassen und Liebesumschlingungen, die Zentnerlast ihrer Finsternis, die sie, wie eilige Diebe es tun, hastig und mit vollen Händen in meinen Brustkorb lud – *Dumeineinundalles, Dumeinganzesglück!*, bis mir schwarz vor Augen war.

Schon damals war ich auf der Hut, bald gut darin, mich schwer von Begriff zu stellen, Nadas Teufel schon beim leisesten Anflug von Sentimentalität durch Possen und Streiche im Zaum zu halten, sie zu verblüffen und zu bestürzen, um nur die harmlose Tonart beizubehalten, die jeden Kummer sofort mit dem Firnis unserer klebrigen Liebe überzog.

Dem Kind war es einerlei, ob Nada wohl herausbekommen würde, dass es sie aus Feigheit und Verzweiflung in Aufruhr zu versetzen suchte. Es war auch nicht von Bedeutung, dass sie es hemmungslos verfluchte, wenn es ihr wieder nicht gelungen war, sich ein Lachen zu verbeißen, ganz gleich auch, dass sie über ihr Lachen in Wut geriet und mit allem, was gerade zur Hand war, nach ihm schlug und schmiss – mit dem kartoffelteigverklebten Nudelholz, dem Zeltbesen aus feinstem Reisstroh, dem marokkanischen Aschenbecher, der wie durch ein Wunder immer heil blieb, dem Gartenschlauch, dem Fleischmesser, das es in seinem Wehleid schon vor dem Hieb an Haut und Knochen spürte, sodass es auch aufkreischte, wenn Nadas Schlag ins Leere ging.

Zum Glück war es wendig, und ihre Schläge trafen selten. Sollten sie überhaupt je getroffen haben und der Kochlöffel beim Anprall auf Schlüsselbein oder Schädeldecke allenfalls geborsten und Nada darum noch wütender geworden sein, waren sie immer noch leichter zu ertragen als ihr Schweigen, das stumme Geradezupfen der Teppichfransen, die Wehmutsblicke, das Seufzen und Schulterzucken, die Schuldzuweisungen, die man sich nicht begreiflich machen konnte, und bisweilen brach das Kind über Nadas überspannte Entrüstung in närrisches Gelächter aus, und manchmal lachten sie am Ende beide, und Nada drückte es an ihre dicken Brüste, und unter diesem Bild für Götter mochte selbst der Himmel über ihnen aufgehen; und wenn Nada es wollte, denn es war ihr Wille, der geschah, hielten sie ihre Zeigefinger aneinander und ließen sie emporsteigen und riefen *Mir, mir do neba! – Friede, Friede bis zum Himmel!* Welche Erleichterung dann, wie beim Einsetzen des seltenen warmen Sommerregens, dessen schwere Tropfen endlich ein Aufatmen brachten!

Sie: *Was bist du mir so nachdenklich?*
Ich: *Warum?*
Sie: *Ach, nur so.*
(Manchmal wünschte ich, sie könnte hören, was ich verschweige.)

Es gab keinen Zweifel, Nada liebte das Kind. Man erriet es schon an der Art, wie sie es ansah. Sanftmut und Wachsamkeit lagen in ihrem Blick, der, wollte man es nicht wörtlich ermessen, durchaus ein *mütterlicher* war: Wie sie sogleich aufmerkte und sich ihre schweren Augen weiteten, sobald das Kind sein Schweigen brach, und sei es nur, um sich ihrer Gunst zu versichern oder zum Zweck einer Erkundigung, denn Fragen gab es – und Geheimnisse.

Auch Nada hatte Fragen. Ihr Geist war heiter und ahnungsvoll, und die schöne Einfachheit ihrer Seele konnte augenblicklich eine solche Neugier entfesseln, dass sie ebenso unvermittelt wie beharrlich dieses und jenes zu erfahren und zu ergründen suchte, *Du musst Nona immer die Wahrheit sagen!*, ohne je vorherzuberechnen, ob ihr die Antwort erträglich wäre. Möglich auch, dass sie nichts befürchtete, denn das Kind war geschickt darin, ihr alles leidlich zu halten und ihre Herzensruhe zu bewahren, zur Not mit einer nachsichtigen Ausflucht oder Schönung. Geriet sie einmal in Verlegenheit, wusste sie einen beträchtlichen Vorrat an Sprichwörtern und Lebensweisheiten, die sie über die Jahre in einem kleinen Poesiealbum zusammengetragen hatte, damit das Kind eines Tages darauf zurückkäme, denn die Erkenntnis, wonach der Kluge aus seinen Fehlern lerne, der Weise aber aus den Irrtümern der anderen, mochte genausogut bedeuten, dass sich das Leben mit ihren Sinnsprüchen klüger gestalten ließe. Überhaupt lag in all ihrem Bemühen die Absicht, dem Kind einen Weg zu bereiten, der es ihr näherbrächte oder es wenigstens nicht in die Sitten und Denkungsarten der Vaterwelt entkommen ließe, einen Weg, der es ihr ganz angehörig machte, denn jedes Mal, wenn es ihr wiedergegeben, ihr wieder nur über den Sommer geborgt war, brauchte es länger, bis sich seine von der anderen Sprache zugerichtete Zunge löste, bis es sich die unnötigen Socken und viel zu warmen Schuhe wegnehmen ließ, bis es nicht mehr nach Gras und Seifenpulver roch und nach dem Eau de Cologne des Schwiegersohns.

Nada übertrug ihm das *ihrige*, übertrug ihm ihre Betrachtungen, Überzeugungen und Lieder, bis es davon randvoll war – und randvoll auch von ihrer Angst, denn was über ihrer dünnhäutigen, ein jedes Mal mit großen Worten behaupteten Liebe dräute, waren Abschied und Entfremdung. Nichts tröstete sie darüber hinweg, dass der Bund nicht von Dauer sein konnte, am wenigsten die Einsicht, dass niemals irgendwas von Dauer war. Wer hätte es ihr also verdenken wollen, dass sie die Gegenliebe des Kinds gelegentlich auf die Probe stellte oder eigentlich Maß nahm an seiner Angst, die sie in ihrer eigenen Deutung für die Liebe hielt. Es war ja ein Leichtes, ein solches Hasenfüßlein in Unruhe zu versetzen, mit Totstellgrimassen zumal, und man konnte sich schon erweichen, wie es sein Ohr an ihr Herz drückte, weil es schon begriffen hatte, dass die Lebenspumpe zum Ende stillstand, und wie es ihr Mund und Augenlider zu öffnen suchte, und dann, erschrocken über das pupillenlose, zart durchäderte Augenweiß, nach ihrem Atem spürte. Und wie es weinte und erschrak, als sie die Augen aufriss und plötzlich aufsprang, kreischend vor Vergnügen. *Kukavica!*, rief sie dann, was so viel wie *Kuckuck* hieß – und *Feigling*.

Ja, so war es: Nada liebte das Kind und liebte es umso mehr, wenn sie begriff, dass der Tag des Abschieds herankam. Man erriet es an der Unrast, die sich in einer übereifrigen Hingabe an die Verrichtungen des Alltags andeutete und nichts Gutes verhieß, denn einmal in dieser Verfassung, passierte Nada ein Missgeschick nach dem anderen – und bestimmt gehörten die versalzenen Suppen, die angebrannten Eintöpfe, die aus Versehen auf dem Badewannenrand liegengelassenen und dann lange verzweifelt gesuchten falschen Zähne und das irrtümlich in zu hoher Dosis eingenommene Abführmittel mit seinem leidigen Nachspiel noch zum geringeren Ungemach. Von Ärgerem sei hier nicht die Rede. Nur so viel: Die Kelimfransen waren dieser Tage besonders ordentlich gestriegelt, die Aschenbecher besonders voll, das Knistern und Knacken der Pillenblister – morgens, mittags, abends – jetzt hin und wieder auch zu den Zwischenzeiten zu vernehmen, und über allem ein Übermaß an Zärtelei, als gälte es, etwas nachzuholen und zugleich vorzustrecken, als ließe sich die nahende Abwesenheit durch die Erhebung der Gegenwart bannen: *Bald schon werde ich alleine hier sitzen und dich vermissen! Wirst du traurig sein, Anuschka, dass du nicht mehr bei mir bist?* Und dann, mit jenem Schmerzensblick, die Erkundigung, ob sich das Kind auf Vater und Mutter freue und auf das andere Land, und keinen Deut darauf, dass das andere Land nicht nur ein Anderswo, sondern sein anderes *Zuhause* war, und nur das Schulterzucken zur Antwort, denn wer hätte da noch ein Bekenntnis seiner Sehnsucht über die Lippen gebracht?

Das andere Land, das Vaterland, blieb Nada ein Rätsel. Dass sie Jahr für Jahr für drei, vier Winterwochen zu Besuch war, änderte nichts daran. Dem Kind aber drängte es sich vom frühen Herbst, da die tiefere Sonne der Gegend ein sattes Honiggelb auftrug und die Bienen mit einem Mal über Nacht starben, bis weit ins Frühjahr, da nach der großen Kälte alles wieder in voller Blüte stand, wie ein zweiter Weltenraum auf und zog es in ein Blitzgeflecht von Reizen, Lüsten und Launen, die sich ihm bis in die kleinste Zelle einschrieben: der Ammoniakatem der U-Bahnschächte, krächzende Tonbanddurchsagen, Schienenstränge im Asphalt, das Ruckeln und Quietschen der Straßenbahnwaggons und Karusselle, der Drehwurm, der einem beim Ringelspiel zwischen die Ohren fuhr, das Gurren der Stadttauben, das aus den Lichthöfen und manchmal auch aus den Schornsteinen aufstieg. Wie anders war das Leben da, aufregend, abwechslungsreich, und wie gerne hätte es Nada davon erzählt: von der Luft, die so anders roch und in der immer etwas schwebte und stob – im Herbst das Altweiberhaar, winters die Schneeflocken, die Pusteblumenschirmchen im späten Frühjahr, die Funken der Scheiterhaufen zur Sommersonnenwende –, oder von klammen Fingern, vom Duft der Tiger im Tierpark von Schönbrunn, vom Glimmerschiefer im Kopfsteinpflaster, dessen Leuchten einem an den Sonnentagen in die Augen stach! Und erst die Wälder und fetten Wiesen, die verschwenderische Vielfalt der Farben, wie in diesem gottverwöhnten Land von allem Guten zu viel war, als sei ein Füllhorn über ihm ausgeglitten!

Aber all das galt es zu verheimlichen, wollte man sich keiner Untreue verdächtig machen, denn was dem Kind drüben in Fleisch und Blut ging, stauchte Nada zu einem einzigen stumpf dahingesagten Wort: *Esterraich.* Wenn sie es, wie man so sagt, in den Mund nahm, was nicht allzu oft geschah, machte sie sich in einer Weise darüber lustig, dass einem die Vatersprache albern und absonderlich erscheinen musste, weil kein noch so trefflich gewachsener dalmatinischer Schnabel je in der Lage sein würde, ein Ö auszusprechen. Indem sie es doch wieder und wieder versuchte – dabei im unernsten Bemühen die Lippen zu einem kleinen Loch zusammenzog und die Kinnlade verrückte – und sich vom Kind den Mund zurechtbiegen und die Nase zuhalten ließ, damit ihr die andere Mundart doch gelänge, wurde der missglückte Umlaut zum Unlaut, wurde jede Anstrengung zur Spiegelfechterei, und das Kind musste lachen, weil es noch nicht begriff, dass ihr die andere Sprache, dass ihr *Beč* und *Koruška*, die Orte seiner Abwesenheit, wie ohnehin alles, was mit dem Fremdland zusammenhing, widerlich waren – es war doch *ihr* Kind, auch wenn es ihr nur geliehen war vom Brachmond bis zur Kukuruzernte.

Und wirklich: Seltsam war der Hang zum Drübenland, wenn es doch nirgendwo besser war als bei ihr, wenn man doch nur den Gartenweg hinablaufen und den Strand vor dem Haus nach Muscheln und Krebsen absuchen brauchte, um seine Schätze zu mehren, die Sonne im Scheitel und schon den Wechselschritt im Sinn, in dem man triumphierend mit vollen Händen heimwärts eilen würde, zurück in Nadas Garten, das ureigene Elysium, prachtvoll, als hätte es ein großer Meister erschaffen! Die meisten Stunden des Tages konnte man da verbringen, beschirmt von Oliven- und Feigenbäumen, ohrenbetäubt von Nadas Getöse und vom Gekreisch der Zikaden, getränkt von Luft und Helligkeit. Und welches Vergnügen, nach Heuschrecken und Grillen zu haschen, auch nach den kleinen Echsen, die sich auf den nackten Steinen sonnten! Hin und wieder fand man Schneckenhäuser, Insektenflügel, Nashornkäfer, Skarabäen und andere Kostbarkeiten, und immer fand man Zuflucht vor der Hitze jener Tage, an denen die Maden aus den schlecht verschnürten Müllsäcken und über den Rand der vollgestopften Tonnen quollen. Man konnte spinnen und schwärmen, im Schatten, in der Hängematte, halbwach nur und sanft geschaukelt vom Wind, der zur Tageshälfte aufzog, in der schwindelerregenden Trägheit des Nachmittags, wenn Nada und Beppe in den dunklen Zimmern zur Siesta lagen und nur der *Maeštral* Bewegung brachte und das Kind bei all dem Übermaß an Schönheit und Licht vor dem Abtauchen in eine fiebrige Ohnmacht bewahrte.

In manchen Momenten hatte es ein Bewusstsein, *Ich bin, bin tatsächlich!*, und im nächsten Augenblick ein Verdacht, gleichsam fehl am Platz zu sein, auch im anderen Sein beheimatet, in den vielen Worten für Schnee, in den Worten der *Nijemci*, die Vesela auf dem Gewissen hatten, wenn sie überhaupt etwas auf dem Gewissen hatten. Vielleicht auch fehl am Platz, weil es in dieser anderen Sprache dachte und träumte, auch wenn es ganz im Hier war, wo die gedachten Worte im Flirren der Luft aufgingen, dass man schon glauben konnte, es gäbe gar kein Anderswo, keine U-Bahnen und Straßenbahnen, keine Parks mit von Haselnusshecken gesäumten Rasenrevieren, in denen man bedenkenlos barfuß laufen konnte, ohne an Tetanus oder Blutvergiftung oder am Schlangenbiss zu sterben. Doch wozu überhaupt die Sprache, wenn sich die Blatttänze, das Zittern der trockenen Gräser, die Schattenspiele auf dem steinernen Gartenweg ohnehin nicht in die Worte fassen ließen, die man in Zeiten des Übereifers wie Schmetterlingskescher danach ausschlug, stürmisch und reizbar, bis man endlich wieder Ruhe fand und beinahe wünschte, das Sichgeduldenmüssen, das Sommerfristen, nähme gar kein Ende.

Vielleicht war die Sehnsucht nach dem anderen Land nur ein Zufluchtswunsch, der Wunsch nach Zerstreuung, um den Entsetzensfragen der Vergänglichkeit zu entgehen, wenn Nadas Mangoldsetzlinge und Topfblumen trotz allen Gießens und frohen Erwartens einschrumpften und zusammenfielen, oder die Fische, die die Kinder an den Abenden auf der Mole fingen, nachdem man sie schon totgeglaubt hatte, jäh in den Plastiksäcken zu zappeln begannen und die Kinder mit Holzprügeln und Steinen auf die Säcke einschlugen, bis sie endlich reglos blieben und das Blut daraus auf den Asphalt sickerte. Oder wenn sich eine der Katzen wieder eine Ratte geholt hatte und man auf der Suche nach einem Schneckenhaus oder Käfer vor einem abgebissenen Kopf zurückschreckte und sich dann tagelang nicht mehr in den Garten traute. Welches Grauen auch, wenn man, wie im August so oft, wieder erlauscht hatte, dass ein Säugling gestorben war, am Hitzschlag oder am Fieber oder weil er so fest geschnürt war, dass er das

Atmen *vergessen* hatte, oder wenn in stürmischer Nacht ein Vogeljunges auf die Veranda gefallen war und Nada das fiepende Bündel am frühen Morgen mit ihrem Reisigbesen in den Garten kehrte, weil einem verletzten Nestling ja doch nicht mehr zu helfen war, erst recht nicht von der Vogelmutter, die nach ihm rief, oft tagelang, auch wenn sich die Katze das Kleine längst geholt hatte.

Bei Nada war der Himmel groß, und bei seinem Anblick kam man sich klein vor, und das Meer atmete im Rhythmus der Natur, ein Werden und Vergehen. War nicht ein Narr, wer da am Leben hing?

Im Vaterland schien es mit dem Sterben lange her. Die Flaktürme waren alt, die Ruinen verschwunden, allerorts Licht, Lärm und Geschäftigkeit. Auch in der kleinen Stadt, in die man übersiedelt war, weit und breit kein Siechen, Verdorren oder Töten. Der Fisch auf dem Teller hatte weder Kopf noch Flossen, Fleisch wurde unblutig und kochfertig in plastikverschweißten Tassen beschafft, und man hielt sich Wohnungskatzen, die man bürstete und koste und denen man richtige Namen gab. Die allem Lebendigen von Geburt an eingefleischte Sterblichkeit schien gebannt. Zur Not gab es Rettungsautos mit Blaulicht und Sirenen, die einen ins Krankenhaus brachten, wo Ärzte dem Tod mit Apparaten und Infusionen ein Schnippchen schlugen – und wenn doch einer starb, dann gewiss an Altersschwäche und nicht verfrüht wie die Inselkinder, ein Irrtum gleichsam, dass sie je am Leben waren, *Gott gibt, Gott nimmt,* wie die verwaisten Mütter flüstern, wenn sie die Lichtbilder betrachten, die sich, als man sie an den schweren Grabplatten des Dorffriedhofs anbrachte, zu Schattenbildern verkehrten.

Im Land der Eltern, die dem Kind gesichtslos geworden und aus dem inneren Blickfeld gelöscht waren, wenngleich jetzt als Dämmergestalten fest im Sinn, lag jenes schlangenlose Paradies, das in der Vatersprache heitere Bilder von Apfelkernen anklingen ließ, in Nadas Mundart aber – *Kora* und *Kruška* – sofort die Schuppenborke der Schwarzkiefern ins Gedächtnis rief und nicht, wie man vielleicht meinen mochte, die Fichtenrinde oder die Ringelrinde der Birken, die dort heimisch waren. Und bestimmt klang *Koruška* nicht zufällig nach Labsal und Beruhigung, im zweiten Wortteil schon ein Andenken an jenes andere, weichere Kernobst mit dem grießkörnigen weißen Fruchtfleisch und der fraulichen Gestalt, bei der das Kind an seine buntbemalten, ineinander verschachtelten Holzpüppchen dachte, von Teta Svetlana einst auf dem Zagreber *Pazar* gekauft und von Nada eingezogen und hartnäckig verwaltet: *Lass die Babuška bei mir, dann kannst du damit spielen, wenn du wiederkommst.*

Wieder und wieder hatte das Kind die ineinandergestellten, immer kleiner werdenden hohlen Püppchen mit einer kleinen Drehbewegung an der Bauchscharte auseinandergenommen, denn eine jede musste auf diese Weise aufgebrochen werden, damit sie eine kleinere gebar, und leider ging das nicht ewig weiter, nur bis hin zu jener siebten, der kleinsten, die nicht mehr aufzubrechen war und kaum größer als ein Daumennagel.

Nada sprach stets in der Einzahl von ihr, von der *Babuška*, vielleicht weil sie darauf bestand, dass man ihr die Püppchen nach dem Spiel *sorgfältig* wiedergab, damit nur ja keines verlorenginge, und am Ende galt es, die Figürchen wieder ineinanderzustecken und zusammenzudrehen, damit sich die Malerei der Puppenunterkörper mit jener der Puppenoberkörper erneut zum Bild des kopftuchtragenden, rundgesichtigen Fräuleins im Blumenkleid verband.

In Nadas Land war nur das Kommen und Gehen gewiss und selbstverständlich wie das Säuglingssterben im August. Aber die Beseeltheit der Dinge und Wesen ringsum konnte einen für Stunden darüber hinwegtäuschen, denn alles sprach zum Kind, und in allem lag Gehorsam gegen die Gesetze der Natur und regte sich doch Widerstand, denn wer hier eingesessen war, lernte Schicksalsergebenheit wie Trotz von Geburt. Hinter dem Haus stellten sich drei himmelhohe Zypressen gegen den Wind, unbeugsam, wie alles da: die harsche Rinde des Mandelbaums, der Feigenbaum, den der Sturm entzweigerissen hatte und der aus seinem scheintoten Holz wilder austrieb als zuvor, und selbst die zarten Bäumchen auf Pjero Kukaračas Weiden, die von den ausgezehrten Ziegen und Schafen verschont blieben, weil sie zufällig – wer wusste schon um den Zufall? – inmitten eines Dornenbuschs aufgegangen waren.

Trotzig auch die Inselmenschen, die es verstanden, dem Karst die wenigen fruchtbaren Flecken Erde abzuzwingen, jahraus, jahrein, indem sie das Geröll mit bloßen Händen ausgruben und über die Jahrhunderte Steinmauer um Steinmauer in die Landschaft setzten, *Gomela*, wie Nadas *Unsrige* sie nannten. Wie Kalkadern durchzogen sie die Weiten jener sonnenverbrannten Welt – unergiebig und der Seele doch gut, wie jedes Beugen ein Sichverneigen war.

In manchen Sommern, so erzählte es Nada, waren

Mühe und Trotz vergeblich. Die Sonne sengte die wenige Erde zu Staub, der Wind blies selbst den letzten Sand von den Äckern und trug ihn weit übers Land. Das Wasser, das die Frauen aus dem einzigen Dorfbrunnen schöpften und – die Metalleimer auf ihren Köpfen balancierend – zu den entlegenen Höfen brachten, wurde bald auch für die kleinste Anpflanzung zu kostbar, denn war die Dürre erbarmungslos und selbst das Brunnenwasser knapp, blieb nur ein tatenloses Zusehen, wie alles sich krümmte und welkte und die Ziegen und Schafe verdursteten, und nur die Öl- und Feigenbäume trugen da noch Früchte. Nichts blieb als die Flucht vor der sengenden Hitze in die sinnlosen Gebete und in die Schatten der Häuser, die sich mit ihren Dächern aus gekalktem Schiefer, unter deren Simsen und Vorsprüngen Schwalben nisteten, wie Steinauswüchse gegen den Südhang lehnten.

Doch vorbei die Zeiten des Dursts. Längst kam das Wasser vom Festland, zuerst mit den großen Schiffen, später durch unterirdische Zuleitungen. Und das Kind hatte nichts zu leiden, denn Nada ließ keinen Mangel zu. Immer wieder tasteten ihre Hände zärtlich nach seinem gedankenvollen Kopf, saugte ihr schöner Mund Eiter, Dreck und Gift aus seinen Kniewunden, spuckte sie sein Blut mit großen Gesten aus, gab es fingerdick Hagebuttenmarmelade aufs trockene Gesternbrot und zufriedene Blicke auf die vollen Backen, und dann, plötzlich, der Tränenglanz in ihren Augen: *Bald werde ich alleine hier sitzen und dich vermissen! Wirst du traurig sein, dass du nicht mehr bei mir bist?* Und gleich ein blödes Grinsen, weil das Kind wieder ins Nichts stierte und vor seinem inneren Auge mit dem Finger die

Umrisse des Festlands nachfuhr: die mächtigen Bergflanken, steil zum Meer hin abfallend, und an ihren Ausläufern die Mündung der Neretva. Dort war das *feste* Land, und weiter dort das andere Land, wo Vater und Mutter waren, das Land, von dem das Kind in manchen Augenblicken nicht wusste, ob es wirklich war oder Schimäre, wie es an manchen diesigen Tagen nicht sicher sein konnte, ob es die Karstfelsen des Festlands wirklich sah oder ob sie sein erprobtes Auge als Luftlinien in den Dunst projizierte.

Zum Ende des Sommers, da die Blutkrusten an den Knien und Ellenbogen heilgeküsst sind und das Kind das Warten schon aufgeben will, steht unverhofft die Mutter da. Sie hebt es hoch, drückt ihm spitze Küsse auf, setzt es in Nadas abgenutzte Emailwanne, spült ihm mit dem warmen, harten Wasserstrahl Schmutz und Salz von der Haut, packt es liebevoll am Nacken, wäscht und kämmt ihm das Haar, schneidet ihm die Fingernägel, kleidet es ordentlich an – Knickerbocker, Hemd und Stutzen, wie im anderen Land, wo man richtige Schuhe trägt und umständliche Kleidung. Und Nada, mit den zur Fesselung gebreiteten Armen, aus denen kein Entkommen ist (*Morgen fährst du mir, und ich werde alleine hier sitzen, werde daran denken, dass du gerade noch bei mir warst*), schlägt sich die Hände vors Gesicht, um das Flackern ihrer Augen und das Zittern ihres Kinns zu verbergen.

Als das Kind ihr tags darauf aus dem zur Hälfte heruntergekurbelten Autofenster zuwinkt, folgt sie dem sich immer rascher entfernenden Wagen, der überladen ist von letzten Grüßen und Abschiedssätzen, vom Duft der Feigen und von Marmeladebroten, die sie ihm noch schnell als Wegzehrung in die Hand gedrückt hat, folgt ihm kraftlos winkend mit ihrem Wehmutslächeln. Immer kleiner die Gestalt hinter der Heckscheibe, die endlich, als sie schon beinahe stolpert und stürzt – *Du wirst dir den Hals brechen!* –, immer noch winkend stehen bleibt, weil der Wagen zu schnell geworden ist, als dass sie noch mithalten könnte, und wie sie dem Kind so nachblickt und endlich hinter der Wegbiegung verschwindet, bleibt ihm nur das Schuldgefühl des Treulosen und dieses schwache Mitleid, das vielleicht nur eine gemütvolle Art der Verachtung ist: *Bald werde ich zurück sein! Bald!*, das tausendmal gehörte und tausendmal nachgesagte *Bald* – ein Täuschungsschwur, denn wenn es auch zum Jetzt geriete, dieses ewige *Bald*, dann bestimmt anders als ersehnt. *Bald* blieb die Nichterfüllung, ein Drohwort für ein Zukunftsfürchten, das jedes Freuen tilgte.

Sie: *Wer ist mein Augenlicht?*
Ich schweige. Zähneknirschend.
Sie dann: *Sag: Ich!*
Den Teufel werd ich tun.

Wie war mir immer zumute, Anuschka, wenn dich die Mutter holen kam! Du warst doch mein Kind, meins! Denk nur: Hier haben wir deinen ersten Geburtstag gefeiert, dort drüben, unterm Oleander. Und dort, am Steinweg, deine ersten Schritte, und da, auf der Veranda, dein erstes Wort: Vidi Mjesec!, *hab ich gesagt*, Schau, der Mond!, *und du daraufhin:* Metet! *Dein erstes Wort war Mond!*

Da war alles benannt und verdichtet in einem einzigen Wort. Mond: ein Sommernachtshimmel, die Dunkelangst, die Sichel als Urbild der vom Erdschatten verhangenen Wechselgestalt, kaum je ganz im Licht, nur dreimal alle Sommer, und *Bald ist Vollmond, bald,* so flüchtig dann wie Vaters Klaviersonate, der erste Satz: die Herzschritttriolen, die Langsamkeit in Cis-Moll, weil im anderen Land, dem sommerlosen, auch kein Ankommen ist, nur ein spiegelverkehrtes Sehnen, eine spiegelverkehrte Abwesenheit, vor allem zu den Zeiten, da die abgeernteten Felder und Wiesen noch fett und vollgesogen vom Herbstregen dampfen, bis die Kälte über dem Kessel einfällt und sich Nebel und Schwermut für Wochen übers Land legen.

Wenn der Vater spielte, wusste man nie, ob er für sich spielte oder für das Kind oder für jemanden, der unsichtbar unter ihnen weilte, denn sein Spiel war von solcher Hingabe, dass es unmöglich nur ihnen beiden gelten konnte. Da war kein Anfang, war kein Ende, nur eine Selbstverschwendung, an der man gewiss sterben konnte, wie am *Kolap*, an Typhus, Blutvergiftung oder Tetanus. Und wie war das Kind dem Mond schon nah zu jener Zeit, die es nur aus Nadas Erzählungen kennt: *Wie hab ich dich durch die Nächte getragen! Wie du nach Luft gerungen hast! Der Husten wurde ein Keuchen, zwanzig-, dreißigmal in der Minute, ich hab es selbst gezählt! Manchmal fielst du vor Erschöpfung in einen gespenstischen Schlummer, und ich prüfte jedes Mal, ob du noch atmest! In jener Nacht sind wir mit dem Schnellboot ans Festland gefahren. In letzter Minute. Gott sei Dank!* Und welche Täuschung der zweite Sonatensatz, der leichte, der alle Mondsuchtsphantasien zunichtemacht, wie all die anderen leichtfertigen Sätze, die gesprochenen, auch immer alles zunichtemachen, denn sie retten einen nicht, die Sätze, sie bringen nur die Wirklichkeit zu Fall.

Das Wort Flügel passte nicht zu Vaters schwerem Resonanzkörper, den er nach der Übersiedlung in die kleine Stadt herangeschafft hatte und der ein Drittel des Wohnzimmers einnahm, schwarz, hölzern – ein riesiger geschwungener Totenschrein. Dieser Flügel, so viel stand fest, würde sich niemals von der Stelle rühren, geschweige denn zum Flug abheben, bot auch keinen rechten Schutz, obwohl da immer ein Entschweben war, wenn das Kind darunter lag und dem Spiel des Vaters lauschte und die Schwerkraft mit jeder Akkordfolge, jedem Lauterwerden anwuchs und es seine Beine mit aller Kraft gegen den Bauch der dreibeinigen Gestalt stemmte, damit sie nicht über ihm zusammenkrachte, wo sie doch alles Gewicht der Welt trug. Da lag es, ausgeliefert, unfähig, sich zu verschließen, und indem sein Körper schwer und unbeweglich blieb, hob es die Musik an den Himmelssaum, zog seine Seele hoch, einmal als dichtgewebtes Segel, einmal als flackerndes Zünglein aus feinstem Flaum. Trügerisch war das, denn ehe man sich's versah, stürzte man über Berglehnen, geriet man in die Strudel und Söge einer Todesmelodie, fand man sich an die Ufer einer sternenlosen Nacht gespült, und nur die Füße des Vaters, die in Lederpantoffeln steckten und sich auf den Pedalen auf- und abbewegten, blieben als Zeichen der Wirklichkeit, obwohl sie dem Kind manchmal so unwirklich schienen, dass es nach ihnen tastete und zart darüberstrich, um sich ihrer Existenz zu vergewissern, ohne das Pedalspiel zu stören.

Kein Ankommen war da, im Vaterland, aber abends immer Strom und Licht. Und jeden Morgen kam die Gudrun und kleidete das Kind an und flocht ihm die Zöpfe und gab ihm Zuckerwecken und Krapfen und lobte es für seine ordentlichen Zahnabdrücke auf den schokolademünzendick bebutterten Broten. War die Kinderfrau gut aufgelegt, streckte sie ihm auf sein Kommando die Zunge entgegen, die es mit seiner Zungenspitze anspielen durfte, wenngleich es sie nach dieser Mutprobe jedes Mal angewidert zurückstieß und ihr im Koller bisweilen ins Gesicht klatschte. Der Gudrun schien es nichts auszumachen, auch nicht, dass das Kind bei jeder Gelegenheit unter ihren Rock kroch, um den Geruch ihrer seidenbestrumpften Schenkel einzuatmen, der dem der Tiger ähnlich war, obwohl es immer so halb im Spiel und halb im Ernst zurückschreckte und die Nase rümpfte, wenn es bis zum schwitzenden *Dortunten* vorgestoßen war, bei dessen Erwähnung die Eltern jedes Mal so kleinlaut wurden, dass man schon annehmen musste, die Vatersprache habe gar kein Wort für die *Pička,* nur *dassagtmannicht!*, bis man die Gudrun befragte und auf einen schier unerschöpflichen Schatz an Geheimworten stieß: *Feige*, *Patuschka*, *Fut.*

Die Gudrun war lustig. Sie ließ das Kind aufsitzen, wenn sie prustend und trällernd durch Diele und Wohnzimmer krabbelte, *über Stock und über Steine,* auch wenn ihr das Kind dabei auf den drallen Hintern klatschte, ihre langen hellbraunen Zöpfe unsanft als Zügel nahm und ihr seine Schenkel so fest in die Seite drückte, als wollte es sie zu Tode reiten. Sie aber, furchtlos und unbeirrt, richtete sich nur auf, *Du bist mir ja ein richtiger Huckop*, richtete sich Rock und Frisur, und gleich darauf schon sang oder sprach sie zu ihm, als wäre nichts geschehen. Doch wie sehr sich die Gudrun auch mühte: Früher oder später fiel das Kind in seine Stummheit zurück und trotzte ihren Späßen, um die dunklen Spiele zu erzwingen, das Abschiednehmen und Suchen, das Wegstoßen und Verstecken, und wehe ihr, wenn sie wirklich ging oder erst gar nicht nach ihm suchte, und als sie es einmal kurz aus den Augen ließ, zwängte es sich in den Wäschekorb und antwortete auf keinen ihrer Rufe und triumphierte mit jagendem Herzen, wortlos dann auch, als sie es endlich entdeckte und mit Leibeskräften gegen sein Stemmen hervorzog und es abwechselnd schalt und besänftigte und dabei in einer Weise an sich hielt, als wollte sie es erdrücken.

Das einzig Leidliche, womit sie das Kind länger zu erhellen vermochte, waren die Sagen und Märchen, die es längst auswendig kannte. Doch wenn sich die Gudrun beim Lesen räusperte oder die kleinste Stelle ausließ, wenn sie sich versprach, in ihre Mundart abfiel, sich beklagte – *Die Geschichte hab ich dir doch schon bis zur Vergasung vorgelesen* – oder gar einnickte, stieß es sie in die Rippen und knurrte wie ein Hund. Und wenn sie ihm beim Spazierengehen Brotkrumen für die Enten reichte, denn einmal am Tag, so hatte es der Vater verfügt, musste das Kind ins Freie, obwohl die Winterluft in jener kleinen Stadt nicht ankam gegen die Launen der kurzen Tage und des langen Nebels, schleuderte es die Krumen über die Böschung des Kanals nach den Höckerschwänen, und manchmal, wenn sie wild schnatternd nach den im Wasser treibenden Bröckchen hackten, presste es die Lippen zum Strich und zog die Brauen zusammen und versetzte sie mit Steinwürfen in Angst, um sein untrüglichstes Gefühl mit ihnen zu teilen. Erhoben sich die Stolzen mit den wunderlichen Schnabelbuckeln dann mit aufgeplustertem Gefieder, die Hälse vorgestreckt, die Schnäbel weit aufgerissen, fauchend und schnappend aus dem Wasser, verhöhnte es sie mit angedeuteten Tritten und gellendem Geschrei.

Die Gudrun blieb nicht lange. Keine Kinderfrau blieb lange. War einmal keine neue zur Stelle, kam Nada von weither, um das Kind zu hüten, während der Vater seinen Geschäften nachging und die Mutter bei den Kranken war.

In der Halle und am Perron des Zagreber Bahnhofs zuerst ein langes Warten, ein Auf und Ab in unbequemen Schuhen, wie doch mit solchen blaugefleckten, schmerzenden Füßen und Beinen alle Schuhe unbequem sind, dann endlich der Zug Richtung Villach, Coupé zweiter Klasse, immer mit Reservierung, immer die Seidenbluse, die schöne Feinstrickweste, die billigeren Zigaretten auch und die bittere, harte Schokolade im Gepäck. Und welche Aufregung, das Reisen, auch für eine, die schon viel erlebt hat, weil sich die Wiedersehensfreude erst nach der Durchsicht der Papiere, *Passkontrolle!*, einstellen will, weil sie jede Verzögerung im Fahrplan und jeder ernste Blick des Kontrolleurs schwitzen und erbleichen macht. Durchatmen erst nach Passieren der Staatsgrenze bei Jesenice.

Das wartende Kind derweil: erhitzt und aufgedreht, das Zugunglück im Sinn, von dem Nada erzählt hat – *Stell dir vor, Anuschka, viele der Toten waren so ent-*

stellt, dass man sie gar nicht mehr erkennen konnte! –, als endlich die Bremsen schrillen und es zum Ohrenzuhalten zischt und knirscht, bis aller Lärm zu Musik wird, gerade in dem Augenblick, da Nada aus dem Waggon steigt, viel zu langsam mit den kranken Beinen und dem großen *Kufer*. Jetzt einander entgegenlaufen, mit ausgestreckten Armen. Auch Nada läuft oder tut, als ob sie liefe, um schon nach wenigen Schritten anzuhalten, in schnellem Stakkato kleine Atemwolken in die klirrend klare Winterluft auszustoßen, mitten hinein ins Flockentreiben, und jetzt, da ihre Arme seinen Rumpf umschlingen und sie es an ihren Busen drückt und sich ihre Körper im Wiedersehenstaumel wiegen, ist sich das Kind seines Behagens nicht mehr sicher, löst sich seine Vorfreude in Zwiespalt auf und im Bemühen, mit Nadas Begeisterung mitzuhalten. Und welch ein Herzen und Liebkosen, und ihr Lavendelatem mit dem Bouquet von Rauch und Mandarinen und die Eiskristalle auf ihrer Frisur – Legionen weißer Blüten!

Auf der Nachhausefahrt füllt sich Vaters Wagen augenblicklich mit den Sehnsuchtsdüften, die jetzt eine andere Unruhe bewirken: hoffentlich nichts gefragt werden, nur ja nicht zu erkennen geben, dass Nadas Sprache in den Zwischenzeiten abgesunken ist, nur Zuhörer sein, wenn sie erzählt, und sich an jedem Wort aufrichten als die andere, die man auch ist, dort, im wieder anderen Land.

Im Elternhaus legt sie ihren Persianer ab, lockt das Kind zu sich ins Gästezimmer, eine rauchige, duftende Wunderkammer für die Dauer ihres Aufenthalts. Sie öffnet den alten Lederkoffer, in dem sie die Bruchstücke der andren Welt verborgen hält – und wie vertraut das riecht, nach Arzneien, Krašschokolade, Zeitungspapier, wenn sie zwischen Medikamentenschachteln, Blusen aus echter chinesischer Seide, Nylonstrumpfhosen, großen Büstenhaltern und Zigarettenpäckchen ihre Mitbringsel hervorkramt, dass einem die Sprache mit einem Mal wieder flüssig ist.

Auf Mutters mit hellen baumwollenen Schonbezügen verhängtem Diwan ist Nada eine große Dame, vornehm und schön mit der aufrechten Haltung, der eleganten Steckfrisur, der Seidenbluse, den Edelsteinketten, Ohrgehängen und Ringen, schöner noch als sommers. Und wie sie sich für ein Foto an Vaters Flügel lehnt, als lehne sie sich an den Vater selbst!

Nur wenn sie ins Freie tritt, steht und geht sie wie geduckt, dass ihr Kinn unter dem Fuchsschal verschwindet, meint nur im Vorübergehen: *Vidi jezero! – Sieh nur, der See!*, als hätte das Kind den See noch nie gesehen, und *Vidi brda! – Schau, die Berge!*, als wären die Berge über Nacht aus dem Boden gewachsen, und unberührt von alledem und ohne Leidenschaft und schon im nächsten Moment *Schau auf deine Füße!* und *Pass auf, wo du hintrittst!* und *Ich hab dir gleich gesagt, dass du hinfällst, wenn du nicht auf deine Beine schaust!*, dass einen die Angehörigkeit zu dieser satten, aufwendigen Welt, deren Schönheit nur den Blinden verborgen bleiben kann, beinah betreten macht.

Nada kann der Fremde nichts abgewinnen, nur den Lockungen in den auch nachts beleuchteten Schaufenstern, vor denen sie wie angewurzelt stehenbleibt, um zu schauen und Atem zu holen. Manchmal betritt sie ein Geschäft, wehrt die Verkäuferinnen mit einem Kopfschütteln ab, nimmt ein Kleidungsstück vom Bügel, lässt den Stoff zwischen ihren Fingern hindurchgleiten, prüft die Verarbeitung, besieht die Knöpfe, Nähte, Pflegeetiketten. Dann legt sie das Stück verächtlich zurück oder geht damit zur Kasse und kramt in ihrem Portemonnaie, immer so, als sei zu wenig Geld darin, als hoffe sie auf einen mitleidigen Preisnachlass.

Immer ist sie nervös, weil das Kind die Augen verdreht, ihr an Rock und Mantel zerrt, selbst vor den Auslagen des Spielzeuggeschäfts. Es ist gelangweilt vom zur Schau Gestellten, von den vorgetäuschten Sehenswürdigkeiten, von allem, worauf Nadas Zeigefinger seine Aufmerksamkeit lenken will, auch vom *Krampus* im Schaufenster des Süßwarengeschäfts, einem aus rot und schwarz bemalten Spanplatten gefertigten Teufel, der ein Spanplattenknäblein am Riemen hält und – von einer Maschine bewegt – alle paar Sekunden zu einem Schlag mit seiner Rute ausholt, und seine Augen, winzige rote Stecklämpchen, leuchten wie glühende Kohlen. *Schau, der Krampus, schau!* Das Kind aber wendet den Blick ab, begierig nach dem angeblich Gemeinen, den nasenbohrenden und greinenden Kindern, den Hässlichen, Besoffenen und Invaliden, versessen auf alles, was man vor ihm zu verbergen trachtet, wie Mutters Lehrbücher mit den farbigen Abbildungen von Körperteilen und Organen.

Nada nimmt das Kind bei der Hand, spaziert mit ihm den Kanal entlang, immer da entlang, um den Weg nicht zu verfehlen. Das Kind reißt Knallerbsen von den Schneebeerenbüschen, wirft sie ihr vor die kranken Füße, tritt sie, da sie das Spiel nicht kennt, schließlich selbst kaputt. Bisweilen nur ein Aufsehen: Weinende Kinder ziehen vorbei, ältliche Männer mit *verlorenen* Armen oder Beinen, Leute in Rollstühlen, Andersgestaltete. Dann aber: *Starr die Leute nicht so an!*, und sobald sie vorüber sind: *Hast du den winzigen Mann gesehen?* oder *Uch, ein Kriegsinvalide!* oder *Was für ein hässliches Kind!* Man war so viele Wunder nicht gewohnt.

Nada findet nichts dabei, die Enten und Schwäne mit Steinen zu bewerfen oder die Blumen aus den Rabatten der Stadtgärten zu pflücken. In allem stimmt sie dem Kind mit einem Lächeln zu. Nur einmal, als es lauthals zum Kehrreim der Hymne anhebt, *Hej Slaveni!*, klatscht sie ihm die Finger auf die Lippen: *Hier leben böse Menschen, die unsere Lieder nicht mögen. Ibermenschen!*, flüstert sie und deutet ein Ausspucken an. Eine Zeitlang spazieren sie dann wortlos, halten sich verschworen bei der Hand wie zwei, deren Geschick von einem unsichtbaren Feind bedrängt ist, wie immer den Kanal entlang, stadteinwärts, stadtauswärts, aber dann, da das angestimmte Lied in der Luft liegt, mit einem Mal vom gewohnten Weg abgekommen, zwei Straßen weiter, zum Bahndamm hin, wo die Güterzüge vorbeidonnern und man sich jedes Mal die Ohren zuhält und die Augen zudrückt und Nada sich beeilt, einem unter ihrem Persianerfittich Zuflucht anzubieten – mit ihrem Schmunzeln und ihrem *Kukavica!*, das nicht ohne Lust ist an der Angst, denn die Angst ist ja ihr eigenstes Gefühl.

Das Kind fragte nicht, wer die *Ibermenschen* waren oder wie sie aussahen, wollte sie namenlos, als ob es sie nicht gäbe. Und doch drängte sich ein Verdacht auf:

Vielleicht waren es die mit den anderen Gesängen, manche davon so traurig, dass man weinen mochte, auch wenn man die Worte kaum verstand. Vielleicht waren es die, die an einem der Nachmittage des noch jungen Jahres in der Diele standen, da Nada die Tür so leichthin geöffnet hatte – aufgeputzte Gestalten in buntem Kostüm, riesige Turbane auf den Scheiteln, einer mit schwarz bemaltem Gesicht, ein kleinerer ohne Kopfbedeckung, dafür mit umgeschnallten Flügeln. Wie auf ein Kommando hatten sie zu singen begonnen, und als der letzte Ton verklungen war, sahen sie Nada fordernd an, während sie das Kind fester an sich drückte. Das leise Zittern ihrer Hände hielt noch lange an, auch als die Ungebetenen schon auf den Gang hinausgetreten waren und sie die Tür ins Schloss geworfen und zweifach verriegelt hatte und nun atemlos davorstand, als müsste sie sie auch noch zuhalten, denn wenn sie auch viel erlebt haben mochte – *Nona je svašta prošla* –, so etwas bestimmt noch nicht.

Vielleicht waren die *Ibermenschen* die mit der Mundart, die das Kind zwar verstand, aber nicht nachzuahmen wusste. Vielleicht waren es die, die seine Sprache das *hohe Deutsch*, das *Nachderschrift,* nannten, befremdet zweifellos. Ihr *Woherkommstdu* war keine Erkundigung, sondern ein Bannfluch, ein Ausschluss, auf den man keine Antwort wusste, nur ein neuerliches Schweigen gegen den Verdacht, vielleicht wegen dem bisschen Mizrachimblut, das dem Vater des Vaters vorzeiten beinahe zum Schicksal geworden wäre, *'Ss brent, Brider, 'ss brent*, oder weil einem die Vatersprache so dahinstolzierte, die Zungenbrechsprache, die man leise sprach, als müsste man sich ihrer schämen, wie man sich im Vaterland ohnehin schämen musste – seiner anderen Herkunft, seiner Muttersprache –, obwohl man es doch gut hatte, *zu gut*, wie der Vater befand, wenn man ihm gegen den Strich ging oder sich wieder zu viel auf den Teller gelegt oder zu viel Butter aufs Brot geschmiert hatte. Wie hätte man sie auch erraten sollen, die Gründe und Nöte, die Lagerhaft des Großvaters? Man kriegte doch nichts zusammen mit dem vorwurfsvollen Blick – *Du hattest doch schon drei Brote*, dass einem der Bissen im Halse stecken blieb. Man nimmt nur so viel Butter, dass die Brotporen als weiße Punkte zu erkennen bleiben, man nimmt die Serviette auf den Schoß, bevor man das Besteck in die Hand nimmt, man hält die Gabel links und das Messer rechts, man sitzt aufrecht und zappelt nicht herum, man füllt Teller und Gläser immer nur ein wenig und bekommt vielleicht einen Nachschlag, man schmatzt nicht und spricht nicht mit vollem Mund und greift nicht quer über die Tafel, sondern bittet darum, dass einem etwas gereicht wird, man hält die Ellenbogen nicht auf dem Tisch, man tupft sich den Mund mit der Serviette ab, bevor man das Glas an die Lippen setzt, man wartet, bis alle bei Tisch sind und die Mutter mit dem Essen beginnt, man bleibt verdammtnochmal sitzen, bis alle aufgegessen haben, auch wenn die Launen unabsehbar sind und jedes Tischgespräch ein Haufen Kiefernnadeln – wie läuft sich's weich darauf, bis man sich an jener einzigen emporragenden sticht! –, und hieß es nicht *Beim Essen spricht man nicht?* Dann aber *Schau nicht ins Narrenkastl!*, auch wenn man nur scheinbar ins Nichts blickt, denn wie viel da ist: Nada, auf der Veranda, tief über die Schüssel *Paštafažol* gebeugt, den Löffel in der Linken, schlürfend, malmend, während sie mit dem Finger die eine oder andere Bohne auf den Löffel schiebt, den Finger dann geräuschvoll abschleckt. Und wie ihr die Suppe übers Kinn tropft, wenn sie kaut und dabei spricht, und wie sie mit immer noch halbvollem, weit aufgerissenem Mund lacht und sich alles auflöst im dritten Satz der Klaviersonate, die der Vater allzeit spielt. Aber welch ein Trugwort ist doch *Spiel* bei all dem Ernst!

Ist Nada bei den anderen Großeltern zu Besuch, wird sie mit Komplimenten bei Laune gehalten, Erkundigungen nach dem Wohlergehen, harmloses Gezirp. Man spricht langsam und deutlich in der Hoffnung, dass man einander dadurch besser verstünde, dass sich alle Ungleichheit verbergen ließe, auch der Argwohn, die Kluft, die Befangenheit. Große Gesten, wo die Worte fehlen – und sie fehlen an allen Ecken.

Nada genießt die Schmeicheleien der Alten, die höflichen Phrasen – *Was macht die Gesundheit?* und *Was für ein Kleid!* und *Wie geht es den Lieben daheim?* –, heißt das Kind das Geschwätz übersetzen, tut vornehm, blickt stolz nach links, nach rechts, nach oben, sucht Antworten, schmückt aus, lacht wie eine, die keinen Grund zum Lachen hat, fragt nicht, ob die ihre Lieder mögen, und kein Sterbenswort von Vesela. Sie weiß, dass der Großvater um ein Haar als *Volksverderber durch den Rost gefallen* wäre. Sie weiß, dass die Großmutter seinetwegen im Gefängnis war. Sie hält sie dennoch für gesegnet, alle beide. Wie sonst ist zu erklären, dass sie selbst im Herabschauen noch missbilligend zu ihnen aufblickt? Und wie sie sich brüstet und aufspielt, um die Bitterschokolade doch noch für die beste vorzumachen.

Jahre später wird sie keine Kraft mehr haben, ihren Unmut zu verbergen: *Ihr Österreicher*, wird sie sagen, *nichts als schöne Worte*, *Lipe riči.*

Die schönen Worte aber sind ein Segen. Man baut sie doch nur um ein großes Schweigen. Wohin denn sonst mit den Prügeln, den Fußtritten und Bauchschlägen, dem Genickbrechen über Stuhllehnen, den Deutschen Schäferhunden, die man auf den Biss in die Geschlechtsteile abgerichtet hat? Wohin mit den elektrischen Drähten, den Hungerbunkern und der Nummer 64190 auf Großvaters Arm? Wohin mit den Abschlachtungen im *Unterland*, wie das südliche Grenzgebiet des Vaterlands immer noch heißt – das Land von Milch und Honig, so anmutig und satt, dass mancher nicht anders konnte, als verrückt zu werden? Wohin mit den *Krüppeln* und *Idioten*, die man in den Nächten holte, auch aus den entlegensten Dörfern, um sie ins Krankenhaus zu bringen und dort zu Tode zu spritzen? Wohin mit denen, die man in Lastwagen und Eisenbahnwaggons fortbrachte? Wohin mit jenem Tag im Februar 1944, an dem sie den Großvater holten, weil er den Führer ein *Schwein* genannt hatte? Beim Verhör der Zuruf des Beamten: *Sag, dass du es nicht so gemeint hast, Saujud!*, der Witzbold aber unbeugsam, auch als man ihn zum Hitlergruß zwingen wollte. Wohin mit dem Gift, das man im *Bandenkampfgebiet*, zu dem man das Unterland erklärt hatte, an die Bauern verteilte, damit sie es den Partisanen, wenn sie vorbeikämen, ins Essen mengten? Wohin mit den Provokateuren in Partisanenkleidung, die von Haus zu Haus zogen, um die Bewohner zu *testen*? Wohin mit den geschändeten Leichen, die man tagelang liegen ließ – zur Abschreckung der *Banditen* und ihrer Gesinnungsgenossen? Wohin mit meinem Schweigen, als mir die Großtante vom Furor der Partisanen erzählte: *Die Keusche vom Sereinig haben die abgefackelt und sich in Sicherheit geglaubt, bis wir auch ihnen die Streu unterm Arsch angezündet haben!* Wohin mit Schutt und Asche, denn alles Schutt und Asche, nur nicht die Erinnerung, die nicht kleinzukriegen ist, nicht im Totschweigen, nicht in Suff und Verleugnung? Die dunkle Ahnung: so oder so von Blut zu Blut drängend, an die Nachgeburten derer, die niemals vergessen wollen, und an die Nachgeburten derer, die das Vergessen fordern, weil's ihnen nicht gelingt.

Mörderzunge, zischt Nada, wenn sie allein ist mit dem Kind und sich dazu herablässt, ihre Zinnoberlippen zum Deutschen zu verzerren, weil sie die Vatersprache ins Lächerliche ziehen oder ihre Abneigung in einem Grölen, einem Befehlston breittreten kann, der jedem Begriff den Anschein des Unanständigen gibt, mit einer ganz anderen Betonung als der gewohnten, *Cuuuriik!* und *Aahtung!* und *Dubisšwain!*, und wie das klingt – nach einem Kläffen, nach schlagenden Türen, Mordundtotschlag Wort für Wort. Sinnlos, ihr das auszureden, also lacht das Kind, lacht Nada zuliebe, lacht dem Vater zuleide, weil man ihn damit doch verrät, auch wenn man ihm im Geheimen die Treue hält, im Wissen, dass er kein Kläffer ist und niemals Türen schlägt und keiner Fliege was zuleide täte.

Und lachhaft ist, wer Asche sieht, wo keine ist. Und immer die Glut, mein Schatz, mein Brandschatz! Sogar das Plastiktischset mit der Bildgeschichte des kleinen Bären: voller Brandlöcher. Auf einem der Bilder hat sich der blasige Schorf tief in das Auge der Bärenmutter gefressen, denn Nadas Asche wird auch beim Füttern des Kinds lang – *einen Löffel für die Mutter, noch einen für den Vater* – und fällt auf den Untersetzer und fällt auf das Tischtuch und fällt zu Boden und manchmal in den Teller des Kinds.

Das Bild brennt sich in die Netzhaut: Der todgeweihte Offizier nimmt Abschied vom liebsten Freund. Das riesige Pferd steht mitten im ebenerdigen Sterbezimmer – man hat es an sein Bett herangeführt. Mit letzter Kraft, gestützt von einem Adjutanten, berührt er die Nüstern des Tiers.

Das Bild hängt in Nadas Zagreber Salon. Wenn es Bauchweh hat, fragt sich das Kind, ob es womöglich schon an der Krankheit leidet, die den Offizier das Leben kostete.

Mutters Bauch schwillt an. Wahrscheinlich Blinddarm. Das Kind prüft ihren Blick, wagt keine Frage. Eines Morgens beobachtet es, wie sie die Rundung streichelt. *Bald ist es soweit.* Was? Sie fordert es auf, sich mit der rechten Hand über den Kopf zu greifen, in dieser Verrenkung sein linkes Ohr zu berühren. *Was ist bald soweit?*, will es sie fragen und traut sich nicht, weil sie nun allzu oft vom *Ernst des Lebens* spricht. Die Farben des Herbstes werden ihm grell. Nur noch die Mumienköpfchen der überreifen Äpfel an blattlosen Ästen. Es ist die Zeit der Sonnenuhren aus zitterndem Schilfrohr, die

Zeit der Vogelbeeren und Spatzenschwärme. Es sind die Tage des Schüttelfrosts. Das leiseste Licht blendet, selbst durch den abgenutzten Vorhang hindurch. Die Mutter wird einen schon angesteckt haben. Das Kind greift nach seinem Bauch, prüft, ob er sich auftreibt. Die Fenster werden mit schwerem Tuch verhängt. Als es nach Tagen wieder aufkommt, wackeln ihm die Zähne. Abermals: *Greif dir über den Kopf! Erreichst du schon das Ohr? Los, halt den Kopf gerade!* Das Kind neigt ihn zur Schulter. Die Mutter lässt nicht locker. Stimmt irgendetwas nicht mit ihm? Es fragt nicht.

Wie es auf der Klavierbank Platz nimmt, lichtet sich Vaters Gesicht. Es lässt die Beine baumeln zur gedachten Musik, wie es einem nur in Kindertagen gelingt – *Du holde Kunst, in wie vielen grauen Stunden*, spreizt die Finger, *Wo mich des Lebens wilder Kreis umstrickt*, greift fünf, sechs, sieben Tasten, *Hast du mein Herz zu warmer Lieb entzunden*, fünf schwarze mittendrin, *Und mich in eine bessre Welt entrückt.* Eine ganze Oktave! Mehr als sieben hat der Flügel. Das Kind zählt sie. Sieben Oktaven und noch ein paar Tasten mehr. Es drückt sie nieder, nach der Reihe und zu zweien, summt die Töne mit, die Melodien. Nach den Seiten hin wird seine Stimme dünner, bis sie nicht mehr hinreicht in die Höhen und Tiefen, aber wozu die Stimme, wenn man doch Tasten hat: Und wie gut lässt sich's schweigen bei diesem Spiel, das ein wortloses Erzählen ist, ein Spiel nur für sich selbst – bis die Vaterworte in das Spiel eindringen, ihm solchen Ernst aufdrücken: *Schau, wie wunderbar das klingt!* und, an die Mutter gerichtet, die mehr auf die Pflicht gibt als auf die Musik: *Was für ein Gefühl für Rhythmus und Intonation!*

Das Kind begreift die Vaterworte nicht, doch sie klingen in ihm nach wie der Ton der Stimmgabel, wenn man das Kugelköpfchen nach dem Anschlag an den Klavierdeckel hält, oder das hohle Klack-klack des Taktgeräts. Wie ein verneinender Finger schlägt der Pendelstift in einem fort nach links und rechts aus, diktiert den Puls, stürzt jedes Zeitenmaß. *Metronom*, sagt der Vater und schiebt das Gewicht des Pendels nach unten. *Metronom*, wiederholt das Kind. *Triangel*, sagt der Vater, *Triangel*, sagt das Kind.

Das Konservatorium war größer als alles, was das Kind kannte; oder vielleicht erschien es ihm nur so, weil es sich da kleiner fühlte als andernorts, ausgesetzt auch. Durch die Mauern und Ritzen zog Strenge, zog ein Frieren, drangen Schall und Unruhe, Trommelschläge, wiederkehrende Tonfolgen, Stimmen und Gesänge, die sich verflochten und ineinander verschwammen und als Dröhnen über die Steinstufen fegten, hinunter ins Vestibül und weiter oben durch die riesigen Gänge – Zellentrakte, deren Fluchtlinien in einem anderen Universum zusammentreffen mochten.

Tausend Türen gab es da, gewaltige Doppeltüren und dahinter nichts als Frieren, wie hinter jener einen im zweiten Stockwerk, der dritten linkerhand, aus der einem, wenn man zeitig zum Unterricht ankam, der bleichgesichtige Bursche entgegentrat, prächtige Noten unterm Arm, mit Notenköpfen, die nur so über die fünfsträngigen Raster flatterten, dicht an dicht, auch zu mehreren untereinander, die Hälse beflaggt oder mit Querbalken und Bögen zu Klüngeln vereint, manchmal auch zwei, drei Querbalken, wie wenn es nicht genügte, an nur einem Balken zu hängen. Diesen Noten war ein Können anzusehen, die Überlegenheit gegenüber dem Kind mit seinem lachhaften Kinderliedernotenheft, das man besser verdeckt hielt, weil auf dem Einband neben einer Kinderzeichnung *Ich spiele Klavier* stand, gerade so, als sei das Proben dieser schmucklosen Tonzeichen ein Leichtes, ein Spiel, wogegen das Musizieren des blassen Burschen: ernst und erhaben. Und welch ein böses, wenn überhaupt ein Spiel: die Fingersatzlektionen bis in die Synkopen, der Daumennagel des Klavierlehrers im Handteller, sein spitzer Ton: *Ich werd dir deine Fingerhaltung schon noch austreiben!* und *Wart's nur ab!* und *Und wenn du's auch bis zur Vergasung übst!*, weil man die Finger so flach hielt, und, indem er sie biegt und spreizt: *Wer sein Talent vergeudet, der versündigt sich!* und: *Hast du überhaupt geübt? Raus mit der Sprache!* Sonst zur Strafe wieder nur den Fingersatz. Wie ernst wird da mit einem Mal, was aus Lust begann!

Ist Nada zu Besuch, brütet sie auf einem eigens herbeigeschafften Stuhl schräg hinter dem Kind, schnaubt ihm den heißen Zigarettenatem in den Nacken, blickt unentwegt auf die gekrümmten Finger, die sich im Krebsgang über die Zähne des Instruments bewegen, in die weißen und schwarzen Tasten einbrechen, als liefen sie auf hartgefrorenem Schnee oder auf zu dünnem Eis, in rätselhafter Reihenfolge auftauchend und wieder einbrechend, sich manchmal unvermittelt zum Stakkato abstoßend.

Wenn sich die Misstöne mehren, drückt sie dem Kind den Daumen ins Kreuz, ermahnt es, aufrecht zu sitzen, nimmt das Lexikon der Krankheitslehre aus Mutters Bücherkasten und legt es ihm auf den Scheitel, denn die richtige Haltung ist das Um und Auf und die Klavierbank mit ihrer bequem gepolsterten Sitzfläche aus dunkelbraunem Velours selbst in der höchsten Einstellung nicht hoch genug.

Ab und zu fällt ihre Asche auf die Tastatur, dann bläst sie sie fort – *Uch, to nije ništa!* Und das Kind weiß nicht, ob das Wasser in seinem Lidwinkel von Nadas Zigarettenqualm rührt oder von ihrem *Eines Tages wirst du spielen wie Ivo Pogorelić* oder vom Widerwillen beim Anblick der eng aneinandergereihten vollen und hohlen Notenköpfe oder von Mutters *Alles kann man, wenn man nur will* und *Manche Menschen muss man zu ihrem Glück zwingen*, im Vorbeigehen so dahingesagt. Und gewiss hat sie recht, denn woher die Kraft nehmen, es dem aus eigenem Antrieb gleichzutun, der bleich von Vaters Schallplattenhülle lächelt, als habe er die Sonne nie gesehen, wie die Klavierkinder immer die Sonne ermangeln, da es nur recht und billig ist, den Begnadeten, die ihre Begabung allzu leichtsinnig für das Vergnügen aufgeben, das Glück einzubläuen?

Der Vater liest die Geschichte vom hässlichen Entlein:
Ein gutes Herz wird niemals stolz.
Nada anderntags: *Wie bin ich stolz auf dich, Anuschka!*

Vor dem Klavier war kein Entrinnen. Nicht einmal, wenn man auf Mutters Betreiben wieder mit Sack und Pack in eine neue Wohnung übersiedelte, im Wissen, dass es auch diesmal keine Bleibe wäre, weil für die Heimatlosen nirgendwo ein Bleiben ist: Immer die Klavierträger, die Einzigen, die den Flügel bezwingen konnten, wie sie ihn von allen Seiten umstellten, mit ihren breiten Schultergurten bändigten, als sei zu befürchten, dass er sich augenblicks zu wehren beginnt, Beine und Pedale abschraubten und die Klappen sicherten. Dann, zwei Mann vorne, zwei hinten, unter Keuchen und Fluchen treppab, treppauf, behutsame Handgriffe, knarzende Lederhandschuhe, Schweiß auf Schläfen und Stirnen. Und man selbst? Stillgehalten, aber dicht daneben, in der Hoffnung, unbemerkt zu bleiben, weil sie einem als Neugier auslegen würden, was in Wahrheit Andacht war, weil sie für eine unbedeutende Übersiedlung hielten, was man als Trauergeleit empfand, da der Flügel fortgeschafft wurde, hinausgetragen, wie ein riesiger Sarkophag, ein Angstgeleit dabei, weil der Flügel einem ins neue Heim voranging, ein ewiger Schatten, den man nimmer abschütteln würde. Man wünschte ihn sich vom Hals, hoffte insgeheim, er möge bei der Übersiedlung zu Bruch oder verlorengehen, und ängstigte sich zugleich, wenn sich die Träger in den engen Stiegenhäusern Zentimeter um Zentimeter vorarbeiteten, auch an den Türstöcken das Atemstocken, damit das Heiligtum heil bliebe. Ihren Reden war anzuhören, dass sie nicht um den Ernst des Moments wussten und nichts vom Erlkönigskind, und gewiss hätten sie niemals begriffen, wie nahe man den Wassern war, wenn man den Flügel zum Klingen brachte.

Die Mutter liegt im Krankenbett, kreidebleich und matt: *Du hast ein Brüderlein bekommen, srećo moja!* Nada ist gekommen, beugt sich über die Tochter.

Rodila si sina!, flüstert sie ihr zu, und ihre Augen glänzen – *Jetzt hast du einen Sohn!* Gott sei Dank: ein Sohn!

Das Kind betrachtet den winzigen Knaben durch die doppelte Glasscheibe der Säuglingsstation, will ihm endlich an den Hals. *Wie wird man ein Bub?*, fragt es die Mutter. *Indem man unterm Regenbogen durchläuft,* antwortet sie.

Nach den Wärmegewittern, wenn es rasch aufklart und einem die tiefe Sonne schon im Rücken steht, hält das Kind Ausschau nach dem farbigen Lichtgewölbe. Früher oder später geht es los, schlenzt die Straße entlang, greift im Vorübergehen nach den Ähren der Wiesengräser, zieht sie mit festem Griff vom Halm, gerade so wie Nada die von winzigen Blättchen bedeckten Federzweige der Tamarisken mit einer ruckartigen Bewegung gegen die Wuchsrichtung abstreift bis zur nackten Gerte. Das Kind deutet die Büschel zwischen Daumen und Zeigefinger – *Henne oder Hahn?* –, richtet den Blick dann schräg nach oben wie die, die auch vor Gott so tun, als führten sie nichts im Schilde. Was, wenn es wirklich als ein Bub zurückkehrt? Eine Weile läuft es querfeldein, hinter ihm im hüfthohen Weizen die dunkle Scharte plattgetretener Halme. Immer flinker tragen es die Beine, bis es zu laufen beginnt, schneller als je, denn zu jener Zeit glaubt es, fliegen zu können und dass man alles könne, wenn einem nur das rechte Wollen gelänge und man den Glauben für sich behielte, um sich nicht mit fremdem Zweifel anzustecken, bis man es fertigbrächte, die eigene Wahrheit gegen die der anderen durchzusetzen. Irgendwann würden sie es mit eigenen Augen sehen, sein Entschweben gegen alle Regeln der

Erdanziehung, über allen Eifer und alles Geschrei, über die Landstriche des Vaterlands mit seinen Wassern im Überfluss und hin zum Meer, und endlich würde aus dem Zwischenweltenwandler ein Anwesender, vielleicht ein Ankommen, da wie dort. Man bräuchte nur genügend Anlauf. Als es sich sicher ist, nicht mehr anhalten zu können, breitet es die Arme aus, kleine Luftsprünge, Einknicken, Stolpern, Herzstolpern, weil ihm vom Laufen der Atem kurz wird oder weil es endlich begreift, dass sich die Lichtarkade mit ihm mitbewegt, flieht, auf immer unerreichbar, wie schnell es auch sein mag.

Kann man nicht alles, wenn man nur will? Hat's nicht die Mutter selbst gesagt? Wenn sie ihr Bübchen wäscht und wickelt, richtet sie größtes Augenmerk auf sein Geschlecht, kost und küsst es und gibt ihm zärtliche Namen. Das Kind füllt Wasser in einen Luftballon, nur ganz wenig. Es stopft ihn sich in die Hose, zieht den Ballonhals durch den Reißverschluss, hält ihn dabei gedrückt, stellt sich vors Klosett, lässt los. Es wird danebengehen, jedes Mal. Tagelang, wochenlang wird es die nassen Hosen im Wäschekorb verstecken. Die Mutter wird es danach fragen. Irgendwann wird es aufgeben. Es wird immer schwerer an seinem Namen tragen, weil man es als Mädchen ruft. Es wird immer schwerer an der Muttersprache tragen, in der das Wort *Mann* zugleich das Wort *Mensch* ist, in der es gleich durchschaut ist, weil die Wortendungen anzeigen, dass es statt dem *Pimpek* nur die *Pička* hat. Wenn es hungrig, durstig, müde oder sonst was ist, sagte es *gladna, žedna, umorna*, weil man ihm sofort die andre Wahrheit unter die Nase riebe, wenn es *gladan, žedan, umoran* sagen würde, wie es dem Brüderlein zusteht und den kleinen Cousins, die niemand tadelt, wenn sie in der Nase bohren, fluchen, ausspucken oder in schönen, hohen Bögen an die Büsche und Mauern pinkeln. Nada greift ihnen bisweilen mit spitzen Fingern nach den nackten Zapfen und dann *Uuuuuh!* und große Gesten: Sie beutelt sich, reißt die Augen auf, verzerrt den Mund, tut halb entsetzt, halb belustigt und *Was ist denn das?*, und dann ein breites Lachen und mit gespieltem Erstaunen *Imaš drndrlin! – Du hast einen Schniedel!*, und die Buben lachen und feixen und halten ihr die kleinen baumelnden Schniedel wieder und wieder hin, und wie sie ihnen nochmals nach den Hüften schnappt, weichen sie kichernd und schreiend zurück.

Das Kind bleibt ausgeschlossen von dem Spiel, auch wenn es sich die Zunge beschneidet, die verräterischen Wortendungen verschluckt, die Zeitwörter der Vergangenheitsform immer undeutlicher betont, damit man das *A* für ein *O* hält, damit man es als den Buben erkennt, der es in entschlossener Auflehnung gegen seinen Mangel ist, wovon sich gewiss alle Welt überzeugen ließe – so glaubt es jedenfalls bis zu dem Tag, an dem sich Nada in den Kopf setzt, ihm ein Kleid zu nähen.

Sie hält ihm ein Tuch von schwarzblauem Samt hin, heißt es schauen, fühlen, staunen, zeigt ihm Knöpfe und Borten, den fordernden Blick der Gebenden. Dem Kind gelingt kein Wort – kein Wort des Widerspruchs, kein Wort geheuchelter Freude. Sie streicht ihm über den Rücken, zieht seine Schultern hoch, hebt sein Kinn, vergewissert sich, dass es aufrecht steht, zirkelt es ab, lotet es aus, an Armen, Brust und Hüften, legt ihm das schlaffe Natternband um die Kehle, beziffert, ermisst, beugt seine Ellenbogen, trägt die Maße in ihr Büchlein ein, rückt wieder dicht heran, kniet vor ihm nieder, Stecknadeln zwischen den Zähnen.

Bald darauf steckt sie den Stoff ab, beschneidet ihn. Ihre Hände – Chirurgenhände! Sie schlitzen nicht den Stoff, sie schlitzen seine Haut, fügen ihr Litzen, Schleifen und Knopflöcher zu, flicken sie endlich zusammen. Das Nadelstichstakkato ihrer Nähmaschine schraubt sich in sein Trommelfell. Und übermorgen, Kind, zieh ich's dir über – das Nadelkleid aus Nesselbrokat.

Das Kind bemerkt das Pflaster auf ihrem Zeigefinger, hat ein schlechtes Gewissen, weil sie für es blutet – oder gegen es –, und zugleich die heimliche Erleichterung, denn würde sie nicht bluten, wär sie die Teufelsbuhle, die man in einem mit Nägeln beschlagenen Fass den Berghang hinabrollte, weil sie sich nicht ertränken ließe.

Sie reicht ihm das halbfertige Gewand in Erwartung seiner Freude. Immer wieder. Es kann sich nicht freuen, nicht einmal tun als ob. Immer mehr verdunkelt sich ihre Miene, immer häufiger quillt der Aschenbecher über, immer seltener tritt der Glanz in ihre Augen, den die Liebevollen im Blick tragen, wenn sie zu den Kindern sprechen.

Es wird schon die Zeit gewesen sein, da Nada erstmals ein leiser Zweifel beschlich, ob es noch *ihr* Kind war, denn sie begann jener Zeit nachzuhängen, da das Lieben noch ein Leichtes war. Und wie um es in seiner Treue auf die Probe zu stellen, wie um sich ins eigene Fleisch zu stechen und ihm daraufhin alle Schuld in die Schuhe zu schieben, unterbrach sie das Nähmaschinengeratter jetzt noch öfter, um es herbeizurufen und ihm in immer borstigeren Gesten die verhasste Verkleidung vor den Latz zu halten, so wie es ihr seine Wirklichkeit vor den Latz gehalten hätte – *Ich bin doch ein Bub! Merkst du's denn nicht?* –, wenn es ohne Bedenken gewesen wäre, dass sie es sogleich mit einem schnellen Griff in seinen Schritt Lügen strafen würde – *Nemaš drndrlin!*, *Du hast keinen Schniedel!* –, es auf Biegen oder Brechen aus seiner tröstlichen Wirklichkeit schälen würde, wie sie es immer tat, wenn sie es der *Einbildungen* verdächtigte: *Gore infišat nego poludit!*, und *Du musst immer die Wahrheit sagen! – Moraš reći istinu!*

Dann kam der Tag, den niemand je vergessen würde. Während Nada auf der Veranda saß und nähte und rauchte und nähte und wieder rauchte, hockte das Kind im Garten, das Tränendrücken übend. Dann, mit einem Mal Stille, wie da schon als Stille galt, wenn nur noch die Zikaden kreischten. Das Rattern der Nähmaschine war verstummt. Und wie das Ohr sich auftat, das verschlagene, und wie befreit die Atemzüge jetzt, der Garten wieder ein Glücksgefilde, ein Sekundenglücksgefilde, das schon im nächsten Augenblick zersprang, indem Nada wieder zur Kleiderprobe rief, uneinsichtig gegen die Dringlichkeit des Spiels, das sie für ein Nichtstun hielt.

Das Kind stellt sich taub. Noch einmal jetzt der Ruf, und diesmal lauter. Das Kind aber bleibt still. Sie weiß um die List, man hört es ihr an. Sie wartet kurz ab, ob es doch gehorcht. Dann bläst sie den schwarzen Lungenbalg mit einem gewaltigen Atemzug auf und stößt einen Fluch aus, dass für einen Moment alle Zikaden verstummen und alle Herzen stillstehen und die Spatzen,

Kuckucke und Amseln aus den Büschen und Bäumen auffliegen, *Idi u pičku materinu!*, indem sie von ihrem Korbsessel aufspringt, dass die spröden Weidenruten nur so krachen, und dann steht sie da, dreimal größer als je, auf der Brüstung der Veranda, *Du willst das Kleid nicht? Undankbares Balg!*, reißt das Kleid entzwei, *rrrrratsch!*, und dann *Jebem ti boga!*, und obwohl das Kind jetzt zittert und bebt, sind die Tränen, die ihm über die Wangen laufen, Tränen des Triumphs.

Nada kann so ausgelassen sein. Sie bringt den Kindern Lieder bei – *Grmi, sijeva, oluja se sprema, a ciganke varošanke još iz sela nema* und *Lijepo ime majka* und *Ćiri-biri-bella, Mare moja* und *Po šumama i gorama* und *Hej Slaveni. Kinder, seid brav, wenn ihr könnt*, sagt sie, oder *Besser, die Kinder sind schlimm, als sie liegen in den Laken*, sagt es mit ihrem Mondsichellächeln und zieht die schöne Braue hoch. Zu den Nächten erzählt sie Schauergeschichten, selbsterfundene, suhlt sich mit den Enkeln auf dem Fransenkelim, greift den Buben ans Geschlecht, *Imaš drndrlin!*, lockert ihre Zahnprothese, reißt den Mund auf, schneidet Grimassen, knurrt und schnarrt, die Zigarettenlänge als Zeitmaß eines jeden Spiels: *Ich rauche noch zwei Zigaretten, dann geht ihr schlafen.* Oder: *Wenn ich diese Zigarette fertiggeraucht habe, erzähl ich euch von Rundov-Brundov.* Wenn man sie bittet, erzählt sie von ihrer Schwester Dinka, die sie einst mit Besenhieben aus der Küche jagte, nachdem sie sie dabei ertappt hatte, Fleisch aus ihrer Tiefkühltruhe zu stehlen, erzählt auch, wie sich Dinka, die *Junakinja*, im Spanischen Bürgerkrieg im toten Winkel an Feindespanzer anpirschte, Sprengladungen in die Panzerluken warf, manchmal in die Mündung des Kanonenrohrs, Benzin in alle Ritzen, dann die Flammen, lichterloh. Und man schmiegt sich an die Schmauchende und atmet ihr Gift, zappelig und aufs Seligste gefasst.

Sie war die Eulenspiegelin, Stimmenimitatorin, Feuerschluckerin, eine aufgedrehte, sich verschwendende Kapitolinische Wölfin, an deren dicken Zitzen Zuflucht war, auch an den splitternackten Zitzen – *Schau, Anuschka, welch schöne, weiche Brüste Nona hat!* Rauchend, so erzählte man sich, soll sie die Kinder gesäugt haben, und die Asche fiel von der Glut, fiel den Säuglingen aufs Haupt – und heimlich das Aschekreuz auf die winzigen Stirnen gemalt, weil man doch den Kleinen noch keine Erbsen in die Schuhe schieben konnte, und dabei die Worte *Mea culpa, mea culpa!* aus den schwelenden Lippenblüten, die unter dem aufgetragenen Rot von der Farbe des Wiesensalbeis waren, da sich das Blut daraus schon ganz zurückgezogen hatte, und mit den Stirnen der Kinder wuchsen die Male der Ascheglut, die *Windpockennarben*, wie Mutter sie nannte, weil sie es nicht besser wusste. *U svakoj šali ima istine – In jedem Scherz ein Körnchen Wahrheit.*

Nada konnte so komisch sein, so übermütig auch, dass man danach voll des Glücks war und manchmal vor lauter Lebenwollen nicht schlafen konnte und bis zum Firmament wuchs, stark und unantastbar, als hätte man in Drachenblut gebadet. Doch ihre Nerven waren schwach. Wenn sie der Ausgelassenheit, die sie in den Kindern entzündet hatte, überdrüssig geworden war, wurden ihre Hände nervös, drückte das Magengeschwür, musste von einem Moment auf den anderen alles seine Ordnung haben, mussten ihr alle vom Hals und husch, husch, husch, ein jeder wieder in sein stilles Eck. *Od igruše dođe na plakušu! – Übermut tut selten gut!*, mahnte sie und erhob den Zeigefinger, Schulmeisterin wie vor der Amtsabtretung, worauf sie dann selbst noch pochte: *Bila sam pedagoški savijetnik – Ich war pädagogische Beraterin*, Besserwisserin von Beruf.

Den Leuten in den Salons und auf den Zagreber Trottoirs war Nada eine andere – ernst, klug und schön, die Göttin der Muränen. Sie überspielte ihre Unsicherheit mit linkischem Charme, zog ihren Stolz als dünne Flagge hoch, ein gefährliches, züngelndes Schmunzeln, das ihr das Kind verübelte wie alle Schwächen, die sie nicht zu verbergen wusste; denn welche Anmaßung, mit der sie, die morgens und nach der Siesta schlaftrunken, zahnlos, ungekämmt und im nachlässig zugeknöpften Schlafhemd herumschlurfte, sie, die ihre Anmut für die anderen aufsparte, während sie vor den Angehörigen wie eine *Ciganka* rauchte und wie ein Marktweib fluchte, sich über die Arbeiter, Bauernfänger, Matrosen und anderes dienende Volk erhob, das dem Kind aus Trotz und Rechtssinn umso lieber war. Es murrte und schmollte, um sich für Nadas Schauspiel zu rächen, für die Kostümierung und das lächerliche Spreizen, für die mädchenhafte Verlegenheit, mit der sie zu denen von Rang und Namen aufsah, zu den berühmten Künstlerfreunden, Professoren und Doktoren, zu den großen Männern, dem Marschall, den Admirälen und Kommandanten mit ihren blondierten, grell geschminkten *Milostivas*, die so waren, wie sie sich selbst gefiel, sie, die Feinnervige, der es nicht gegönnt war, die Herkunftsarmut schadlos hinzunehmen.

Nie war sie zufrieden mit sich, auch später nicht, als sie die Schwestern beneideten und sie nicht wusste, worum, denn dass sie schön sei und jedem Mannsbild den Kopf verdrehe, hielt sie ihrer heimlichen Eitelkeit zum Trotz für Geschwätz und ihren Ehrgeiz für einen Fluch, genau wie ihre Bewunderung für die Professorin Anka und die Mitschülerinnen aus den *besseren* Häusern, die sich an den Nachmittagen im *Đardin* mit den bunten Gartenzwergen zu Limonade und harmlosen Spielen trafen, unerreichbar für eine wie Nada, denn wenn sie es auch fertigbrachte, die Phrasen und Frisuren der Mädchen trefflich nachzuahmen, sich die Ohren selbst zu stechen und die heimlich ausgeliehenen Ohrringe der Mame jedes Mal unbemerkt ins Nachtkästchen zurückzulegen: Den Grünspan der Armut wurde sie nicht los. Es half auch nicht, auf dem Nachhauseweg von der Schule immer erst zwei Gassen nach den Kameradinnen abzubiegen, damit sie nicht mitbekämen, wo und wie sie lebte – mit neun Geschwistern, wie die Orgelpfeifen waren die, mit dem Pape, der sich, trotz seiner Neigung zum Tabak bei bester Gesundheit, in seinen Dreißigern als pensionierter K.-k.-Offizier zur Ruhe und von da an ins Kaffeehaus gesetzt hatte, anstatt die Mäuler zu stopfen, und mit der dicken Mame, an deren Brüsten sich der Pape mit seinen hellen, wachen Augen und seinen großen Händen Tag für Tag verging und wie die Mame dazu kicherte und die Kinder darüber nicht einmal erröteten, weil man sich in diesem von Tabakrauch und Küchendunst durchzogenen Tollhaus über jeden Saukram die Schenkel klatschte, schmauchend, prustend, fluchend, dass sich die Balken bogen.

Nadas Zuhause blieb ein heimliches Dunkel, das sie mit allen Einbildungskräften zu erhellen suchte, immer darauf bedacht, jenen Schein zu wahren, den die anderen nicht sahen.

Jahre später ist sie wer, durch Fleiß und Heldentum und Heirat, und in den besten Häusern gern gesehen. Die Großstadtfreundinnen tun sehr galant, nicken mit den prächtigen Frisuren, spitzen ihre Biskuitmünder, wenn Nada auf das Kind zu sprechen kommt – *Moja Anuschka svira klavir* –, atmen ihren Zigarettenrauch so hastig aus, dass die Broschen über den Brüsten erzittern, streichen dem Kind nervös übers Haar, tätscheln seine Wangen, zeigen ihm das Klavier – ein jedes gutes Haus hat ein Klavier –, und Nada raunt vor sich hin, *Mali Mozart*, und das Kind verdreht die Augen, richtet sie nach dem Innern, hin zu Mozarts frühem Tod am langen Fieber, und der Blick auch zu den Tastenrippen und Teppichfransen.

Als es aus dem Sinnen schreckt, nicken ihm die Damen zu, kosen es, atmen ihm ins Gesicht, während ihnen Qualm aus Mündern und Nasen tritt. Sie heißen es ein gutes Kind, weil es die Augen niederschlägt, wenn man ihm Limonade und Näschereien reicht, obwohl es doch gewiss gerne annehmen würde, wie doch alle Kinder alles gerne nehmen. Wohl sind sie gut zu ihm, weil es so *lebendige Augen* zeichnet, dass man beinah erschrickt, und weil es so *unsrig* ist und sein Vater, wie Nada versichert, zwar jenseits der Grenze lebe – jaja, das schon –, aber kein *Nijemac* sei, *Bože sačuvaj! – Gott behüte!*, und nicht einmal ein echter *Austrijanac*, ja nicht einmal ein richtiger *Stranac*, denn die Stadt, in der er lebt, liege ganz nahe an der Grenze, fraglich gar, ob überhaupt im *Drüben*. Ja, wenn man es nur recht bedenke, sei er, der Schwiegersohn, doch einer von den *ihrigen*, ein *Slovenac* allenfalls, ein feiner Mann. Und wehe dem, der widerspricht, weil er es besser weiß, und schon bei der nächsten Gelegenheit *Du musst immer die Wahrheit sagen, hörst du! – Moraš reći istinu!*

Die Damen lachen laut und mit den Jahren immer lauter, wie um den Tod zu schrecken. Sie nippen am Likör, hinterlassen die öligen Abdrücke ihrer Lippen auf den Kristallkelchen, stopfen sich mit Krašpralinen voll, heißen das Kind mit den eigenen Enkeln spielen gehen, ahnen nicht, dass es sich fortstehlen wird, nicht zu den anderen Kindern, sondern in die fremden Bäder und Schlafzimmer, wo es ihre Wäschekörbe durchstöbern, ihre Unterhosen befühlen und beschnuppern wird. Und welch ein Triumph wird es sein, wenn das Kind, das Liebkind, das Kuckuckskind, der Kandiszuckerlutscher, wieder im Salon erscheint und den Gastgeberinnen, den adelsstolzen *Gospođas* und *Milostivas*, die sich ihrer Leiblichkeit bestimmt auch am stillsten Ort noch schämen, im Wissen um ihr Geheimnis unter die Augen tritt! Niemand wird danach fragen, wo es sich herumgetrieben hat, um sich jenes kleine Angebinde zu beschaffen, das es nun unbemerkt in seiner Hosentasche trägt – dieses unbrauchbare beschmutzte Ding aus Baumwollstoff, das seinen Wert nur dadurch erfährt, dass es im süßen Aufwand der Heimlichkeit angeeignet ist und einen mit der Welt versöhnt.

Was macht es noch, dass Nada es schroff zurechtgewiesen hat, als es Einspruch erheben wollte gegen die Lügengeschichte vom *slowenischen* Vater, gegen ihre Versuche, das Vaterland zu annektieren, mit diesem schnellen Wimpernklimpern? Und was macht es noch, dass Nada jetzt wieder ihr unergründliches Lachen lacht und irgendwas von *schüchtern* redet, irgendwas von *dišpetoža*, als man es zum Flügel treten heißt, ihm den Sessel hinschiebt und es herausfordernd ansieht und Nada stolz und ungeduldig nickt: *Na los!*

Was macht es auch, dass Nada sich in unbemerkten Augenblicken einen Spaß daraus macht, die Enkel der *Gospođas* hinter deren Rücken zu erschrecken, denn den Kindern glaubt man nicht, und wenn so ein Balg verstört und greinend mit dem Finger auf sie deutet, auf Nada, die eben noch Fratzen schnitt und ihr falsches Gebiss aus dem Mund hervorstehen ließ und die Zunge zeigte, wird es von den Gastgeberinnen scharf angefahren. Die Genossinnen erröten, reden sich wortreich heraus, bitten die Beleidigte um Nachsicht, zwingen das Balg, sich bei ihr zu entschuldigen, auch wenn sie in gespieltem Großmut abwinkt: *Die Phantasie ist in diesem Alter eben besonders ausgeprägt.* Manchmal, wenn ihr der Teufel immer noch keine Ruhe lässt, blinzelt sie dem blamierten Kind noch einmal zu und lässt ihre Zunge – hat's wer gesehen? – abermals zwischen den Lippen hervorblitzen.

Die Kinder haben es doch immer gut. Und weil man das auch zu Nada sagte, damals als Kind, schämte sie sich ihrer Unzufriedenheit und dafür, dass sie das

Glück gerne am Schopf gepackt hätte, wie man den Jüngling Kairos am Schopf packt, wenn man sich ein Glück erhofft. Die Armut durfte nur heimlich schmerzen, auch wenn einem darüber zuweilen die Sonne kalt war. Also trug Nada das Magengrollen wie ihr schäbiges Gewand: mit heiterer Fassung und jenem widerborstigen Stolz, der die Armut zur Tugend erhebt.

Nicht wer wenig hat, sondern wer mehr haben will, ist arm, behauptete die Mame, sie, die immer aß und aß, die dicke, zuckerkranke Mame, die gut reden hatte vom nackten Knochen, den nicht einmal ein Hund wolle, wenn sie sich gierig über jene reichliche Portion hermachte, die sie für sich reserviert hatte. *Di pasčad nije bisna kuća nije tisna!*, rief sie übermütig aus, wenn die ganze Kinderschar, die *Dičurlija,* zu Hause war und wieder alles durcheinander geriet – *Wo die Meute nicht beißt, ist kein Haus zu eng.* Für Geld kann man den Teufel tanzen sehen, das wusste Nada. Aber es tröstete nicht, denn obschon der riesige Kochtopf immer am Dampfen war, war sie doch nie ganz satt – und manchmal drehte es ihr den Magen um, wenn ihr auf dem Heimweg schon von weitem die Polenta in die Nase stieg. *Palenta marmelada, u Splitu nema glada,* scherzte die Mame, und Nada zwang sich zu einem Lächeln – auch wenn sie später davon erzählte, viele Jahre später, vielleicht aus Verlegenheit, vielleicht aus Armenstolz, da es doch gute Zeiten waren, damals in Solin und später in der Stadt.

Besser, die Kinder sind schlimm, als sie liegen in den Laken, und besser, die Kinder sind schlimm als tot – denn es gab auch die nicht erfundenen Geschichten, die nur hinter vorgehaltener Hand erzählten, die vom kleinen Branimir, dem der Krähenvogel schon vor dem ersten Geburtstag in den Hals geflogen war. *Gott sei Dank nur eines von neun Kindern, Gott sei Dank!* Und wie tapfer es die Mame trug, die so zum Aberglauben neigte, denn der Tod kommt nicht nur einmal, und es war ihr erstes Kind, ihr *Sohn*. Gott nahm, Gott gab, nach zwei Töchtern noch eine dritte, die, die nicht daran dachte, sich das Leben nehmen zu lassen, nicht einmal von einem wie Gott, auch wenn sie kaum länger und nicht viel schwerer war als Mames abgebrochener Kochlöffel, ein winziges, zittriges Bündel, von der Hebamme mehr zum Sterben als zum Schlaf in die mit Watte ausgestopfte Schuhschachtel gebettet – *Friss oder stirb, Engelein* –, weil dem armen Kindlein doch nichts anderes übrig blieb, als durchzukommen oder abzukratzen. *Ich taufe dich Nada, Hoffnung. U ime oca i sina i duha svetoga!*, und dreimal Wasser auf die winzige Stirn.

Trotzig war sie von Beginn, wie ein alter Feigenbaum, und bald schon das kräftigste Kind der Mame, eine Zorngängerin von unstillbarer Lebensgier, so schön, dass man hoffte, ihre Schönheit würde auf einen abfärben. Wie hätte Nada auch anders erblühen können im breiten Schatten der Mame, die genauso schwer an ihren Ängsten trug wie an ihrem ungesunden Leib?

Wenn sie auf die Straße trat, tat sie es so, als liefe sie für immer fort, lief gegen die mahnenden Worte an, die ihr an Hals und Schläfen pochten: *Du wirst hinfallen!*, *Du wirst dir wehtun!* – immerzu. Nada scherte sich nicht um Tod und Teufel, obwohl ihr die Mame die Saat der Angst längst ins Herz gedrückt hatte, so, wie sie die ihre später ins Herz des Kinds drücken würde.

Wenn es regnete, was sommers selten geschah, war es für Nada nie genug, selbst wenn alles dampfte und sich der Duft der Kräuter und Gräser üppig und satt über dem Boden entlud und die Spatzen sich in losen Schwärmen zusammenfanden, um Käfer und Würmer aus der Erde zu picken. Frühmorgens schon kehrte sie das Laub, das der Wind über Nacht von den Oliven- und Mandelbäumen gerissen hatte, vom schmalen Gartenweg, der zur *Aleja* führte, und ihre sonnengegerbten Arme ragten wie Tentakel aus dem Baumwollstoff ihres Kleids. Und weil man den Straßen und Wegen damals noch keine Namen aufgezwungen hatte, war die *Aleja* nur die *Aleja* und vielleicht nur für einen selbst all das, was sich hinter diesem Sanftwort verbarg, eine Wachtraumbastei, ein von dicht gewachsenen Schwarzkiefern gesäumter Nadelblätterbaldachin, während sie für andere ein Spazierweg oder eine Uferpromenade sein mochte, weil die anderen nicht zu staunen verstanden und es ihnen nichts galt, dass der gute, alte Beppe vorzeiten, als er noch stark wie ein Bär und ganz bei Gesundheit war, beim Setzen der Bäumchen geholfen hatte, damit man sich eines Tages in ihrem ergiebigen Schatten erfrischen konnte, in dem jeder noch so kraftlose Windhauch zu einem Fächeln emporkam.

Vom Fenster aus konnte das Kind nicht alle Winkel des Gartens sehen. Meist hörte es nur das rhythmische Streichen und das Geraschel über den Steinboden jagender Blätter. Manchmal wurde es still, und doch war die Stille dicht, als hörte man das Licht, das einen umfloss. Wenn es so still war, drunten im Garten, saß Nada auf dem Mäuerchen, das den Weg säumte, und strich sich mit dem Handrücken den Schweiß von Stirn und Oberlippe, und ihre Brüste, weich und abgehangen wie die reifen Feigen, Samensäcke voller Süße, hoben und senkten sich.

Von weit her brandeten vertraute Laute an: das Möwengelächter, das Heulen des Winds, das Kratzen der Wildtauben in den Regenrinnen, ein Donnergrollen manchmal, ein Stimmengewirr, das Tuckern der Fischerboote, die Grüße der Seemänner an den Heimathafen, Ehrensalven aus gewaltigen Schiffshörnern, wenn sie in einem der Überseeschiffe langsam daran vorüberzogen. Von der Veranda aus konnte man sie sehen: Tanker und Frachtschiffe mit Kurs auf den Suezkanal und den Indischen Ozean, riesenhafte graue Silhouetten im Dunst, und nach wenigen Minuten hörte man das fauchende Lecken der mannshohen Bugwellen am Strand.

In den Wartestunden sitzt das Kind auf der Gartenmauer und beobachtet das Geschehen auf der angrenzenden *Aleja*. Zur höchsten Zeit des Sommers, wenn die *Fremden*, wie Nada sie nennt, zur Landplage werden, wälzt sich da, im Schutz des Halblichts, ein Fußgängerstrom über den Schotterweg, in den Vormittagsstunden zu den Stränden und Buchten hin, abends ins Innere des Orts. Sie tragen umständliche Kleider, tragen Socken unter den Sandalen, schleppen Strandliegen, Handtücher, Luftmatratzen. Nada nennt sie *verweichlicht*, nennt sie *Banausen*, weil sie trotz ihrer Strandschlappen wehleidig über den Schotter staksen und ihre helle Haut auch über die Mittagsstunden an der Sonne *rösten*, zur Pechzeit, wenn das meiste Harz aus den Rindenwunden tropft und selbst die Hunde klug genug sind, sich in die schmalen Schatten zu trollen – *I pas traži hlad.* Das

Kind aber beschleunigt seinen Atem, erfüllt von den Aromen der Sonnenschutzöle und schwitzenden Leiber, die sich in den Duft von Salbei und Lavendel mengen, beseelt von der Sprache, die in Nadas Wort so scheußlich heißt – *Nijemački* –, auch wenn sie ihm den Puls aufdreht und die Pupillen weitet, dass sie nach innen sehen, die Mutter sehen, die einen trägt, an den Wintertagen, wenn man sich die klammen Finger an heißen Maronen wärmt, damit sie nicht erfrieren, wie Nadas Beine einst erfroren sind, und man selbst: die Arme um ihren Hals, der nach Jod riecht und nach Medizin, Kinn und Wange in ihrem Fellkragen vergraben, erlöst im Schaukeln ihrer Schritte, kleine Atemnebel in die klirrende Luft hauchend, und hinter der Trübung der Augen brechen die Lichter der Stadt zu rauschhaften Aquarellen.

Die Fremden freilich bemerken nicht, dass man horcht und lauert, sich an jedem Wort erbaut, an den Tonfolgen und Melodien der *Fremden*sprache, der *Vater*sprache, der *Mörder*sprache, nach der einem das Maul gewachsen ist, nach der sich die Zunge wälzt und die Lippen schürzen, aber die man sich verbeißen muss, um nicht mitgemeint zu sein mit den Fremden, mit den Schlechten, denn man ist von Nadas Schlag, von ihrem Stern.

Hatte es sich sattgehört – war es je satt? –, lief das Kind an den Strand und sein Blick weitete sich. Selbst die Berge des Vaterlands waren ihm klein gegen das Endlose da, das das mächtigste Schiff zermalmen konnte, als wär's ein Rohr; und doch traute es dem Meer, tauchte nach Muscheln und Seeigeln, stundenlang, bäuchlings auf der Meeresoberfläche treibend, nichts fühlend als die Tauchmaske an Stirn und Wangen und nur noch durch das Atemrohr mit der anderen Welt verbunden. Das Luftholen wieder, dreimal, viermal und der hohe Ton im Ohr, ganz unten, wo die Seele von einer so klaren Empfindung ist wie an keinem Ort der Welt, das Rudern dann mit Armen und Beinen, um mit den leeren Lungenflügeln gerade noch emporzukommen und den schillernden Spiegel zu durchbrechen, denn dort der rettende Atemzug und *Komm zurück! Du bist schon zu weit draußen! Du könntest einen Krampf bekommen und ertrinken!* – und jäh zerrissen die Stille, in der jeder Leiselaut gerade noch wie eine taktfeste Komposition angeklungen war, die Schiffsschrauben aus großer Entfernung, das Perlen und Sieden der Luftblasen und Strudel, das Rieseln und Wälzen der aufgebrachten Kiesel, und alles aufgelöst in einem Wort: *Ertrinken*.

Wie waren die ansässigen Kinder zu beneiden, die ihre Muscheln und Seeigel in der *Aleja* und auf der *Riva* für eine Handvoll Dinar feilboten und die Gunst der Fremden genossen, die sich um die kleinen Verkaufsstände drängten und ihre Portemonnaies zückten, während das Kind abseits blieb, aus Furcht, in seiner Eifersucht erkannt zu werden. *Nur die Bettelkinder haben's nötig, Muscheln zu verkaufen*, brummte Nada, ahnungslos, dass es dem Kind nicht um die paar Münzen ging, sondern um das Augenmerk der Fremden, das Angesprochenwerden in der anderen Sprache, auch wenn es dann so täte, als verstünde es kein Wort.

Dein zweites Wort: Zastava – Fahne. Tatava, hast du gesagt!

Einmal, an allen Plätzen des Inseldorfs flapperte der rote Stern hoch auf den Fahnenmasten, brachte das Kind zwischen seinen zusammengebissenen Zähnen das Wort *Scheißfahne* hervor, weil das Kino an diesem Tag geschlossen hatte. Vielleicht spuckte es danach aus, wie es das bei den Matrosen und Hafenarbeitern gesehen hatte, und vielleicht stampfte es auf den Asphalt, dass eine winzige Vertiefung darin entstand, in der sich fortan bei jedem Regenfall eine kleine Lache bildete, jedenfalls trug seine Wange noch stundenlang den Abdruck der Rachegöttin, und der helle Ton in seinem Ohr, ähnlich dem hellen Ton am Meeresgrund, verklang erst im nächtlichen Halbschlaf.

Milder war die Erregung, wenn das Kind auf seinen Streifzügen durch den Garten Blüten von Lavendel und Rosmarin riss, sie zwischen den Fingern zerrieb, daran roch, sie dann, gedankenlos, wie es nach außen hin war, gedankenvoll freilich hintenherum, zu Boden warf und Nada es dabei ertappte: *Jebem ti boga tvoga!*

Der *Vrt*, dieser gehegte Not- und Zufluchts- und Lustgarten, ein gefahrenvoller Vorhimmel, den man nur mit Schlappen betreten durfte, der *bösen* Kakteen und Stacheln wegen, wie alles als *böse* galt, woran man sich mit Tetanus und Wundbrand infizieren oder sonst wie zu Schaden bringen konnte – die Ecken, Kanten und Schubladen, die Messer und Steckdosen und Glasscherben –, dieser Vrt also, der Nada den Buckel krümmte und die Hände ritzte, Jahr um Jahr, war schon übersät von abgerissenen Blüten und Blättern, auch von den abgefallenen Blättern des Vorjahres, dazwischen Fischgräten, die die Katzen übriggelassen hatten, und Vogeltotenköpfe, blankgefressen von Ameisen und Asseln.

Wie fühlte sich das Kind gemeint, wenn Nada es in wilder Wut anfuhr. Und wie gut es tat, gemeint zu sein, wenn auch nicht nur im Guten. Es freute sich seines Starrsinns, hatte ja seine stillen Bewunderer, war sicher, dass sich die Wipfel der Kiefern und Zypressen nicht vor dem *Maeštral* verneigten, der an gewöhnlichen Tagen gegen Mittag aufzog, sondern vor seinem trotzigen Heldensinn. Auch die Gottesanbeterin meinte das Kind, als sie ihre Drohgebärde einnahm und ihr Dreiecksköpfchen mit den Augenknöpfen zur Seite neigte, als es seinen Finger nach ihr streckte, um ihr Furcht einzujagen, wie es allem und jedem mit Vergnügen Furcht einjagte, Mensch und Tier, damit sie sein Grundgefühl mit ihm teilten. Nur auf die giftigen Schlangen und Skorpione war achtzugeben. Nie hat es welche gesehen.

N*ur die Banausen haben's nötig, warm zu duschen*, sagte Nada. Deshalb war der große Gasdurchlauferhitzer über ihrer Badewanne auf den ersten Blick nicht viel mehr als ein glänzendweißes bodenloses Fass. Sie nannte ihn *Plin* und warf ihn nur alle heiligen Zeiten zum Wäschewaschen an, die Zigarette zwischen die Lippen geklemmt, am Zündknopf zerrend, während sie ein brennendes Streichholz durch das kindsfaustgroße Loch im emaillierten Korpus hielt – ungeduldig und zittrig und dann fluchend zurückzuckend, weil sich die Zündholzflamme an ihre Fingerspitzen herangefressen hatte, und dann alles von vorne, bis auf dem dünnen Metallstift hinter der Öffnung endlich eine winzige blaue Fackel aufging und die Luft schon satt war vom beißendsüßen Anhauch, bei dem man den Atem anhielt. Sobald Nada das warme Wasser aufdrehte, brüllte der *Plin* auf und das Flämmchen fuhr zu einem Lodern hoch, ein fauchender Dämon mit einem Mal, der alle Furchten zu bewahrheiten drohte, denn schon lange stand das Wort *Explosion* im Raum, wenn von ihm die Rede war.

Und *Kukavica!*, rief Nada lachend, wenn das Kind, weil es sich vor dem Fauchen fürchtete, zum Wasserlassen in den Garten lief, *Kuckuck! Feigling!*

Wenn man es nur recht besah, hatte es doch sein Gutes, dass die Badewanne eine Wäschewanne war und das brennende Meersalz gesund für die Haut, und das kalte Wasser, zur Not aus dem Gartenschlauch direkt ins Lavoir, für die dreckigen Fußsohlen allemal gut genug und auch zum Händewaschen und fürs Gesicht – aber auch vom kalten nur das Allernötigste und das Waschen nur angebracht, wenn man den Dreck mit bloßem Auge sah, *Wo siehst du Schmutz, wo?*, denn wie kostbar ist jeder Tropfen auf einer Insel von Stein und Staub –, und wer brauchte schon Seife, wenn Nada doch versicherte, dass einen das Wasser von allem reinwusch, von allem, außer vom Bösen – *Voda sve opere osim zla.*

Im anderen Zuhause, wo es auch zum Zähneputzen und Händewaschen warmes Wasser gibt, muss man nicht aufessen, was auf den Tisch kommt. Nada aber schüttelt den Kopf und nimmt den Teller des Kinds und nimmt das Übriggebliebene in ihre Finger, die Pflasterfinger, wenn sie sich wieder einmal beim Aufschlitzen der Makrelenbäuche geschnitten und sich der Rogen mit ihrem Blut vermengt hatte, nagt die letzten Fleischfetzen von Knochen und Gräten, isst die Flachsen und Fischaugen. Das Kind weiß nicht, was stärker ist, sein Mitleid oder sein Ekel. Immer kommt ihm das Elend in den Sinn, wenn es nach dem Verzehr einer nach mehreren Tagen wieder aufgewärmten Speise am Marmorboden des Aborts kauerte und sich die Seele aus dem Leib spie.

Ist nichts mehr abzunagen, legt Nada Knochen und Gräten auf die *Slobodna Dalmacija* vom Vortag und schickt das Kind in den Garten, die wilden Katzen zu füttern. Ihr graut vor Katzen. Schon der Gedanke, sie zu berühren, macht ihr Gänsehaut. Aber sie hat Mitleid, denn sie weiß, dass die *armen Beštijen* im Winter, wenn die Sommerhäuser verlassen und die Hotels geschlossen sind, in Horden in den Ort einfallen und von den Eingeborenen vertrieben oder in Plastiksäcke gesteckt und im Meer ertränkt werden. Das Kind beobachtet die scheuen Tiere, wie sie nervös kauen und würgen, selbst am nackten Knochen noch. Und wie seltsam erscheint es ihm da, dass es sich bei ihrem nächtlichen Geschrei immer die Ohren zuhält, weil es meint, das Wehklagen der toten Kinder zu vernehmen.

Manchmal, wenn sie beim besten Willen nicht mehr kann, gibt Nada die Essensreste in ein Schälchen und stellt es notdürftig zugedeckt auf irgendeine Küchenablage oder in den Geschirrschrank. Dort steht es dann, oft für Tage, manchmal vergessen, bis die Ameisen, Asseln und Fliegen das Versteck verraten.

Im scharfen Lichtkegel vor dem Bad krabbelt ein schwarzer Schatten, verharrt kurz, krabbelt weiter, krabbelt auf das Kind zu, das sich speiend über der Klomuschel krümmt. Nada eilt herbei, von einem Angstschrei aus dem Schlaf geschreckt, zieht sich den Plastikschlappen vom Fuß, klatscht auf den Schatten ein, dass es knackt, klatscht dem immer noch spuckenden Kind mit dem Schlappen auf die Schulter: *Ich dachte schon, es ist wirklich etwas passiert! Wie du mich immer erschreckst! Wegen einer Kakerlake so zu brüllen! Kukavica!*

Sie: *Du bist immer so abwesend, so in Gedanken.*
Ich: *Mmmhm!*
Sie: *Wir können doch über alles reden.*
Ich: *Ja.*
Sie: *Woran denkst du jetzt zum Beispiel?*

Sag du mir, was ich sagen soll, wie du es immer getan hast, vielleicht erbreche ich dann mein Schweigen, weil meine Wirklichkeit so schlecht auf deine passt. Vielleicht speie ich dir dann alles Verheimlichte vor die schlecht durchbluteten Füße oder klappe meine Schädeldecke auf – mein Kopf dann ein aufgeplatzter Granatapfel, aus dem Millionen kleiner, fleischiger Kerne explodieren. Los, prügle Wort für Wort aus mir! Dann wissen wir, woran ich denke: an meine Notverlogenheit vielleicht, die so beständig war, dass ich mir immer wieder an die Nase griff, um zu prüfen, ob sie mir schon lang geworden war, oder an das Kaninchen, das mir Barba Pjero geschenkt hatte und das ich in einem stinkenden Fass im Schatten des Mandelbaums halten musste, bis du es eines Morgens vor meinen Augen an seinen steifen Löffeln aus der Scheiße zogst: *Weine nicht, Anuschka, das Kaninchen war schon alt und krank.* Alt und krank wie die Henne, die eines Tages kopflos, aus dem offenen Hals pulste noch Blut, in der Badewanne herumgeflattert war? Alt und krank wie du?

Vielleicht denke ich daran, wie ich, wenn ich auf der Insel war, immer wieder hoffte, endlich ans Festland zu gelangen, ans *feste* Land, denn ich glaubte, die Insel würde schwimmen und vielleicht vom Erdteil des Vaters wegdriften. Manchmal, wenn sich ein Nebelschleier über den Meeresspiegel legte und die Karstfelsen des Festlands unsichtbar blieben, glaubte ich uns schon verloren, denn *Was schwimmt, kann auch sinken.* Und du, als ich mich dir endlich anvertraute: *Uch! Du und deine Ängste!,* weil nur die deinen etwas galten, die Angst um mich als deine schönste Zier, die Angsttabletten als dein Frondienst an der Liebe.

Vielleicht denke ich an den kleinen Lovre, den die älteren Kinder zwangen, sich nackt in die mit Meerwasser gefüllte Felsmulde zu setzen, nachdem sie einen Eimer Quallen hineingekippt hatten. Manchmal erwache ich noch von seinen Schreien. Vielleicht denke ich daran, wie ich mir heimlich deine Kippen zwischen die Lippen steckte und mir das Gebiss aus dem Mund zu ziehen versuchte, um die Kinder anderntags zu verstören, und wie sie sich nur auf die Stirnen tippten. Vielleicht denke ich an die ausgemergelten Katzen, die fortwährend ums Haus streunten und die Müllsäcke fledderten – dann und wann ertappte ich eine, wie sie geduckt und mit aufgerissenen Augen aus unserer Küche huschte. Wenn sie Glück hatte, trug sie ein Stück Fleisch oder einen Fisch im Maul und ich freute mich verstohlen, wie ich mich nur freuen konnte, wenn einem eine Heimlichkeit gelang.

Vielleicht denke ich daran, wie schnell ich durchschaut hatte, dass die gültige Wahrheit nicht gottgegeben war, sondern mit jedem Begriff, jedem Satz neu erschaffen, und dass es nur der List und Zungenfertigkeit bedurfte, sie zu verdrehen wie einst, als der Vater bei dir zu Gast war und du mich bei einem Tischgespräch zum Übersetzen anhieltst und ich dem Vater, der dir – auch wenn du seine Sprache noch so gut verstanden hättest – wohl nie und nimmer koscher geworden wäre, nur die *schönen* Worte in den Mund legte, damit du doch noch Gefallen an ihm fändest.

Vielleicht denke ich an meine Panik, wenn du dich schwitzend, ächzend, wimmernd auf dem Marmorboden wälztest, als rängest du mit dem Tod. Woran hätte ich erkennen sollen, dass es nichts weiter war, als die *Fumada*, die dich beizeiten quälte, die Hitze, die die Frauen dörrt und Haut und Geist in Falten legt? Vielleicht denke ich daran, wie du immer wieder darüber ins Schwärmen kamst, dass ich mich so gerne an deine schönen, weichen Zitzen geschmiegt habe, lieber noch als Emir, der jüngste Cousin, den du jetzt liebevoll *Mulac* nennst, *Maulesel*, Emir, der deine Feigenbrüste noch als Schulkind bedenkenlos aus deinem riesigen baumwollenen *Ređipet* hervorholte und koste, dass ich mich jedes Mal sorgte, sie könnten Milch verspritzen, wie die lecken Plastiksäckchen, in denen die Milch abgepackt war, tiefgefroren zwar, doch an den heißen Tagen schon auf dem Nachhauseweg so rasch tauend, dass sich die durstigen Katzen jedes Mal zur gewohnten Zeit in der *Aleja* einfanden, um die Tropfen vom Boden zu lecken, die in immer geringerem Abstand aus den schlechtverschweißten Beuteln liefen und zu kleinen Lachen schwollen und endlich zur Tropfspur wurden, zur Milchstraße, und wie mir das zur heimlichen Freude wurde – und welches Missvergnügen, wenn der Milchsack dicht blieb.

Vielleicht denke ich daran, wie ich eine Katze, nachdem sie sich ein Vogeljunges geholt hatte, dem Hirtenhund des Nachbarn vor die Läufe warf und mich über das aufgebauschte Fell an ihrem aufgerichteten Schwanz freute, bevor die Hetzjagd begann.

Vielleicht denke ich daran, wie sehr ich deine Tränen, dein Winken, deine Liebesschwüre hasse – bei keinem Abschied hast du sie mir erspart. Und dass ich die bittere, harte Schokolade immer schon hasste, die du mir als Wegzehrung mitgegeben hast, für die Reise ins Vaterland, in dem es so viel Alpenmilchschokolade gab, dass einem davon übel werden konnte. Ich hab trotzdem deine gegessen.

Vielleicht denke ich daran, dass ich Hanin nicht geholfen habe, als ihn die Melusinen in das Waldstück lockten, *Gar schöne Spiele spielen wir mit dir!*, ihn umstellten, ihm Hetschepetsch und Nesseln unters Hemd rieben, *Hosenschisser!*, ihn zwangen, seine Jeans runterzuziehen, auch die Unterhose, bis zu den Knöcheln, *Hosen runter! Hosen runter!*, ihm auf die Hand stiegen, als er nach den Münzen griff, die aus seinen Jeanstaschen gefallen waren, *Hände hintern Kopf! Na los!*, ihm, eine nach der anderen, mit spitzen Fingern an den nackten Zapfen gingen, *Uuuuuh!* und *Was ist denn das?*, die Lust hinter vorgetäuschter Abscheu verborgen, die Münder zum Mordsgelächter aufgeklafft: *Seht ihn euch an! Seht ihn euch an!*, bis er sich nass machte. Wie froh ich war, in meiner Schwachheit nicht erkannt zu werden, und leicht darüber, nur zugesehen und nichts getan zu haben, dass mir dein Lied nicht aus dem Kopf wollte: *Čiri-biri-bella, Mare moja*. Nein, Nada, tapfer war ich nicht! Ich bin die *Kukavica* – der *Feigling*, das *Kuckuckskind*. Da hast du es. Und Gott ist ungerecht!

U ime oca i sina i duha svetoga! Wie kannst du so etwas sagen? Ich will, dass du endlich *Halt die Fresse* sagst – *Šuti! Muči! Umukni!* –, damit ich endlich tun kann, was ich immer schon am liebsten tat: die Fresse halten.

Vielleicht denke ich daran, wie ich das Blut fürchtete, das mir eines Tages, mit keinem Schließmuskel zu halten, zwischen den Schenkeln hervorquellen würde, den Blutzoll zu jedem vollen Mond unter Tränen und Krämpfen – und kein Heldenblut, das man in Erwartung eines Trostes oder Beifalls vorführen könnte, nicht wie die hellroten Pulsfontänen, als der *Nijemac* Vesela mit seinem Blei zersiebte, während sie sich schützend vor den verwundeten Kameraden warf, *Krv herojska u nas vri!*, nicht wie die paar Tropfen, als du dich beim Nähen des Kleids stachst und mich dabei ansahst, mitleidheischend, anklagend, *Schau, was du mir antust, Kind!*, nicht wie das, was auf die schlohweißen Kacheln des Gebärsaals spritzte, als Mutters Schoß aufbrach wie die Knospe des roten Mohns: *Wie eine Kuh auf dem Feld hab ich dich geboren, Kind!*

Vielleicht denke ich an die kleinen, stolzen Seesternverkäufer und daran, wie sich die Kinder mit Seegurken bewarfen und mit ihrem Leibwasser bespritzten, und an die Seeigel, die an Licht und Luft im Todeskampf die Stacheln krümmten, *Seeigel spüren nichts, Anuschka!*, und wie die Taschenkrebse ihre Scheren himmelwärts reckten, ohne dass es half, denn wir kriegten sie und rissen ihnen die Zangen aus, bei lebendigem Leib. Zwei, drei Tage an der Sonne, dann hatten die Ameisen alles vertilgt, was daran verderblich war.

Vielleicht denke ich an das tote Seepferdchen, das ich zum Trocknen auf den Brunnendeckel legte und in dessen Eingeweide anderntags eine schüttere Ameisenstraße mündete, vielleicht an meinen Entsetzensschrei beim Anblick des Lochs, das die Ameisen in den Kadaver gefressen hatten, und wie du herbeigeeilt kamst und dir um ein Haar das teigverklebte Nudelholz über mir ausgekommen wäre, weil du doch wieder denken musstest, dass mir *wirklich* etwas zugestoßen sei und weil du dir keinen besseren Rat wusstest, als mir mit der freien, an der Kochschürze notdürftig vom Teig gesäuberten Hand innig und hilflos durchs Haar zu fahren, und – viel schneller, als es mir lieb sein konnte – Worte des Trosts fandest, missglückten Trostes zumal: *Heul nicht, Anuschka, es ist doch nur ein Seepferdchen!* und *Rühre es nicht an, womöglich ist es voller Leichengift, du würdest dich mit dem Tod anstecken!*

Ich aber dachte an den, der mir Blut und dir nur Wasser war, an seine unbegreiflichen Geschichten vom Himmel, einem anderen als deinem Luft- und Wolkenhimmel, der nur zum Wettermachen taugte, denn im Vaterhimmel war ein Weiterleben. Nachdem du dich zur Mittagsruhe begeben hattest, brach ich den Boden unter dem alten Mandelbaum mit einem Buttermesser auf, bettete das Seepferdchen mit bloßen Händen in die

Vertiefung, häufte Erde darüber auf. Dann aber, mit einem Mal, war alles unwirklich und unheimlich, selbst die Drillingsblume auf dem kleinen Grab, denn da waren wieder deine Worte, keine Blüten abzureißen und *Du bringst mich noch ins Grab!* – und wie ich mich plötzlich an deinem Grab stehen sah, hastete ich zum Strand und wusch mir in einer Felsmulde, der jeder Wellenschlag neues Meer einschenkte, Schuld und Leichengift von den Händen, stundenlang, bis sie so blass waren, dass ich mir sicher war, schon befallen zu sein. *Es ist nichts, nichts!*, redete ich mir ein und lachte blöde gegen mein Schluchzen an, während ich mit weichen Knien in den Garten zurücklief, verwundert, dass mich die Beine noch trugen. Doch der Garten war nicht mehr der Garten, die Bäume waren nicht mehr die Bäume, die Erde fletschte Staub und Stein, der Duft des Rosmarins bedrängte mich, die Farben verschwammen vor den Augen, fahl und grell, und jeder Schritt ein Sinken, das Zikadenschreien ein Fluch, die ersten Abendböen ein Todeshauch.

Ich malte mir mit zitternden Fingern ein Kreuzzeichen auf die Stirn, wartete bis zum Einbruch der Dunkelheit, hielt die flache Hand auf meine Brust, stürzte zur hellerleuchteten Veranda. Da warst du, die Schöne, die nichts wusste von meiner Ansteckung mit dem Leichengift, unerreichbar, wie von einer anderen Welt, in deiner Seelenruhe, in deinem Korbsessel – ab und zu das Knacksen des Weidenrutengeflechts –, die Finger mit Speichel benetzend und in der Zeitung blätternd, ganz in Rauch und Schweigen gehüllt. Und wie du lächelnd aufsahst, ausgerechnet jetzt, da ich dir alles gestehen, alles bekennen wollte, das Nudelholz erhoffte, die Tamariskengerte! Wenn mir die Wahrheit auf der Zunge liegt, verschluck ich sie.

Was denkst du immer, wenn du schweigst. Willst du's mir nicht sagen? Doch, ich will, aber ich kann nicht! Schlag ruhig das Kreuz! Die ganze Zeit zupfst du die Teppichfransen gerade, winzige Klümpchen von Kartoffelteig verfangen sich darin, dann Lippenstift auftragen, die seltsamen Bewegungen des Munds dabei, dann die zarten Spangen – zwischen die Lippen geklemmt, dann ins Haar gesteckt, zur Steckfrisur, die gegen Ende des Tages nur noch mit Mühe hält.

In manchen Nächten falle ich auseinander wie deine brüchigen Aschewürmer, wenn ich sie zwischen meinen Kindsfingern vom Boden heben wollte. Doch ich hüte mich vor jedem Sterbenswort. *Ich denke an nichts Bestimmtes*, sage ich. So lebt es sich leichter.

Sie: *Nimm noch eine Zigarette.*
Ich: *Danke.*
Sie: *Ihr Österreicher mit eurem ständigen Danke. Nichts als schöne Worte!*

Neunte Zigarette. Ronhill Super Light, Nikotin 0,4 mg, Katran 4 mg.

Das Lieben der anderen

Nimmst du es mit dem Würgeengel auf, der mir die heitern Stunden neidet?

Da sind Ziegenfüße unter dem Vorhang, ganz sicher! Ich weiß: Ich darf jetzt nicht schreien, bemerke die Tröpfchen über meinem Lippensaum. Das Herz rutscht mir in die Magengrube, zuckt wie nach einem Schreckschuss, pocht an meine Schläfen. Ich halte still, bis mir die Stille laut wird. Irgendwann bricht es aus mir heraus. Ich schreie gegen das Surren und Flirren der Geräuschlosigkeit an, nehme die Hiebe in Kauf, die es gleich setzt, weil doch in Wahrheit nichts geschehen ist, nichts!, weil ich dich schon wieder zu Unrecht erschreckt habe. Ich zeige auf den Vorhang, weil ich es nicht wage, die *Baba Roga* beim Namen zu nennen. Du eilst auf den Vorhang zu, ziehst ihn mit einem Ruck zur Seite, schüttelst ihn, hebst ihn ein wenig hoch, siehst mich an, vorwurfsvoll: *Wo siehst du irgendwas? Wo? Kukavica! Wegen dir bricht mein Magengeschwür noch auf!* Ich stelle mir das Geschwür als ein Lebewesen vor, das mit deinem Leib verwachsen ist, in ihm gedeiht, sich irgendwann losreißt und dir nach langem Würgen aus dem Mund heraustritt.

Seit Barba Vinko an einem *Schlaganfall* gestorben ist, fürchte ich deine Schläge; denn was, wenn auch du im Anflug eines Wutausbruchs zu Tode fielst? Die *Baba*

Roga wenigstens ist weg. Ich starre an die Wand, erinnere mich an die Galadinner in riesigen Hallen: Kellnerinnen in Stützstrümpfen und knöchelhohen orthopädischen Schuhen – schwere Brüste, breite Hintern, aufgesetztes Lächeln – servieren Wein und Fleisch in fetten Saucen.

Ich weiß nicht mehr, wo es sich zugetragen hat.

Das Hinundher ist mir zur Gewohnheit geworden, das Zwischenreich der scharf bewachten Grenzen, der hohe Pass. Wer von da nach dort wollte, musste durch die Geisterbahn tief im Inneren des Gebirgskamms – stickig, dröhnend, ein doppelseitiger Geburtskanal, der einen nach minutenlangem Blindflug ins Licht dieser oder jener Welt auswarf. Fuhr man vom Vaterland aus in den Tunnel ein, war die Röhre gut beleuchtet. Das Mutterland begann auf halbem Weg, da, wo man in die Düsternis rußiger Wände und diesiger Beleuchtungskörper tauchte. Der Punkt hatte etwas Magisches. Es schien, als müsse man ihn minutiös vorherberechnen, ihn feststellen, ihn sich einprägen – *Jetzt!* –, diesen einen Schritt von einem Erdteil zum anderen, der immer auch eine Verrückung, ein Übertritt in eine andere Wirklichkeit, in ein anderes Leben war.

Die eigentliche Pforte zur anderen Welt zeigte der Grenzposten an, an dem man nie einfach durchgewinkt wurde. Von da an war die Fahrt lange und gefährlich – liegengebliebene Omnibusse, bis zum Dach bepackte Autos mit offenen Motorhauben, umgestürzte Lastwagen rechts und links der Straßen, manchmal etwas mit Planen notdürftig Bedecktes, Schaulustige ringsum, übermüdete Gesichter, dann und wann Polizei, manchmal ein Krankenwagen.

Auf der langen, smogtrüben Stadteinfahrt von Zagreb lümmelt das Kind auf dem Rücksitz des Wagens, blickt aus dem Fenster, angewidert und angezogen von den verwitterten Fassaden, vom Dieselgeruch, von den Papierfetzen und Plastiksäcken, die im Flutlicht über die Straßen und Gehsteige tanzen und wie abgestreifte Feengewänder im Geäst staubiger Baumkronen und Buschwerke hängen, bewegt vom Fahrtwind der vorbeifahrenden Fahrzeuge, wie die bammelnden Hosen und Mäntel der Passanten, auch die der Wartenden an den Bushaltestellen, grau in grau, qualmend, ernst. Es ist abgestoßen von den holprigen Straßen, Löcher und Risse im Asphalt, erbittert auch, weil sich der Vater darüber beklagt, bis er schließlich von der *Ilica* in die *Kukuljevićeva ulica* biegt, die Reifen über das Kopfsteinpflaster des *Britanski trg* rumpeln.

Nach stundenlanger Fahrt ein Ankommen, ein Zittern, als der Wagen vor dem Haus hält und sich Wiedersehensangst in die Wiedersehensfreude mischt, denn wer weiß, was einen gleich erwartet – womöglich fände man Nada und den alten Beppe schwach und gebrechlich, und was, wenn Nada wieder von Beppes Ohnmachtsanfällen und Dämonen berichtete, vom Schwarzgekleideten, der ihm den Gewehrlauf dicht vors Gesicht schiebt, *peng!*, dass Beppe jedes Mal schreiend aus dem Schlaf schreckt, und was, wenn die Mutter darüber still würde, wie sie immer still wurde, wenn ihre Arzneien und Heilkünste nicht halfen?

Mein Zagreb, wenn es überhaupt *mein* Zagreb war, bestand aus wenig mehr als den beiden Straßenzügen, die sich durch den sattgrünen *Pantovčak* mit seinen alten, efeuberankten Villen krümmten, vom Winterhaus mit seinem uneinsehbaren Schattengarten bis hinab zum *Pazar* am *Britanski trg*, den Nada *Mali plac* nannte, den *kleinen Platz,* den man ohne weiteres für das Universum halten mochte oder wenigstens für den Nabel jener Welt, deren Horizont sich nur an den Ausnahmstagen weitete, da man mit der Straßenbahn zum *Trg republike* fuhr, Nada stets kostenlos mit ihrem Kriegsversehrtenausweis, den sie wie eine Auszeichnung hütete und bei jeder Gelegenheit hervorholte – *ratni invalid*, je mehr Prozent, desto besser.

Das Winterhaus war eine Bastion inmitten rußgeschwärzter Fremde – altes, krachendes Parkett, Stapel von Zeitungen, Kleiderschränke voller Feigen, Quitten und Zitronen, die Nada im späten Herbst von der Insel mitgebracht und an jedem brauchbaren Winkel zum Trocknen oder Frischhalten ausgebreitet hatte und deren sinnliche Gerüche sich mit den Aromen alten Papiers, kalten Tabakrauchs und Druckerschwärze zu jenem Duft verbanden, der das Kind auf diesen Ort prägte, wie die Skulpturen und samtbezogenen Fauteuils, die getrockneten Hortensien und Lampionblumen, die Kristalllüster, die sorgsam gezupften Teppichfransen, die aufwendig gerahmten Gemälde und der schwarze Bösendorferflügel, an den Nada das Kind immer und immer wieder drängte, auf ihre Weise, die sich als Bitte tarnte und doch Anordnung war – denn wie ihr die Bitte abschlagen, wenn den völlig verstimmten Flügel sonst keiner mehr zum Klingen brächte? –, obwohl es keinem glücken wollte, diesem Teufelswerk der *Wiener Mechanik* mehr als ein paar erstickte Töne zu entlocken, und eines Tages stieß es aus Wut darüber den

Tastendeckel so heftig zu, dass die Porträts der Verwandten und Ahnen in den Stehrahmen auf dem Flügel erzitterten und Nada die Augen aufriss und sich die Hand vor den Mund schlug. *Grundgütiger*!

Der *Salon* war das hellste Zimmer in diesem riesigen Haus. Hinter dem Schiebeglas der langgezogenen Vitrine: Buchrücken an Buchrücken aus gefärbtem Leinen oder zähem Papier, darauf große Namen, manche in goldenen Buchstaben geprägt – Dostojewski, Balzac, Gogol, Goethe, Rousseau, Krleza. Vor den Bänden lagen in mehreren aufgeklappten, mit Samt und Seide gefütterten Schmuckkartons Orden, Tapferkeitsmedaillen und Plaketten, zwischendurch tönerne Miniaturen, die das Kind für Nada gefertigt hatte. Sie hielt sie in Ehren, wie sie die Zeichnungen des Kinds in Ehren hielt – sorgsam gerahmt wie die der Meister, die sie alle persönlich kannte, wie sie Tod und Teufel kannte, die Kunstgalanin, die Vollmundige, die Abgöttin. Jedes Bild ein Original, jeder Zeichner ein Freund und Verehrer – und Freunde auch die Bücherschreiber und Musikanten, die Staatsmänner und Professoren und Gelehrten, die es ihr wert waren, an sich zu halten und vornehm und schön zu tun. *Du sollst nur ja keinem von Pablos Golub erzählen, Anuschka, es könnten Diebe kommen!*

Je mehr sich Nada zierte und aufspielte und die *Maestori* rühmte, desto größer war der Hohn des Kinds gegen ihre versoffenen Maler- und Dichterfreunde und die hysterischen, nur durch Heirat zu Geltung gelangten, welken *Gospodas*, die sich über jedes noch so flache Witzchen ihrer Hengste amüsierten und vor Lachen brüllten und ihre Köpfe in den Nacken warfen. *Svaki cigo svoga konja hvali*, bemerkte Nada ab und an, *Jeder*

Cigo lobt seinen Gaul. Und welche Lust, sie zu entlarven, ihre Makel bloßzustellen – jedes falsch geknöpfte Hemd, jede Abwetzung im schlechtsitzenden Anzug, jeden offenen Hosenschlitz, jedes Schlürfen bei Tisch, denn bei Gott und beim Marschall: Die Kaiser waren nackt und blieben es.

In den immer schlecht beleuchteten, rauchgeschwängerten Zimmern konnte man wunderbar im Kreis laufen und fangen spielen, wenigstens so lange im Kreis laufen und fangen spielen, bis sich Nadas Zeigefinger hob, sich ihre Stirn in Falten legte, alles wieder seine Ordnung haben musste, weil ihr bei so viel Gekreisch und Getöse, bei so viel Ausgelassenheit, alles zu bunt geworden war und weil Übermut doch selten guttat und man sich allzu leicht *den Kopf brechen* oder wenigstens zu Fall kommen konnte, beim kleinsten Übermut schon größte Gefahr, und natürlich würde sie am Ende recht behalten, wie sie stets in allem recht behielt, weil das Kind zwei linke Hände hatte und so quecksilbrig war, wenn es ausnahmsweise nicht vor sich hin sann, dass sich alle Bewegungsfreude in ihm aufstauen musste, und wenn das vorausgesagte Unglück eintrat, wenn einer hart fiel oder in dem ganzen Durcheinander gegen eine Kante stieß, weil die Ecken und Kanten längst nicht mehr mit Decken und Tüchern verkleidet waren, damit man sich nicht wehtat, stopfte Nada das verzerrte Maul des plärrenden Kinds schnell mit Kraššchokolade und Bonbons, um sich nicht mit seinem Kummer anzustecken: *Es ist nichts passiert, gar nichts! – Uch! To nije ništa!*, aber ihre Blicke und ihre viel zu feste Umarmung und ihre dünne Stimme entlarvten die Bestürzung, die fast immer in einem Lachanfall mündete, dem *verrückten Lachen*, wie sie sagte, dem *Erleichterungslachen*, denn wie war sie erleichtert, wenn *wirklich* nichts geschehen war, wenigstens nichts, was *ihr* als Unglück galt, und dann musste es einfach sein, das ihr allein vorbehaltene Lachen, *ludi smijeh*, in dem so viel Furcht war, dass es nur dem oberflächlichen Betrachter als Schadenfreude erscheinen konnte.

Wenn das Kind – immer noch im Schmerz und gekränkt über sein Missgeschick und am allermeisten darüber, dass sich Nadas Prophezeiung abermals bewahrheitet hatte – über ihr Lachen in Wut geriet, bestand sie darauf, dass sie sich eben nicht beherrschen könne – *To je jače od mene* – und es wohl angezeigt sei, sich zu freuen, wenn wider Erwarten nichts Schlimmes geschehen war; und was war schon schlimm neben der Bedrohung von Krankheit und Tod, von der sie sich auf Schritt und Tritt verfolgt fühlte?

In Zagreb waren die Laken kalt, nur die Gewissheit, dass der schweigsam und schwerfällig gewordene Beppe ein Held war, früher jedenfalls, im Krieg, wärmte ein wenig. Immerhin war man heimatberechtigt, zeitweilig wenigstens. Man bemerkte es an der Art, wie einen die Dinge angingen, das Quietschen des eisernen Gartentors, die Kirschbäume mit den prallen Früchten, die immer viel zu hoch hingen, die Forsythien und Rosen, das Hundegebell aus den Nachbargärten, die Spaziergänge an Nadas Hand, hinab zum *Pazar*, dem Umschlagplatz von Gier und Dünkel, wo die Tische übergingen von Früchten, Gewürzen, duftenden Bouquets und türkischem Honig, auf dem an den wärmeren

Frühlingstagen Heerscharen von Wespen wimmelten. Es war ein Weltenraum berückender Gerüche, Farben und Geschmäcker – Opanken und Kelimtaschen, Lebkuchenherzen mit lackroter Glasur und Zuckerschrift, Mäuse- und Rattenfallen in allen Größen, kunstvoll aufgeschichtete Eierpyramiden, lebende Hühner in Vogelkäfigen, Marktfrauen, in deren schmierigen Pranken die Welt zu liegen kam, wenn sie das Wechselgeld abzählten oder ihre Waren stolzbrüstig und schwatzhaft über den Tisch reichten, um die Leute zum Hinsehen und Befühlen oder zu Kostproben aufzufordern, denen nachzugeben Nada dem Kind verboten hatte.

Das Kind las in den Gesichtern der krakeelenden Fischverkäuferinnen, betrachtete die von Rogen und Fischblut beschmutzten Hände, an denen vereinzelt buntschillernde Schuppen klebten, richtete den Blick auf Lippen, Kopftücher, Falten, Zahnlücken, blitzende Goldzähne, Damenbärte – und all das rührte mit einer solchen Kraft ans Kindsgemüt, dass alles nur noch Fühlen war. Wenn es sich unbeobachtet glaubte, bohrte es den Finger im Vorübergehen lustvoll in die kalte, käsige Haut eines frischgerupften Huhns, obwohl es wusste, dass man nichts anrühren durfte. Auch Nada freilich hielt sich nicht daran, betastete das Geflügel, prüfte mit zähem Fingerdruck, roch an der Petersilie, warf sie geringschätzig ins den Wassereimer zurück, wischte dem Kind zwischendurch mit dem angespeichelten Finger den Dreck von Lippen und Wangen, drückte die überreifen Paradeiser und Pfirsiche, bis die Häute rissen und das Fruchtfleisch hervorquoll, rupfte im Vorbeigehen einen kleinen Stiel Rosmarin aus, rieb am Salbei, schüttelte die Eier, schüttelte letztlich immer auch den Kopf und blitzte die Marktfrauen vorwurfsvoll an, denn nichts konnte gut genug sein, wenigstens nicht gut genug für sie.

Wieder hat es seit Monaten nicht geregnet, wieder alles Staub und Asche, und alles Hoffen umsonst und alles wie immer. Nada steht auf der Veranda, die nervösen Finger auf dem wurmstichigen Holzhandlauf des schmiedeeisernen Geländers mit den Glückskleeornamenten, den Blick stur auf den Garten gerichtet, ein verödendes Lustgefilde welkender Blüten und sich in Glut und Dürre ringelnder Blätter – ein Verkümmern und Absterben, das nicht aufzuhalten ist: *Da barem kiša padne! – Wenn es doch nur regnete!*

Das Wasser in den Zisternen ist verbraucht. Längst. Die wenige, Geröll und Gestrüpp mit bloßen Fingern abgepresste Erde droht die Bora fortzutragen. Warte nur, bis der Winterregen auswäscht, was noch in den Felsritzen ist, dann bleibt nichts als nackter Stein und Disteln und Nesseln.

Nur die Olivenbäume trotzen. *Die Olive verzeiht alles*, murmelt Nada, *Wenn du sie vernachlässigst, fortgehst, wird sie auf dich warten und bei deiner Wiederkehr sein, wie sie immer war*. Die Olive beschenkt dich, ohne auf Vergeltung zu schielen, wie eine Mutter ist sie – *Maslina je majka*. Die Rebe jedoch: eine *Frau*, stolz und nachtragend, töricht, wer ihr vertraut – *Loza je žena*. Die Männer hielten es anders. Sie maßen den Ölbaum an der Getrauten und die Rebe an der Geliebten, launenhaft, sprunghaft, leicht zu beleidigen und ständig auf ein Liebespfand aus, nur bereit zu geben, solange man ihr gibt, und dann noch unersättlich und berauscht vom Hochmut, dass man sich ihrer Gunst nie sicher sein kann. *Das Eheweib verlangt nichts*, sagen die älteren Männer, *die Geliebte alles*. Und wenn ihre Kraft hinreichte, das Liebchen für einen kleineren oder größeren Dankeszoll in irgendein Laken zu drücken, ließ sich der Alltag doch nur kurz vergessen, in den fremden Schlafkammern, in denen die Liebe nicht zelebriert, sondern vollzogen wurde, und die Leinentücher wurden ihnen auch in diesen Nächten nicht leicht, sondern blieben steif und schwer.

Sie: *Wen liebt Nona am meisten? – Sag: Mich!*
Ich: *Mich.*
Sie: *Wer ist Nonas ganzes Glück? – Sag: Ich!*
Ich: *Ich!*

Sprich mir nach, fordert Nada: *I cvrči, cvrči cvrčak, na čvoru crne smrče,* und das Kind bricht sich die von der Vatersprache zugerichtete Zunge und ringelt sie ein, wie sich das Blatt des Oleanders in der Hitze ringelt, *und es zirpt, zirpt die Zikade* mit diesem kehligen *R*, zirpt an den knorrigen Rindenkrusten der Schwarzkiefern und längst auch unter seinem Brustbein, zirpt und kreischt und pocht dort, auch in der Drosselgrube, wo nicht die Drossel sitzt, sondern der Zaunkönig, zirpt selbst in den Eingeweiden, Einbildungen und Träumen, selbst im Erlköniglied, und bricht noch in jenen hohen Ton der Stille, bis in den allerletzten Nerv: *Vladimir Nazor, mein Kind!*

Nada war versessen auf das Wort. Alles besetzte und besiegelte sie mit ihren Begriffen, die die Welt nicht enträtselten, sondern entzauberten, indem sie die wunderbare Ahnung zerstörten, die um das Unausgesprochene war. Ihre Worte reichten nicht an die Welt des Kindes heran, in der es *Baumkronen* gab und *Himmelsschlüssel*, die noch nie ein Mensch gesehen hatte, und so wusste es nicht mehr um die Gültigkeit der Begriffe, wusste nicht mehr um die Gültigkeit seiner Beobachtungen und Absichten, wenn Nada es zum Reden drängte und jede Frage zum Verhör geriet – *Du musst mir immer die Wahrheit sagen, hörst du?*, – *Moraš reći istinu!*–, und wenn sie meinte, dass man etwas im Schilde führe, einem selbst nach dem Geheimsten trachtete und nach den Gedanken griff: *Du musst immer die Wahrheit sagen! Gib mir dein Wort!* und *Wer einmal lügt, dem glaubt man nicht.*

Gerne hätte man sich da zurückgezogen auf ein Schmollen, Nicken oder Kopfschütteln, ein Schulterzucken vielleicht, ein Summen. Aber Nada war es nicht zufrieden, drückte dem Kind Bild um Bild auf, drückte sie ihm auf wie ihre feuchten Küsse, die nach Rauch und Gärobst rochen, und in ihren Wortzufügungen und Suaden und ihren Erzählungen von Typhus, Hunger, Krieg und Entbehrung, in den Lobreden auf die großen Männer, den Marschall und das ruhmreiche Land und in den verzerrenden Anspielungen auf *Esterraich* blieb kein Raum für eigene Deutung.

Manchmal gebrauchte sie Worte, für die das Kind keine Verwendung fand, obwohl sie ihm geläufig waren – *Uhapšiti*, *Neprijatelj*, *Kapitulacija*, *Udarna snaga*. Sie passten nicht zu seinen Geschichten, die anders waren als ihre, obwohl sie auch von Helden erzählten, aufsässigen Helden ohne Angst, Kindern, die ihre Ohren auf blanke Schienen legten, um herannahende Züge aufzuspüren, und einen Dreck auf die Verwünschungen der Unheilsprophetin gaben – *Du wirst dir den Kopf brechen!* und *Du wirst ausrutschen!* und *Du wirst fallen!* –, einen Dreck auch auf die Wahrheit.

Was war überhaupt für die Wahrheit zu halten? Das heimliche Verlangen nach dem anderen Land, wo Vater und Mutter und das Brüderlein waren und Amadeus, der Kater, den die blinde Tante dem Kind geschenkt hatte, als man wieder mit Sack und Pack und Klavier in ein neues Zuhause übersiedelt war, in ein Stadtranddorf? Oder die Sehnsucht nach der anderen Sprache? Oder dass man nirgendwo besser aufgehoben war als im Arkadien der Heumondnächte? Und warum war Nada so wenig an der Wahrheit gelegen, wenn sie das Kind nach einem Heimweh befragte und ihr anzusehen war, dass es besser wäre, die Sehnsucht nach dem anderen Land zu verschweigen? Und *durfte* man überhaupt die Wahrheit sagen auf ihre Frage *Bin ich alt?*, wenn die Ehrlichkeit auf eine unheilvolle Gewissheit hinausgelaufen wäre? Was hätte man ihr ins Gesicht sagen sollen, ins schöne achtmalsiebenjährige Gesicht, dessen Verfall auch durch die Salben und Gurkenmasken nicht aufzuhalten war? Wozu überhaupt die Wahrheit, wenn man doch wieder dieses Mitleid empfand, das man allzu leicht für die Liebe hielt? Und gewiss wäre es kein großes Vergehen, Nada zu täuschen, wenn alle Aufrichtigkeit sie doch nur verletzt hätte, wenn es allenfalls ein Zeichen der Liebe war, ihr diese Verletzung zu ersparen. Und stammte nicht jener eine Satz von Nada selbst: *Se non e vero, e ben trovato – Wenn es nicht wahr ist, so ist es doch gut erfunden*? Und wenn es andererseits stimmte, dass Nada selbst *niemals* log – *Nona nikad ne laže* –, warum fühlte man sich dann getäuscht, wenn sie den Gott anrief, den sie über kurz oder lang wieder verfluchte, oder wenn sie behauptete, dass man an einem verschluckten Kaugummi unweigerlich sterben müsse – an *Magenverklebung* oder *Blinddarmentzündung*?

Sie ließ einen sein, solange man ihr zu Gebot stand. Sie war die Feuerschluckerin, eine säbelrasselnde Medusa, war die Springflut, die den Unachtsamen in Lebensnot brachte, war der Rebstock, dem man nicht den Rücken kehren durfte, war die Frau, die der messerdurchstochenen Kiste heil entstieg. Das Kind wusste, dass es einen Trick gab, aber es kannte ihn nicht. Vielleicht waren es die Angsttabletten, die Nada von Zeit zu Zeit nahm. Und weil ihre Angst, wie sie betonte, immer nur die Angst um die Meistgeliebten war, wurde die Menge der eingenommenen Tabletten zum Gradmaß ihrer Zuneigung. Kein Wunder, dass sie erst gar nicht daran dachte, sich unbemerkt Erleichterung zu verschaffen, stattdessen allenthalben vermeldete, dass sie ihre Tabletten eingenommen habe – *Popila sam Apaurin!* –, ohne je darauf zu vergessen, den Grund ihrer Angst auf so überzeugende Weise auszumalen, dass man selber in Lähmung fiel. Je lieber ihr einer war, desto mehr Apaurin schluckte sie *seinetwegen*, wenn er sich auf eine Reise oder auf andere Weise in Gefahr begab oder wenn er erkrankte, dass sich die Angst wie ein Panzer um ihre Herzkranzgefäße legte.

Und jedes Mal ihr besorgter Blick, wenn sie die Stirn des Kinds befühlte, wenn sie auf seinen Atem horchte, wenn sie nachts Nachschau hielt und es sich mühte, nicht zu blinzeln und hörbar zu atmen. Und jedes Mal ihre Erzählung, wie es mit nicht einmal zwei Jahren, als es wieder über den Sommer in ihrer Obhut war, zu husten begann und wie sie und der gute, alte Beppe es abwechselnd durch die Nächte trugen und wie sich das Korallenkettchen an seinem Hals vom Fieber verfärbte, immer blasser wurde, und wie sie die Hustenanfälle zählten und endlich ein Schnellboot anforderten und es ans Festland brachten, ins Krankenhaus. Und Gott sei Dank habe die Spritze geholfen! Geraucht habe sie damals, vor Nervosität, auf dem Gang der Lungenabteilung, das Kind im Arm, eine nach der anderen – auch das ein Gradmaß der Liebe. *Wie hab ich dich durch die Nächte getragen!*

Zuweilen hoffte das Kind, immer noch krank zu sein, nur um Nadas Angst willen, die es für Liebe hielt, und nur um seiner Lust an ihrer Angst willen, wenn es im Fiebertraum bebte, unter dem Rotationsmetrum des Ventilators, das sich in seine Gedanken und Hirnwindungen schraubte, bis es nicht mehr wusste, ob es die Sommerhitze war, die es ergriffen hatte, oder ein inneres Feuer, in dem sich Teppichfransen wie Regenwürmer schlängelten und namenloses Ungeziefer seine Fühler nach ihm streckte und man im Narrenkasten wieder jene Kakerlaken sah, die über den Küchenboden zu den Unterschränken schnellten, sobald man das

Licht einschaltete. Bei einer raschen Bewegung hielten sie inne, dann krabbelten sie weiter und versteckten sich in einer Ritze, und das Kind wusste, dass sie da waren, aber es rief erst gar nicht nach Nada, weil sie ihm vorhalten würde, dass es sich alles nur einbilde, wie es sich *einbildete*, dass es ein Unglück sei, sich die Knie aufzuschlagen, denn wenn sie auch ständig zur Vorsicht mahnte – *Schau auf die Füße beim Gehen!* und *Du wirst stürzen!* –, behauptete sie, wann immer sich eine Unglücksprophezeiung bewahrheitete, *Das ist nichts!* – *To nije ništa!* – und leckte ihm nur den Schmutz aus der Wunde und zupfte ihm nur hastig Steinchen und Dornen aus dem offenen Fleisch und legte ihm gefrorene Milchsäckchen auf Stirn und Nacken und suchte ihre Angst zu verbergen, dass da vielleicht doch etwas sei, vielleicht eine Gehirnerschütterung oder Tetanus, eine Blutvergiftung womöglich oder irgendetwas, woran man sonst noch sterben konnte.

Irgendwann gibt man es auf, beim Gehen zu hasten, auf schmalen Mauern zu balancieren, weit ins Meer hinauszuschwimmen, wie man es längst aufgegeben hat, auf Bäume zu klettern, weil nichts zu erwarten bleibt, als sich die Schenkel zu schrammen und eines Tages zu stürzen.

Immer mehr Zeit verbrachte das Kind auf der Veranda, wo Nada zwischen vollen Aschenbechern und Zeitungsausschnitten Körbe mit Weintrauben und Feigen auftrug, im Vorübergehen manchmal eine Handvoll der bitteren, halbdurchsichtigen Granatapfelperlen, die sie dem Kind in den Mund presste, und jedes Mal die Liebesworte – *Koga Nona najviše voli?* – und eine zärtliche

Hand an der Wange und dann und wann ein ungestümer feuchter Kuss.

Je mehr Nadas Angstsaat in ihm aufgegangen, je ruhiger es nach außen hin geworden war, desto lebhafter dröhnten die Heldengeschichten im Kindskopf, sodass man es mehrmals rufen musste, um es aus seiner Trägheit zu erlösen, die nur von außen Trägheit war, ein *Löcherindieluftstieren*, denn die Löcher waren voller Bilder, und welche Lust, sie aus dem Nichts hervorzuholen! Zumeist gab Nada seinem Bitten nach und reichte ihm ein Blatt Papier, ab und zu sogar ein noch auf beiden Seiten unbeschriebenes, noch ungeknicktes, unliniert und unkariert, ab und zu nur, denn wie kostbar jedes Blatt, und wehe, wenn man es unbedacht bekritzelte!

Abends ging der Strom aus, und im Kerzenschein schrieb man fast blind, und das Leuchten lockte die Widderchen und Schwärmer, und jedes Mal ein helles Knistern, wenn sie entflammen. *Du machst dir die Augen kaputt,* mahnte Nada und rückte sich die Hornbrille zurecht, ahnungslos, dass einen das Schreiben am Leben hielt, am anderen Leben, das womöglich nur Einbildung war – ein Irrtum in den stummen Selbstgesprächen, in den Vaterworten, auch im *Dassagtmannicht*, in den Endlosschleifen der Erinnerungen, die einen wie Mückenkränze umflimmerten. Und dann: *Beiß nie wieder in den Bleistift!* und *Das ist gefährlich!*, bis nur noch das Wort *Bleivergiftung* galt und wieder dieses nächtelange Warten auf die ersten Todeszeichen.

Das Geschriebene schien wahrer als das bloß Dahingesagte, das sich, einmal ausgesprochen, im Nu verflüchtigte, wie Nadas vollmundige Versprechen – und lag nicht schon im Wort *Versprechen* ein Hinterhalt, der Hinweis auf ein Versehen? Im Schreiben konnte man die Vatersprache gebrauchen, die leibliche Sprache, in der man für Wochen schwieg und doch fortwährend dachte, träumte und empfand. Und zweifellos war es klüger, das Hingeschriebene vor Nada geheim zu halten, sonst wieder ihre hochgezogene Braue, ihr schräger Blick: *Mörderzunge!*

Und wie sie das Schriftbild deutete – *Ist das ein A?*, *Soll das ein O sein?* –, weil der einstigen Schulmeisterin in Anbetracht der ihr unverständlichen Sprache sonst nichts zu beurteilen blieb, bis das Kind das Blatt in tausend Fetzen zerriss – aus Scham für den Verrat.

Sie konnte einen schon erweichen, wie sie auf der Veranda saß, mit ihren Hornbrillen, die das Kind nicht aufsetzen durfte, weil es sich sonst, gewiss, die Augen verdorben hätte. Wie sie da *Kava* schlürfte und rauchte und wieder rauchte, das Gesicht hinter Schwaden und Zeitungen, vertieft ins gedruckte Wort, das sie für bare Münze nahm, vor jedem Umblättern den Zeigefinger mit Spucke befeuchtend, wenn sie Beppe aus der Zeitung vorlas. Oft saß sie so, über Aktenbündel und Dokumente gebeugt, oder wenn sie Briefe schrieb, fast immer an Obrigkeiten oder Körperschaften, bisweilen von Beppe angesagt, weil er, der gute alte Bauernsohn, zwar Heldenblut und Worte, aber keinen besonderen Hang zur richtigen Schreibweise hatte. Fast immer schrieb sie mit Schreibmaschine, und dann ein Blaupapier zwischen zwei Blätter, das dünnere mit dem Durchschlag zweimal gefaltet in ein Kuvert, die Adresse mit Beppes schwarz-grüner Füllfeder in der Schönschrift einer zur Rechtshändigkeit disziplinierten Linkshänderin, und jedes Mal das Einhalten und Ausharren, wenn Beppe zur vollen Stunde unvermittelt den Weltempfänger aufdrehte, den *Transistor*, wie er ihn nannte, denn alles hatte still zu sein, und alle Welt schien stillzustehen, wenn er mit zusammengezogenen Brauen den Nachrichten folgte, und nur die Zikaden hielten sich nicht daran.

Beppe hatte den *Transistor* stets vor sich auf dem Tisch stehen, von dem er sich an gewöhnlichen Tagen nur erhob, um aufs Klosett, zum Kühlschrank oder ins Bett zu gehen. Nur ab und zu, wenn es rauschte und krächzte, drehte er ein wenig an der ausziehbaren Antenne und richtete sie wie einen riesigen Fühler nach dem Ursprung der Balalaikas, Tamburicas, Tulums und sephardischen Lieder aus. Tagein, tagaus saß er so auf der Veranda und schwieg und horchte und wartete, denn sobald sich die Hitze legte, kamen alte Männer in Bundfaltenhosen und kurzärmeligen Hemden, begrüßten ihn mit breiten Umarmungen, Schulterklopfen und Wangenküssen, *Eeee, komandante moj!*, machten es sich auf den Korbsesseln bequem; und gleich hieß Beppe Nada den *Rakija* wieder holen, den sie gerade erst abgeräumt hatte, und sie, zähneknirschend, aber ohne Widerrede, versuchte auf dem Weg ins Innere des Hauses ihren schönsten Gang, richtete sich dort schnell noch die Frisur, setzte ihr Lächeln auf für die Genossen, als sie den *Rakija* wieder auf den Tisch stellte, und wischte die zu staubfeinem Pulver getrockneten Rückstände verschütteten türkischen Kaffees und die Ascheреste mit einer flinken Handbewegung vom Tisch.

In Gesellschaft der alten Männer war der stille Beppe augenblicklich mitteilsam und lebhaft, vielleicht weil sie die Einzigen waren, die an seinen Lippen hingen, wenn er erzählte und dabei die großen Worte gebrauchte, die das Kind nur vom Hörensagen kannte und niemals selbst in den Mund nahm, weil sie auf nichts passten – *Brigada, Divizija, Metak, Komitet, Bratstvo i jedinstvo*. Die alten Männer prosteten sich zu und nickten und machten große Augen, obwohl sie die Geschichten schon kannten, auch die, die Beppe an manchen Tagen in das eingebaute Mikrofon seines Kassettenrekorders sprach, oft stundenlang, zwischendurch mit seinen groben Fingern ein in der Mechanik des Geräts verwickeltes Magnetband entwirrend, niemals dabei ein Fluchwort oder Seufzen. Bestimmt wussten sie schon alles, außer vielleicht, dass ihr *Komandant*, der *Junak*, bisweilen immer noch schreiend aus dem Schlaf fuhr, weil der Schwarzgekleidete in seinen Träumen fortlebte, auf ihn zu raste, das Gesicht verzerrt, den Gewehrlauf auf ihn gerichtet, den Finger am Abdruck, *peng!*, der Filmriss dann und Nada, die die Nachttischlampe anknipst: *Es ist nichts, gar nichts. Nur ein Traum!*

Beim dritten *Rakija* wirft sie ihm einen Blick hin. Er fängt ihn nicht auf.

Beppes Geschichten langweilten das Kind. Die spannenden Geschichten wurden nur erzählt, wenn Teta Franka kam und die alten Männer früher als sonst nach Hause gingen und Beppe wieder in sein Schweigen zurückfiel. Meist kam sie gegen Abend, wenn sich das Sch-sch-sch-sch-sch der Zikaden im Zirpen der Grillen auflöste. Dann erzählte sie von Bettnässern und Hausanzündern – *Wer mit dem Feuer spielt, macht nachts ins Bett!* –, erzählte von Sterbenskrankheiten und Selbstmördern, denn sommers, wenn das Leben ringsum in voller Blüte stand, wurde mancher überdrüssig, vor allem wenn der Südwind die Leintücher von den Wäscheleinen riss und das Meer zum Kochen brachte und Unrast in die Köpfe der Schwermütigen kam und sie mehr *Rakija* tranken als sonst. Teta Franka war es auch, die einst berichtet hatte, wie Barba Pjero mit heruntergelassener Hose die eigene Cousine an den *Špaherd* drückte, und dabei hatte sie sich in einem fort bekreuzigt, mit ihren großen Händen, denen man die Arbeit in den Feldern ansah, *Isuse bože!*

Teta Franka sei nicht über den Weg zu trauen, hat Nada einmal gesagt, denn sie habe zwischen ihren Brüsten ein Muttermal, an dem sie den Teufel säuge. Seither folgte das Kind den Geschichten noch hingebungsvoller, hing an den Lippen der Alten, die vielleicht nur in seinen Augen alt war, und wenn es den Sätzen lauschte, die ihr mit Leichtigkeit vom Mund flogen, verwob es die Erzählfäden mit den Garnen seiner Phantasie, spann sie wie einen Kokon um die Krankheits- und Todessagen, bat Nada um Papier, kritzelte vor sich hin, tat, als würde es nicht hören, hörte umso genauer hin, schrieb mit. Manchmal war ein Kind gestorben, im August starben die meisten, vor allem die Säuglinge, winzige, mit straffen Gazebinden zu Tode gefatschte Mumien – durch ein Fieber, am Engelskuss oder am Atem der *Baba*, der die Sträucher und Kräuter versengte und die Dörfler lebensmüde machte. Wieder und wieder das Totenglockengeläut, das Nada jedes Mal aufhorchen ließ, mit dem Ausdruck eines aufgestörten Rehs, und schon im nächsten Augenblick mit dem Blick einer Alten, die lustvoll nach dem Schicksal der anderen schielte, und dann die stumme Frage, wen es diesmal ereilt habe.

An manchen Tagen türmt sich das Meer, aufgepeitscht von den Stößen der Bora, die Wellenkämme: perlendweiße Zinnen. Und hörst du es, das Flüstern der Undinen, die einen nicht im Zweifel lassen über ihre Absicht? Ihr Mondgesang, gleich einer Phantasie in Moll, der du nicht entkommst, nicht einmal hier! Ich seh doch, Kind, wie deine Finger zucken, *Nona sve registrira*: Linkerhand die Töne so viel tiefer, als dir die Stimme reicht, wie sehr du dich auch mühst, sie mitzusingen, weil dich das Finstere lockt, denn zu den Fischen zieht es dich und an den Meeresgrund. Und wie groß du dir vorkamst, einst, im anderen Land, du vom Schoß geglittenes Schoßkind, unter dem schwarzen Flügel dem Vater zu Füßen, schlotternd beim Auftritt des Erlkönigs, *Es ist doch nur ein Lied, mein Kind!*, mitgerissen in die Dunkelkammern der anderen Kinderseele, die des unrettbaren Knaben. Was sind die Nebel deiner Vaterscholle gegen unser Land von Licht und Luft? Liegt nicht im Grillenzirpen, im Flüstern des Winds jener helle Ton, der den Lebenden das Atmen und den Toten die Erde leichter macht? Und ist es nicht am besten hier, bei weitem?

Zu den Tagesanbrüchen nach den Sturmnächten, in denen das Meer seine Schätze an Land warf, lockte Nada das Kind an den Strand, denn bei aller Unglücksangst hatte sie ihre Lust am Unglück, solange die Angehörigen davon verschont blieben. Und was für ein Ergötzen an den gestrandeten Barken und Bojen! Das Aufrichten am Schicksal der anderen – ein spöttischer Trost für das selbst Erduldete. Nun, da die kräftigen Brisen des Morgenwinds die letzten Nebelfetzen vom Himmel und aus den Schluchten und Graten des *Sveti Vid* gefegt hatten und das erschöpfte Meer zur Ruhe gekommen war, entkrampfte sich das Herz. *Schau, bis hierher sind die Wellen gekommen!*, rief sie jetzt und deutete unter dem Kreischen der Seevögel auf den dunklen Streifen von Tang, Treibholz und Muschelsplittern, der sich in beträchtlichem Abstand zum Meeressaum über den Strand erstreckte: ein Trauerflor auf den ersten Blick, eine duftende Glückssträhne voller Lockungen auf den zweiten. Das Kind brauchte die Muscheln und Krabbenpanzer und Seesterne nur aufzuheben, so viele lagen da mit einem Mal, und *Schau, ein Schwimmstein! – Kamen koji pliva!*

Zum Sommerende hin begaben sie sich im Schutz des späten Lichts auf die Suche nach Brauchbarem, das die heimgereisten Fremden in den versteckten Strandbuchten zurückgelassen hatten. Manchmal fanden sie eine Strandmatte oder Luftmatratze, manchmal ein aufblasbares Schwimmtier. Hin und wieder fand sich auch anderes, was man sich insgeheim wünschte, aber unter dem Vorwand, dass es das Begehren nicht wert sei, teuer und unnütz vielmehr, immerzu versagte, wie die Tuben und Fläschchen mit den Resten duftenden Sonnenöls, das *Lichtschutz* versprach und *tiefere Bräune*, in den Vaterworten, die Nada nicht verstand. *Papilova! – Bauernfängerei!,* maulte sie, indem sie die letzten Tröpfchen herausdrückte, um sich Gesicht und Hände einzuschmieren.

Wenn sich Nada auch sonst gern mit ihrer Wahrheitsliebe in die Brust warf: Die Fundstücke – wie überhaupt die *Streifzüge* – hatten geheim zu bleiben, vor allem vor Beppe, denn bestimmt würde er sie ins Gebet nehmen, wenn er ihr dahinterkäme, die Abfälle der *Nijemci* aufzusammeln. Sie legte dem Kind den Finger auf den Mund, und es schürzte die Lippen und roch daran, denn es mochte den Geruch ihrer Finger, der ein Fischgeruch sein mochte oder der Duft türkischen Honigs, und es fragte sich, wie sie ihre Ringe je wieder über die verdickten, runzeligen Fingerknorpel brächte, und beschwichtigte sich, dass das heimliche Vergnügen wohl kein Betrug an Beppe sei, dem schweigenden Befehlshaber, der bei jedem Türknallen zusammenfuhr, den aber sonst nichts mehr erschüttern konnte, nicht einmal Nadas Launen und Gefasel, und den man schließlich auch nicht verriet, wenn er nach dem Mittagessen, da ihm bei Nadas gnadenlos an der ärztlich verordneten Abmagerungskur bemessenen Zuteilungen immer noch der Magen knurrte, heimlich zum Kühlschrank schlurfte, um sich ein zweifingerdickes Stück Salami abzuschneiden, oder wenn er sich zwei Suppenlöffel Zucker ins ebenfalls angeordnete Diätjoghurt rührte, dass die feinen Kristalle schon beim Umrühren und dann auch zwischen seinen falschen Zähnen nur so knirschten.

An den Tagesenden, da es an den Stränden nichts mehr zu holen gab, ging Nada mit dem Kind ins Dorf. Dort, an den Molen, konnte man die Hafenburschen und Matrosen beobachten, die, so taten sie jedenfalls, die wichtigste Arbeit der Welt verrichteten. Sie hielten Ausschau nach Schiffen, hielten ihre Finger in den Wind, gingen auf und ab, wickelten Leinen und Trosse zu Knäueln, und wenn einer vom einlaufenden Schiff aus unter Fluchen und Rufen die dünnen Wurfleinen zur Landungsbrücke schwang, fingen sie sie mit großem Gehabe ein, um sogleich die armdicken triefenden Taue einzuholen und an den Pollern festzuziehen, bis die Bojen unter dem Gewicht des Schiffsleibs ächzten, der sich mit der Plumpheit eines Volltrunkenen gegen die Mole drückte; und welcher Spott, wenn die seekranken Banausen sonnenverbrannt und entkräftet über die knarrend wippende Zugangsbrücke an Land taumelten; und wie lockend der Geruch von Teer und Algen und wie triftig das Treiben der Segelflicker und die Besorgungen der Fischer, die geduldig ihre Netze entwirrten, in denen sich winzige Meeresschätze verfangen hatten – Muscheln, Krebse, Korallen! Und keiner da, der nicht ein Auge auf die Tagediebe hatte, die sich auf den Landebrücken herumtrieben, rauchten, fremde Anker lichteten oder sich, sobald der Abendkatamaran auslief, in die türkisblauen Strudel der riesigen Schiffsschrauben warfen, um unter den Zurufen der Mädchen und Claqueure wie toll gegen Sog und Strömung anzuschwimmen.

Auf dem Heimweg ließ Nada das Kind bis zum Drehschwindel um den mannshohen Sockel des *Spomenik* laufen, während sie, auf den Marmorstufen des angrenzenden Dorfbrunnens sitzend, eine Zigarette nach der anderen rauchte, denn immer taten ihr die purpurfleckigen, durchblutungsgestörten Beine weh, wenn sie ein Stück Wegs gegangen war, und schmerzend auch die angeschwollenen Füße, die in den engen Sandalen wie zwei dressierte, in ein zartes Geschirr gezwängte Flusspferde aussahen.

Vorzeiten hatte sie dem Kind erzählt, dass der stählerne *Partizan* auf dem Sockel, ein barfüßiger Kraftprotz in kurzen Hosen, den rechten Arm mit der zur Faust geballten Hand schräg nach vorne gestreckt, linkerseits die *Puška* geschultert, kein andrer als Beppe sei, Beppe, zu dem sie so gerne aufgesehen hätte und den sie doch insgeheim verachten musste, weil er aller Tapferkeit zum Trotz ein Bauernsohn geblieben war, unbelesen und ungeschlacht. Das Kind, das das Augenzwinkern nicht bemerkt hatte, glaubte es, wie man manches gerne glaubt, und traute auch dem eigenen Bedenken nicht, wenn es die riesigen, makellosen Zehen des Partisanen, die das Einzige waren, was es aus nächster Nähe sehen konnte, mit Beppes Zehen abglich. Mochte ihm der Widerspruch zwischen Beppes altem, abgekämpftem Leib und dem kräftigen Körper des Hünen auch ins Auge fallen, hoffte es doch, dass die Unähnlichkeit von Nada unbemerkt bliebe, weil es leichter war, einen Irrtum anzunehmen als eine vorsätzliche Täuschung. Und warum sollte der Krieger nicht Beppe sein, wo es doch albern war, die Jungen ewig jung zu glauben, obwohl einen das Leben ständig eines Besseren belehrt? Wenn Nada es mit der Wahrheit doch genau nahm – *Nona nikad ne laže!* –, so gewiss auch in allem, was sie über den *Spomenik* sagte. Und Beppe, der Träger des *Orden narodnog heroja* und der *Spomenica* und der zusammengezogenen Narbe an jener Stelle am linken Oberarm, an der auch das Kind eine Narbe hatte, aber nicht wie er vom *Lungendurchschuss*, sondern von der Pockenimpfung, war durchaus ein Held, wenigstens wenn man vor Nadas Wutausbrüchen bei ihm Zuflucht suchte und er einen schützend in seine großen Arme nahm und ihr mit bloßen Blicken Einhalt gebot.

Mochte Beppe auch hinfällig sein, war er doch angesehen und umschwärmt und allenthalben zu Premieren und Vernissagen geladen oder dazu entsandt, Denkmäler zu enthüllen und Kränze hinzulegen. Alle Türen der Welt standen einem offen, wenn man sein Fleischundblut war, wenigstens die Türen der Inselwelt; alle anderen hätte Nada ohnehin am liebsten für immer vernagelt, im Glauben, das Kind mit den abendlichen Dorfausflügen vollkommen heimisch zu machen, ahnungslos, dass es längst nach jedem Lichtspalt schielte, der eine Flucht versprach.

Ausgerechnet an Šjor Lukas Kiosk, an dem Nada Abend für Abend nach Zigaretten und Tageszeitungen Schlange stand, erwies sich ihre Welt als löchrig. Gleich neben den Ansichtskarten mit den malerischen Orts- und Strandmotiven befand sich ein Zeitschriftenständer mit Illustrierten, die besonders prächtige Titelseiten hatten – gestochen scharfe Bilder und Schlagzeilen in der Vatersprache, jetzt in Augenhöhe des aufgeschossenen Kinds. Doch der Blick durchs Schlüsselloch, durch das einen die andere Welt anrief, war ein verstohlener, mehr aus den Augenwinkeln, weil Nada gewiss wieder alles *registriert* hätte und man doch so tun musste, als gäbe es kein schöner Land als das ihrige, als gäbe es kein Anderswo und keine andere Sprache, und, einmal abgesehen von Pablo, auch keinen besseren Maler als Josip Turković und vielleicht auch Viktor Igor, der jeden Abend auf seinem Holzschemel neben dem *Spomenik* saß und die Banausen zeichnete, die gutgelaunt am Siegesdenkmal vorüberzogen, obwohl es an den Triumph der Einheimischen über ihresgleichen erinnerte.

Einmal, vielleicht um den Banausen zu beweisen, dass auch sie sich ein Porträt leisten konnte, drückte Nada Viktor Igor vierhundert Dinar in die Hand und hieß das Kind auf dem stoffbezogenen Klappsessel hinter der Staffelei Platz nehmen. Aber das fertige Bild zeigte ein ernstes Kind von sieben, acht Jahren, und Nada zog die Brauen zusammen – *Wie mürrisch sie aussieht und wie ein Bub!* – und begehrte sogleich einen Preisnachlass, weil sie sich doch ein fröhliches Mädchen an die Wand hängen wollte.

Što si namušena, fragte sie nachher, *Warum bist du so mürrisch?*, fragte und fragte und gab sich selbst die Antworten und fand die Schuld für seine Verstocktheit im Drüben, in der *Überforderung*, in den *schönen Worten*. Er sei dem Kind nicht zuträglich, der Nebelwinter, der Schwermutwinter, den kein Mensch unbeschadet überstünde, dieser Winter von Flitter und Frömmelei, in dem die Kinder ständig – *still, still, still, weil's Christkind kommen will* – kuschen müssen, und ständig die gestreckten Zeigefinger vor den geschürzten Lippen, wenn dann doch irgendwann herausbricht, was sich im Schweigen angestaut hat. Und wie die Perchten sie in den Raunächten erschrecken, die *Pechtra Baba* und das Hexenkarussell, und erst die Tanten und die Kinderfrauen – *Puno baba, kilavo dite!*, *Viele Ammen, dümmliches Kind!*

Dabei war es doch nicht schlimm, dass sich alle paar Monate ein neuer Arsch wie eine Rechenschieberkugel an der Küchenzeile hin und her bewegte, vor den Konservendosen und Gemüsen und Mehlsieben und dampfenden Töpfen. Im Gegenteil: Man sehnte sich nach unbekannten Liedern und Geschichten, nach der Frische und Leichtigkeit, nach den fremden Düften und Bräuchen, Mundarten und Manien, die jede neue Kinderfrau in den glanzlosen Alltag einbrachte. Hatte sich der Reiz des Neuen nach wenigen Wochen verbraucht, reizte man die *Faktoten,* wurde unfolgsam, triumphierte, wenn sie den Possen und Streichen aufsaßen, über die nur die Kinder lachen. Und wenn wieder eine das Handtuch warf, freute man sich heimlich, denn bald würde die nächste Einzug halten – und wie spannend das war! Es fing schon bei der Sprache an: Obwohl sich die Kinderfrauen auf Vaters Anordnung redlich mühten, die *schöne* Sprache zu sprechen, taten sie es doch mit ihrem Akzent und unweigerlich in ihren eigenen Wendungen – Kauderwelsch und Gossenwörter, bei denen man die Ohren spitzte und die man mit diebischer Freude festhielt, ohne sie je zu gebrauchen. Und erst ihre seltsamen Sitten: Sie fluteten die Zimmer mit heiteren Gesängen, sammelten Liebesbriefe und getrocknete Rosen, horteten getragene Strümpfe und Unterhosen in versteckten Wäschesäcken – und wehe dem, der ihr Geheimnis an sich nahm, denn *Was um Himmels willen hat meine Unterhose unter deinem Kopf-*

polster verloren? Das Kind freilich wusste nur um seinen Willen, nicht aber um den des Himmels.

Nada musste sich irren. Das andere Land war gut – trotz der Raunächte und Schreckgestalten, trotz des Klavierübens, trotz der vielen Kinderfrauen, erst recht, wenn man es von weitem besah und sich freute, weil man sich nach Wochen des Hingehaltenwerdens endlich der langen, ungeordneten Reihe der Wartenden anschließen durfte, die sich wie jeden Nachmittag vor der einzigen Telefonzelle am Postamt des Inseldorfs gebildet hatte. Endlich würde man die Mutter sprechen, vielleicht sogar den Vater, dem man die Sehnsucht verraten könnte, weil Nada nichts verstand – oder vielleicht doch verstand, wenn sie so dicht daneben stand, rauchend und auf glühenden Kohlen, um einem jederzeit unvermittelt den Hörer zu entreißen, weil ihr die ebenso kostspielige wie undurchsichtige Unterhaltung, die doch niemals eine *Unterhaltung* war, vielmehr die Ankurbelung des Verlangens und des schlechten Gewissens, zu lang erschien, obwohl das Kind ohnehin kurz angebunden war, um Nada nicht zu bedeuten, dass ihm das andere Land lieb war, womöglich lieber als ihres.

Der Rückweg vom Postamt war allemal ein Trauermarsch, erst recht, wenn trotz mehrmaliger Versuche keine Verbindung zustande gekommen war und man unverrichteter Dinge nach Hause ging, neben Nada, die jetzt immer wieder stehen blieb und sich setzte und nach Atem rang und sich eine Zigarette ansteckte und manchmal den Lippenstift aus ihrer weißen Straußenledertasche hervorzog und das halb zerronnene, halb abgeleckte Rot ihres Munds erneuerte. Dann, nach einer weiteren Zigarette, manchmal waren es zwei, stand sie auf und schleppte sich weiter, und nie klagte sie darüber, dass ihre fleckigen Beine nicht recht wollten, seit jenem Fußmarsch durch den knietiefen Schnee im bosnischen Hochland, bei dem man sich anfangs noch mit jenem Lied bei Laune gehalten hatte – *Niz planine, rijeke, staze, omladinske noge gaze* –, bis alle Lieder verstummten. Und weil sie sich durchaus darüber freuen konnte, nun wenigstens ein paar Dinar gespart zu haben, nahm Nada den Zipperlein zum Trotz den kleinen Umweg ins serbische Kinderferienlager, wo nach dem Abendmahl auf dem lichtgefluteten Ballspielplatz zwischen den Baracken der Fünfzack gehisst und gesungen wurde – die Hand aufs Herz, das Kinn keck in die Luft gereckt: *Hej Slaveni!* und *Od Vardara pa do Triglava*.

Bestimmt dachte sie, dass es dem Kind guttäte, ein wenig unter Kinder zu kommen, unter seinesgleichen. Nur: Seinesgleichen gab es da nicht. Die Lagerkinder waren nur kurz neugierig, kamen heran, besahen es, kicherten und gingen rasch wieder ihrer Wege, und das Kind schlug die Augen nieder und umklammerte rasch Nadas Hand, wenn eine der uniformierten, streng frisierten *Drugaricas* nach ihm griff, um es in die Tänze und Reihundgliedgesänge einzuflechten. Einmal riss sich Nada aus seiner Umklammerung, stieß es lachend von sich und geradewegs in die Fangarme einer Uniformierten, die es mitten auf den Platz zog, zu den offenen Mündern und gellenden Stimmen, und der Atem ging dem Kind verloren und die Manen fassten es und warfen seidene Tücher nach ihm aus, die wie Feuerzünglein über sein Gesicht streiften. Sie fielen in einen Singsang, wirbelten, zupften es an Hemd und Zöpfen, kicherten. Dann nahmen sie es abwechselnd bei der Hand, zogen es in ihren *Kolo*, warfen es jäh aus dem Reigen, dass es strauchelte, fingen es wieder auf – und schallend ihr helles Lachen, als ihm endlich schwindlig war und es zu Boden taumelte. Und wie es da lag, außer sich, umarmten sie es und hießen es bleiben, und als es sich aufrichtete, trat eines heran und flüsterte ihm ins Ohr: *Bald schon wirst du bluten, Kind!* und *Im Blut wohnt die Seele.*

Als das Kind zu sich kam, lag es mitten auf dem weitläufigen Ballspielplatz und blickte in Nadas Elendsgesicht, während sie ihm mit ihrem argentinischen Rüschenfächer Luft zufächelte, und es blickte auch in die Gesichter der Erzieherinnen, die sich tief über es beugten, es rüttelten und anriefen, ihm die Perlen von den Schläfen tupften, und weil es unter dem Rocksaum der einen Ziegenfüße zu erkennen meinte und plötzlich aufsprang und wie von Sinnen zu brüllen begann, machte sich Nada eilends mit ihm aus dem Staub.

Auf dem Nachhauseweg schlichen sie schweigend über unbeleuchtete Wege, stiegen über die kniehohen Steinmauern zwischen den Gärten, pflückten im Vorbeigehen Feigen von fremden Bäumen, *tuđe – slađe*, und die winzigen Feigenkörnchen knirschten zwischen ihren Zähnen, den milchigen und den falschen, und immer stapfte Nada voran, kurzatmig und trotzig gegen den Schmerz in den Beinen. Ihr Haar zitterte im Abendwind, die Glut ihrer Zigarette leuchtete, und ihr weißes Baumwollkleid, durch das man bei Tag die große Baumwollunterhose schimmern sah, flatterte ihr um die Schenkel. Das Kind, das ihre Gangart längst angenommen hatte, reichte Nada die Hand und richtete seinen Blick stur auf den Boden, denn der Anblick des Sternenzelts, hier so prächtig wie sonst nirgendwo, und der Gedanke, die Himmelskörper würden es überdauern, war ihm unerträglich. Es glaubte nicht mehr an die Erfüllung der Sternschnuppenwünsche, empfand mit einem Mal die Brüchigkeit seines Lebens, das ihm nicht mehr selbstverständlich war, sondern nur geborgt.

Die Baba Roga pustet mich an!
Da ist nichts, Anuschka! Es ist nur der Wind.
Aber wer flüstert da? Horch doch, horch!
Es ist nur das Rascheln der Blätter.

An den guten Tagen, wenn Nadas kranke Beine nur ein wenig schmerzten und ihr Atem reichte, nahmen die Verschworenen den Weg durch die enge *Kala*, an deren steilstem Abschnitt inmitten des Asphalts ein schmaler Schotterpfad eingelassen war, um den Lasteseln und Maultieren das Trotten zu erleichtern. Von dort zogen sie zum Friedhof, dem entlegensten Ort des Dorfs. Weiter als dahin trugen Nada die kranken Beine längst nicht mehr – und wohin hätten sie sie noch tragen sollen, wo doch hinter dem ins Meer ragenden Felsen mit dem Kloster, dem weitläufigen verwunschenen Garten und der von dicken Mauern abgegrenzten Totenwelt mit ihren in den Fels gehauenen und mit großen Steinplatten bedeckten Gruften nur Wildnis war? Die Menschen hatten es aufgegeben oder erst gar nicht versucht, den kargen Flecken Land zu bebauen, an dessen windgepeitschten Klippen die Wellen hochsprangen wie übermütige Hunde. Da war die Welt zu Ende. Wer weiterzog, verschwand in einer anderen, kam wissend zurück oder kehrte nicht mehr heim.

Sobald das schmiedeeiserne Eingangstor zum Friedhof erreicht war, wurde Nadas Gang flink. Mit einem Mal leichtfüßig, peilte sie den Grabstein der Verschwägerten an, fiel alle Last in Anbetracht des Todes, der doch stets der der anderen war, von ihr ab – und welche Erleichterung, weil es immer nur diejenigen erwischte, die ihr zeitlebens nicht ans Herz gewachsen waren, angeheiratet nur, und Blut allemal dicker als Wasser, *Krv nije voda*, dicker auch als das Weihwasser, mit dem sie die Stirne des Kinds benetzte, an den seltenen Tagen, da sie die Klosterkirche betraten, ohne Gottesgruß und ohne Blick für den Blutenden am Kreuz, abergläubisch allemal. Dann die aufgesteckte Leidensmiene und die tragische Anrufung, *Eee, moja Lodina!*, kopfschüttelnd und auch sonst in genau der Weise, wie sie das Kind anrief, wenn ihr aus heiterem Himmel eingefallen war, dass – *U ime oca i sina i duha svetoga!* – über kurz oder lang auch die Blutsverwandten nicht verschont blieben.

Hier, am Grab der Angehörigen, wo alle Sterblichkeit in Stein gehauen und notdürftig dingfest gemacht war, hob Nada nach einigen Seufzern zu unverständlichem Gemurmel an, das mehr nach Vorwurf als nach Trauer klang, als wollte sie den Toten den Tod ankreiden, als wollte sie ihnen nachrufen, wie unverschämt es sei, den Zurückgebliebenen den Tod *anzutun*, und ihr, der eigentlichen Hauptfigur des ganzen Trauerspiels, auch noch etwas vorauszuhaben – das war es wohl, was sie am meisten schmerzte, wenngleich sie zweifellos am Leben hing.

Nadas Unmut währte nicht lange, natürlich nicht. Schon im nächsten Moment sank sie auf die wehen Knie und strich schweigend Kiefernnadeln und die saftlosen Überreste von Mimosen und Wildblumen von der rauen Steinplatte, während das Kind in einiger Entfernung von Gruft zu Gruft schlenzte und sich vielleicht fragte, warum man den Verstorbenen eine *leichte Erde* wünschte, *Neka ti je laka zemlja!*, wenn sie doch gar nicht unter der Erde lagen, sondern in den Dunkelkammern unter jenen Platten. Ab und zu hielt es an, um die kleinen Fotografien an den Gedenksteinen zu betrachten, die lieben Toten, die knorrigen Mienen der Fischer und Oliven- und Weinbauern, die ihre Arbeit eilig für diesen einen Schnappschuss niedergelegt haben mussten, nicht darauf erpicht, verewigt zu werden mit ihren abgenutzten Hemden und ihren zerfurchten, gegerbten Gesichtern und den windzerzausten Frisuren. Die wenigsten hatten für den Lichtbildner ein Lächeln übrig, unerbittlich, wie sie waren, und nicht aus Hochmut, sondern weil nichts blieb als dieses Land und die Hand in den Mund, das Buckelkrümmen, Pflanzen, Jäten und Steineschlichten unter der Mittsommersonne, die schon den Vätern in den Nacken stach, dass sich die Augen vor dem gleißenden Licht dicht an die Nasenwurzeln drängten und in die Höhlen unter den kurzen Stirnen verkrochen, und man, wenn die Sonne im Zenit stand, nur einen dunklen Schatten unter den Brauen sah. Manche, so hat es Beppe einmal erzählt, sind nie über das nächste Dorf hinausgekommen. Andere sind von weither zurückgekehrt, um da endgültig heimzugehen, ausgewandert in jungen Jahren, als Beppe noch ein Kind war und die Reblaus wie ein Feuerteppich über die Weingärten herfiel, dass sich Hunderte verarmter Bauernburschen – die meisten auf Nimmerwiedersehen – mit einem Tabakbeutel voll magerer Heimaterde aus dem Staub machten, um in Australien, Argentinien, Patagonien oder gottweißwo ihr Glück zu suchen.

Manchmal hörte das Kind ein Schmatzen oder Raunen, und dann mischte sich Nadas Zuruf in die Stimmen der Toten und in das Tosen der Brecher, die auf den Friedhofsfelsen peitschten und einander schäumend und gurgelnd verschlangen – *Schau die Toten nicht so lange an! Du prägst dir den Tod noch ein!* Doch wie waren die Alten, die hier ihre erste und letzte Ruhe gefunden hatten, dem Kind lieb und geheuer. Man konnte sich ja damit abfinden, dass aus jedem Leben über die Jahre ein Tod wuchs, und war der Weg ins Erwachsensein schon lang und beschwerlich, erschien jener ins hohe Alter schier endlos.

Sicher, wenn alles seinen rechten Lauf nähme und einem ein Lebensherbst beschieden wäre, ginge der Tod ein Kind nichts an. Aber der Tod hielt sich nicht an den Plan, tanzte aus der Reihe, kam auf eigene Faust, gab sich als Freund aus, um einen dann doch zu packen – *Sei guten Mutes, ich bin nicht wild, sollst sanft in meinen Armen schlafen* –, nahm auch mit denen Fühlung, die noch nicht einmal ihre ersten Schritte, ja vielfach noch nicht einmal ihren ersten Schrei getan hatten, und wie graute dem Kind vor den Jungverstorbenen, den toten Kindern vor allem mit den Engelsgesichtern, deren Abbilder ihm vor Augen hielten, dass die *Baba Roga* auch ihm jederzeit auflauern konnte.

Und ach, die armen Mütter! Zu den wenigen freien Stunden am Ende des Tags zog es die Schwarzgewandeten zu den Verlorenen, für die sie alle Liebesworte aufbewahrten hinter ihrem Schweigen. Ein Singen und Geflüster dann aus hundert Kehlen, während sie ihre Finger auf die Grabsteine legten, als tasteten sie nach einem Herzschlag oder einem geheimen Klopfzeichen. Und wehe Nada und den Eltern, wenn es selbst da läge, ein weiterer erloschener Freudenschein, dort unten im Fels unter unverrückbarer steinerner Platte wie die von der *Baba* aus dem kaum begonnenen Leben Gerissenen oder von einer Todeskrankheit Fortgerafften, denen es am liebsten auf die Gräber gespuckt hätte, weil sie auf den Fotografien prangten, wie zum Hohn, wie zum Beweis für das Trügerische aller Schönheit und Jugend, für die Schwäche eines jeden kindlichen Lebensfadens, wie zur Bestätigung aller Ängste vor den Unfällen, Sterbenskrankheiten, Schlaganfällen und plötzlichen Atemaussetzern, hingegeben an den Mondenspuk.

Der Tod ließ sich nicht lumpen. Vergeblich jede Lust, die einem widerfahren ist und noch widerfahren mochte, denn was galt alle Lust in Anbetracht der Endlichkeit, vergeblich die verkehrt herum getragenen Häubchen und Hemdchen, vergeblich die Kreuzzeichen der Väter? Vergeblich die Gebete der Mütter, denen nur Feuerlilien und Chrysanthemen blieben, um gegen den Schmerz anzugehen und gegen die Gewissensqualen, wenn die Schuld sie würgte, weil nicht mehr gutzumachen war, was nimmer gut geworden wäre: die Tamariskenäste auf den Waden, die ausgerutschte Hand bei jedem Mucks, die bösen, unbedachten Worte! Wie viel leichter war es, ein totes Kind zu lieben, wenn einem auch zum Beweis der Liebe nichts andres abfiel, als die heimlichen Verzweiflungsschreie und die Krüglein übervoll von Tränen, die die Kinder nicht lebendig machten, sondern nur in ihrer Ruhe störten, und nur noch die Schnitterblumen, die man unter der sengenden Sonne auf die Grabsteine legte, wo sie schon zur nächsten Stunde zu Laub verdorrten, denn zum Einfrischen war das Wasser zu kostbar.

Über den Sommer ist das Kind gewachsen. Immer wächst es über den Sommer. Es kann jetzt über den Flügelrand blicken, schaut durch den Deckelspalt in den Bauch des Instruments, ins Schädeldach des Klaviers, dessen Nervenstränge beim Anschlag der Filzhebel beben. Und der Vater? Reglos fast und nur die Finger rührig, flink auch die Pupillen. Und das Kind in Erwartung, dass gleich etwas aus der Kiste hervorspringt, denn was darin wirkt und ihm an Leib und Seele geht, dass sich die Kopfhaut zusammenzieht und die Wangen glühen, wird schon lebendig sein. Etwas Großes muss es sein, das einen in den Himmel hebt und treibt und zu Boden drückt. Aber da ist keine Wesenheit. Alles, was das Kind, auf Zehenspitzen stehend und auf ein Staunen gefasst, entdeckt: Holzverstrebungen, Rasten und eiserne Spreizen, ein bewegtes Spielwerk von Federn und Dämpfern, filzbelegte Hämmerchen, blitzschnell gegen die zum Zerreißen gespannten Saitenstränge aus Gussstahl geworfen. Früher oder später entweicht das gesamte Spielwerk zweifingerbreit nach links, dann wieder heben die Dämpfer von den Drahtseilen ab, dass die Saiten lange weiterklingen und zu dichten Tönen verschwimmen, in die manchmal, wie von fern, das Fauchen einer Lokomotive, ein Nebelhorn, ein Zikadenschrei bricht.

Wenn ihm nach Stille ist, klettert das Kind auf den Wipfel seiner Birke, auf den immer gleichen unterarmdicken Ast, und schmiegt sich an die weiße Borke, von der es Nada einst sagen hörte, dass sie vor Anmut den Blitzstrahl locke und die Streiter. Und welche Pracht, die Stille dort oben, stundenlang im Geäst, in den abgerissenen Rindenfetzen geheime Zeichen bestimmend. Und Birkenkätzchen, ähnlich Nadas Aschewürmern, ähnlich Nadas Teppichfransen. Von hier aus meint das Kind, das ganze Vaterland zu überblicken, das doch nur eine Vatergegend ist, eine Stadtrandgegend, meint sogar, dass es da keiner fände, nicht einmal die scharfsichtige Kinderfrau.

Dort oben mochte es gelingen, dem Zweifel zu entkommen, sich aufzurichten im festen Glauben, dass es irgendwann Gestalt annehme, nicht als Wunderkind, nicht als Ivo oder Wolfgang Amadeus, vielmehr als jemand mit kurzem Haar und sehnigen Fohlenbeinen und *Heldenblut* an Knien und Ellenbogen und kleinen Dellen an den Flanken und vielleicht einem Bürzel wie Mutters Augenstern. Wenn es ihn zu fassen kriegt, hält es ihn fester als nötig und presst die Lippen zum Strich. Wenn er dann brüllt, trifft es ihr böser Blick, denn *Wenn du ihm was zuleide tust, so tust du's mir!*, und auch der Zorn des Vaters, nicht erst seit jenem Tag, da es, weil der Kleine nach dem Vater trat und schlug, *Verdammter Bruder!* rief und der Vater es auf sein Zimmer schickte, damit es wieder *zu Verstand* komme, denn *Wer den Bruder verflucht, kommt nicht in den Himmel.*

Nachdem es darüber mehrere Nächte lang keinen Schlaf gefunden hatte, gewöhnte sich das Kind an den Gedanken, nicht in den Himmel zu kommen. Und weil es ihm doch nicht gelingen wollte, sich damit abzufinden, machte es sich von Zeit zu Zeit ein Kreuzzeichen auf die Stirn und ging den Weltenlenker an, die Vaterworte zu entkräften, auch die Worte der blinden Tante, die der Mutter einmal vorgehalten hatte, ihrem *ungetauften* Kind, wenn seine Zeit gekommen sei, und ein Unglück könne *jederzeit* hereinbrechen, den Himmelseingang zu verwehren. Ach, die Unfälle und Krankheiten und plötzlichen Atemaussetzer! Die Mutter freilich war stur geblieben, stur wie die Inselmenschen und Maulesel sind – *Sind denn vor Gott nicht alle gleich?* und *Wenn er mein Kind nicht ohne Taufe nimmt, kann er mich kreuzweise!* –, hatte nur gegluckst und die Schultern hochgezogen, als wüsste sie es besser als die Trübäugige, ja besser als der Eine, auf den der Vater große Stücke hielt, als denke sie nicht daran, das Leben des Kinds in die Hand des Allmächtigen zu legen, der womöglich gar nicht allmächtig war, wie es doch so oder so das Beste war, die Dinge selbst in die Hand zu nehmen, obwohl ihr zur ärgsten Not durchaus ein *Gottschützdich* entfahren konnte und sie dem Kind das eine oder andere Mal sogar ein *Kreuzlein* auftrug.

Ohne rechtes Gottvertrauen blieb der Mutter nichts anderes übrig, als wachsam zu sein, dem Kind jedes Wagnis zu vergällen und, wo dies nicht genügte, alles Gefährliche zu untersagen, dass das Kind zusammenfuhr, wann immer sie hervorhob, was es längst als Ahnung in sich trug, dass nämlich das Leben selbst *lebensgefährlich* sei.

Nur einmal im Jahr, nach dem Silvesterfestmahl, wenn die Mutter mit ihrer Sehergabe in größerer Runde für Aufsehen sorgte, schien ausschließlich Glück in Aussicht zu stehen. So deutete sie die tropfenförmigen Gebilde, zu denen die kleinen Hufeisen, Pilze und Rauchfangkehrer aus Metall geworden waren, indem man sie in einem Löffel über einer Kerzenflamme zum Schmelzen gebracht und dann eilig in einen Topf mit kaltem Wasser geschüttet hatte, wo sie blitzartig erstarrten, ausnahmslos als günstige Zukunftszeichen, auch wenn das Bleigebilde eindeutig wie ein Totenkopf aussah oder wie ein abgerissener Engelsflügel und man sich insgeheim fragte, ob sie die bösen Omen tatsächlich übersah oder nur zu verheimlichen suchte.

An den Arbeitstagen stellte die Mutter die Kinderfrau dazu ab, jeden Ausbruch aus dem elterlichen Gehege, das abgesehen von der himmelhohen Birke, einer Schaukel und einem Sandkasten nichts weiter als ein von Liguster und dichten Spiersträuchern begrenzter Wiesenfleck war, zu vereiteln, denn zweifellos hatte das Kind eine Neigung, sich davonzustehlen aus jener abgesteckten Welt, auf die es sich beschränken sollte, einer Welt, in der die Schattenstreifen der Hecken und Büsche Sonnenuhren täuschten, Mündungsplätze, Finsterorte auch an den Tagen des Lichts, an denen man beim Versteckspiel mit den Erlkönigstöchtern einschaute, im Wissen, dass man nicht nach ihnen suchen würde, und zweifellos hatte dieses Kind vor allem zu den Regenbogenzeiten eine Lust daran, auf Entdeckung zu gehen, worüber es die Zeit vergaß und alles *Wesentliche*. Und was, wenn es sich im angrenzenden Wald verliefe oder an einen Schänder geriete oder träumerisch, wie es war, beim Überschreiten der Dorfstraße von einem Auto erfasst würde – der Kopf würde ihm platzen, aufspringen, wie Nadas Granatapfelköpfe mit ihren winzigen Krönchen. *Bald wirst du bluten, Kind.*

Einmal nur war es der scharfsichtigen Kinderfrau entkommen, wie es dem Nachbarsohn zum Milchholen gefolgt war, ihm, dem um zwei Jahre jüngeren Mätzling, der trotz des allabendlichen Querens der Dorfstraße wie durch ein Wunder immer noch am Leben war. Schon behielt die Mutter recht: Die euterwarme Milch war übergeschwappt, als der Hirtenhund der Bauersfrau an ihm hochgesprungen war und der kalte Fang an seiner Schläfe anschlug, ein kreideweißes Schüttbild – Schwan mit ausgebreitetem Gefieder –, und dann das dünne, feuchtklebrige Gerinne, das knapp über der Braue seinen Anfang nahm und sich nicht stillen ließ, trotz des Berieselns und Kühlens am eisigen Feuerbach – *Voda sve opere osim zla!*, *Wasser wäscht alles ab, außer dem Bösen.*

Wie ein Dieb schlich das Kind auf sein Zimmer, schlug wieder das Lexikon der Krankheitslehre auf, wartete auf die ersten Anzeichen der Tollwut, auf den Schaum vorm Maul, konnte nicht mehr schlucken, sehnte sich nach einem Schlauch im Arm, einer Medizin, einer Infusion, irgendetwas, was es am Leben hielte, wie es einst die Lust am Leben hielt, den Schmetterlingen und Libellen die Flügel auszureißen und den Schnecken kleine Gehege zu bauen, aus denen sie in den Nächten ausbrachen, zum Zeichen die Schleimspuren auf den zwecklosen Barrieren. Tagelang verbarg es, was

Vaters Beschützergott nicht verhindern wollte, weil es das Brüderlein verwünscht und Mutters Verbot getrotzt hatte, denn was Nada und Mutter und die hellsichtige Kinderfrau ihm nicht von der Stirn ablasen, ahndete der Argusäugige selbst. Eine der Strafen: der tiefe Fall; eine andere: die diatonische Tonleiter.

Es legt die Noten zur Seite, schlägt die schwarzen, dünnen Tasten an, ruft die Dunkelgeister, die ihm Vertraute sind. Nie wieder wird es die Dorfstraße queren, nie wieder auf die Birke klettern. Hat Nada nicht gesagt, es würde fallen? Ach, wäre es doch ungeschehen, ein Sprungtuch wollt' sie breiten unter ihm!

Nacht für Nacht sieht es sein still geliebtes Meer, den Tanz der Lichtgestalten auf den Wellenspiegeln, dann die Schattenflüge und hämmernden Oktaven, der rasende Ritt durch die Nacht, die Schwäne, die aus den Milchkannen steigen und zum Flug abheben, und wie die Ärzte sein Herz belauschen, sein Hemd hochziehen – *Du trägst dein Hemd verkehrt herum?* –, wie sie ihre Hörrohre und Stethoskope auf es richten, ihre Messfühler nach ihm strecken, ihm Medizin einspritzen, damit das flatterhafte Uhrwerk in seiner Brust endlich im Takt schlüge, und wie ihm die Schwestern Tee und Schnitten reichen und ihm die Haare kämmen und ihm in ihrer harmlosen Mundart Witzchen erzählen, ähnlich dem Kauderwelsch der Kinderfrauen, über das der Vater nur die Nase rümpft und über das es deshalb umso lauter lacht. Und wie die Eltern an sein Bett treten, es ansehen, wie man nur solche ansieht, die Heldenblut bluten, wie sie sich mühen, ihm jeden Wunsch –

oder wenigstens irgendeinen – von den Augen abzulesen, und wie sie ihm vielleicht den Tod von der Stirn lesen, daher die Angst in ihrem Blick, und wie sich der Anästhesist über seine Brust beugt und die Kanüle in seine Armvene setzt und es die Augen schließt und Nada sieht: Die lautlos bewegten Lippen, das Lächeln, die Reflexionen in ihren Pupillen, goldene Spiralen, und tausend Sonnen gehen auf mit einem Mal. *Wenn über allem deine Augen sind, wie soll ich dann nicht weinen?*

Die Mutter malt ihm ein Kreuzzeichen auf die Stirn, denn zur größten Not zählt selbst sie auf den Einen. Dann dreht sie sich um – und im Hinausgehen: *Du hast wieder nicht Klavier geübt!* Das Kind lässt die ausgestreckten Arme fallen – *Aber ich hab doch geübt, bis zur Vergasung!* Der Ruf brennt auf der Zunge, in der Kehle, bleibt stumm. *Sag nie wieder »bis zur Vergasung«, hörst du? Nie wieder!*, brüllt der Vater. Das Kind reißt die Augen auf, rücklings im Krankenbett. Die Wunden an seinen Knien entzünden sich. Man schickt es trotzdem nach Hause. Der Winter kommt.

Nada reist an, hält für ihr Lieben die Hand auf, wie sie es immer tut, wenn ein Flügel in der Nähe ist – *So spiel doch, spiel!* –, weil sie beim Anblick des Klaviers an Ivo denkt und sie die eigene Kleinheit wieder schmerzt, das dünne Selbst, das sich selbst nicht genügt, und weil sie sich nicht anders zu helfen weiß, als ihre Eitelsucht am Kind zu stillen, auf ihr Einundalles stolz sein will wie auf die Auszeichnungen und Tapferkeitsorden und den Kriegsversehrtenausweis und die Sporen des Admirals, die sie stolz in ihrem Schoß trug, wie die Frauen den Samen da mit Stolz tragen, wo er ihr Fleischundblut wird, *Spiel doch, spiel!*

Lauernd thront sie hinterm Kind, wenn es sich an Chopins Nocturne versucht, bläst ihm den Rauch in den Nacken, der Blick einmal gläsern, denn wie das Leben an einem vorüberzieht!, dann wieder scharf auf die kleinen Finger gerichtet, auf die *butterweichen*, so der Vater, pfeilschnell wie die Finger eines Dämons, der da um seine Seele spielt. *Imaš mamine ruke*, sagt sie, solange sie bei Laune ist, *Du hast die Hände deiner Mutter*, obwohl es von Geburt an Pranken sind, sehnig und kräftig, wie gemacht, Steine aus dem Erdstaub zu pflügen, Bäume zu erklimmen und Wölfe zu erwürgen, wie schon die Urmuhme einen Wolf erwürgt haben soll, mit bloßen Händen.

Man kann alles, wenn man nur will, tönt Nada, wenn das Kind nicht mehr stillsitzen kann und ihm Mutters Lehrbuch mit den Beschreibungen der tausend Todesarten vom Scheitel rutscht, weil das Wollen nicht gelingt. *Nur wollen musst du, wollen!*, als sei das Wollen ein Leichtes.

Ich wollte fliegen, wirklich, und hab's doch nicht geschafft!
U ime oca i sina i duha svetoga! Kein Mensch kann fliegen. Und klettere mir nie wieder auf die Birke!

Wenn das Kind heulend vor Überdruss von der Klavierbank springt und auf sein Zimmer läuft, folgt sie ihm nervös und aufgebracht und halst es und drückt es an ihre Brust und schwärmt wieder von Ivo, dem Bleichgesichtigen, der jedes Kinderspiel an die Begabung aufzugeben hatte – und wie gut man daran täte, alles an die Begabung zu geben und an die Arbeit, denn erst die Arbeit mache den Menschen zum Menschen – *Rad je stvorio čovjeka!* und *Schon dein Name: die Begnadete!* und *Vergeude nicht dein Talent!* und *Denk dir nur, das viele Geld für den Klavierunterricht!*

Nichts bleibt zurück, wenn sie das Zimmer verlässt, als der Zigarettenatem und das schwere Gewissen und ein Lichtstrahl aus dem Flur, der wie ein Speer durch den Türspalt in die Kinderstube dringt.

Das Aufatmen erst Wochen später, als Nada längst fort war und es wieder leicht war, sie zu lieben, wie es immer ein Leichtes ist, die Abwesenden zu lieben, vielleicht auch, weil einem das Herz taute, wie jetzt alles andere taute, was über den Schwermutwinter vereist gewesen war – die Überreste des Herbsts und der abgeernteten Felder, das welke Gras, die Hundescheiße auf den Gehsteigen und Wiesen und auch sonst alles Stehengebliebene und Weggeworfene und die kleinen Kadaver von Mäusen und Ratten. Alle Fäulnis vom anderen Jahr setzte mit der einsetzenden Wärme ihren Verfall fort, ein ungeheures Stinken und Verwesen, viel später erst, was man den Duft des Frühlings nennt.

Das Wachliegen jetzt nicht nur, weil sich die Tage streckten, sondern auch, weil das Kind an neuen Ängsten würgte, seitdem die Mutter an jenem Abend von den Kranken heimgekommen war, wortlos und ohne das Wiedersehenslächeln. Wie hat sie seinen Namen hingeworfen, wie ein Stoßgebet, auf das ein elendslanges Schweigen folgte, und wie war sie daraufhin ins

Stammeln geraten, und wie hatte das Kind ihre Worte – *Unser lieber, guter, alter …* – inzwischen zur Nachricht gesponnen, weil die Mutter den Namen nicht erst auszusprechen brauchte und doch bestimmt gleich aussprechen würde, aber da hörte das Kind längst nicht mehr hin, hielt sich schon die Ohren zu, bis die Finsternis blitzartig aufriss, mit dem einen einzigen Mutterwort, das es ins Licht zurück hob, denn es war nicht der Name des einen, in dessen starken Armen man manchmal selbst vor Nada sicher war, sondern der Name des Marschalls, dem sie die Worte *ist gestorben* hinzufügte, auch wenn sie ein Gesicht machte, als wögen die Tode gleich schwer. Erlöst schlug es die Hände vors Gesicht, um sein Lachen zu verbergen, das verrückte Lachen, das Erleichterungslachen, weil doch nichts geschehen war, was einem selbst als Unglück galt, auch um ein Weinen vorzutäuschen, denn es ging nicht an, die Mutter in ihrer Trauer alleinzulassen, und bestimmt ließe sie sich jetzt nicht damit trösten, dass Beppe noch am Leben war, der liebe, gute, alte, der Mitbewohner, der kaum sprach, außer zu den Männern, die an den frühen Abenden kamen und bei Einbruch der Nacht verschwanden, und in das Mikrofon seines Kassettenrekorders. Man liebte ihn, wie man einen Hund liebt. Ein Hund sagt schließlich auch nichts.

Das Kind war noch winterblass, seine Lippen rau, die Mundwinkel eingerissen vom verrückten Lachen, wenn seine Gedanken um die Strände und Hügelausläufer des Insellands kreisten und um das Begräbnis des Marschalls, das auch im Vaterland im Fernsehen übertragen worden war. Vom Winter bis weit ins Frühjahr sah es immer so aus, *gespien*, wie die Mutter sagte. Sie rieb an seinen Wangen, suchte die Hundsveilchen unter seinen Augen zu überschminken, fluchte dabei wie ein Kutscher. Es half nichts, dass man ihm Blut abnahm, ihm Vitamine und Eisen zuführte und Pfeilgift in homöopathischen Dosen. Es half auch nicht, dass es die Kinderfrau jetzt auf Anordnung des Vaters drei Stunden täglich an der frischen Luft hielt, auch wenn es an den langen Spaziergängen durchaus Gefallen gefunden hatte, seit es ihr zur Gewohnheit geworden war, es in ihren rätselhaften Kosmos einzulassen, ihm zum Beispiel anvertraute, dass sich ihre Schwester eines Morgens auf dem Dachboden *erhängt* und Knut Bach sie keine vier Monate später auf dem Diwan seiner Mutter *entjungfert* habe.

Die Kinderfrau ließ ihm mehr Einblick in die Erwachsenenwelt zuteilwerden, als es Mutter und Vater recht sein konnte – wenigstens so viel verstand das Kind. Mit Fragen durfte man sie freilich nicht bedrängen, denn womöglich wäre sie darüber stutzig und das Erzählen leid geworden. Also wandte sich das Kind zuerst an die Lehrerin, die beim Wort *entjungfern* nur erblasste – *Sei nicht so neugierig!* –, und nach langem Herumdrucksen an die Mutter, die den Mund zu voll nahm, denn welch plumpe Erfindung, dass Mann und Frau auf *solche* Art zusammenfänden; und wie die Mutter dann lächelnd und inniglich Vaters Klavier polierte, fragte es rasch nach dem *Erhängen*, um die Mutter abzulenken, doch jetzt nur das eiserne Schweigen und der Mutterblick, aus dem die Unheilsdrohung ausschlüpfte wie ein todbringendes Insekt.

Mit jedem Bauchweh kam die Blinddarmangst, mit jedem Husten die Gewissheit einer Lungenentzündung, mit jedem heimlich verkehrt herum angezogenen Unterhemd die Zurechtweisung der Kinderfrau, die das Erzählen grundlos leid geworden war – *In deinem Alter muss man sich doch schon anziehen können* –, mit jedem Zubettgehen die Gespenster, die Ansteckungskrankheiten und Sepsen, der Knochenfraß, die Gangrän, der Herzstillstand und alle Leiden, die das Kind von Nada aufgeschnappt und in den Büchern der Mutter nachgeschlagen hatte.

Während es unter schweren Daunen auf dem Rücken lag, tastete es immer wieder nach seinem Herzschlag, der trotz aller Medizin stolperte, stockte, hüpfte, ganz anders als die Schläge seines Metronoms, mehr wie ein Bajazzo, der es sich schon im nächsten Augenblick anders überlegen konnte.

Die Mutter bringt es ins Krankenhaus, deutet auf ein Röntgenbild seines Schädels. Es schämt sich, weil sie seinen Totenkopf sieht und wie der sie anlacht, sie auslacht. Der Arzt sagt *blutarm* und *Sinusitis*, umkreist mit einem Bleistift eine Stelle unter der leeren Augenhöhle des Totenkopfs. Die Mutter nickt. Dann tastete er den Kindshals ab, sagt *Mund auf!* und *Sag A!* und dass es schon an ein Wunder grenze, dass es mit solchen Mandeln überhaupt noch Luft bekomme. Die Mandel steckt ihm noch im Hals, jetzt weiß man es! Wieder nickt die Mutter, bohrend ihr Hornissenblick. *Du brauchst keine Angst zu haben,* sagt der Arzt, und *Man spürt gar nichts.* Er weiß nicht, dass es sich am meisten davor fürchtet, nichts zu spüren.

Auf dem Nachhauseweg verspricht die Mutter für die Zeit im Krankenhaus Berge von Vanilleeis. Immer wieder treffen sich ihre Blicke im Rückspiegel, und einen kurzen Augenblick lang glaubt das Kind, alles werde gut, der Arzt werde ihm den Zaunkönig aus dem Hals ziehen, auch die Mandel, einfürallemal. Dann aber meint die Mutter, sie wolle noch zuwarten, eine Operation sei eine Operation.

Das Kind erinnert sich an die Silvester in Zagreb, an lamettabehängte dürre Fichten im rauchigen Salon, an Lichterketten mit blinkenden Flitterlämpchen im vom Lüster grell erleuchteten Zimmer, an funkensprühende Sternspritzer, die man nur unter der Aufsicht Erwachsener anzünden durfte, seit sich das Brüderlein an der noch heißen, abgesengten Brennschicht die Finger verletzt hatte. Es erinnert sich an Abgaswolken, verwitterte Fassaden, Dieselgestank und bunte Abziehbildchen vom *Djeda Mraz*, der den kleinen Cousins über Nacht Filzstifte und Krašbonbons auf dem Fußabstreifer hinterlassen hatte, erinnert sich an harte Pralinen, aus denen beim Zerbeißen scharfe Flüssigkeit trat, sodass es sie heimlich ins Klo ausspuckte, sobald ihm Teta Svetlana eine zwischen die Lippen schob. Immer wieder muss es daran denken, wie Teta Svetlana in Anbetracht seiner von Nada sorgfältig gerahmten Porträts, die doch nichts als Kritzeleien waren, *Was für lebendige Augen!* ausrief – *Žive oči!* – und mit gespielter Bewunderung und aufgekratzt vom schweren Dessertwein die Augen aufriss und Nada, die zu berauscht war, den Unernst zu erkennen, mit Lobreden schmeichelte, Lobreden auf das Kind mit dem ernsten, aber *unsrigen* Gesicht – *Ima našu facu!* –, das Kind, das sie, Svetlana, einst eigenhändig aus dem Mutterschoß gezerrt hatte, im Zagreber Krankenhaus, ausgerechnet am Geburtstag des Marschalls, unter Böllerschüssen, Brand und Feuerwerk. Unvergesslich auch, wie sich Teta Svetlana nach dem Brüderlein erkundigte, dem im Vaterland von andrer Hand ans Licht der Welt gezogenen vollkommenen Kind, und wie ihr der Zigarettenqualm aus dem Mund trat und Nada *Đelozija* zischte und es die Augen niederschlug, um dem Neid in Teta Svetlanas Blick zu entgehen, den Lichtbrechungen in ihren Pupillen, deren Glanz immer den Kindern der anderen galt, weil ihr kein eigenes mehr vergönnt war nach dem Winzigen, das man ihr vorzeiten auf eigenes Verlangen aus dem Gebärloch geschabt und, um ihr den Anblick zu ersparen, eilig fortgeschafft hatte.

Das Kind erinnert sich, Nada und den kleinen Cousins in einer jener Neujahrsnächte vom Weihnachtsfest im Vaterland erzählt zu haben, von den Christbaumkugeln, Strohsternen, Zuckerstangen und vergoldeten Nüssen, die wie seltene Früchte zwischen den Tannenzweigen hingen, von den mit silbernen Klemmhaltern am Reis befestigten duftenden Kerzen aus echtem Bienenwachs, vom Christkind und den aufwendigen Geschenken, die es brachte, alle Jahre wieder, richtiges Spielzeug anstelle von Dringlichkeiten, und wie ihm Nada, als es darüber ins Schwärmen kam, den Faden abschnitt: *Glaubst du wirklich ans Christkind?* und, weil es sich immer noch sicher war, *Hast du es denn schon einmal gesehen?* Sie ließ erst locker, als es ihr erzählte, dass sich der Vorhang noch bewegt habe, als es zur letzten Weihnacht beim Fenster hinaus entschlüpft war, aber im Wegdrehen schüttelte sie den Kopf: *Gore infišat nego poludit – Spinnen ist schlimmer als verrückt zu werden.*

Nada bedauerte das Kind, so still, wie es geworden war. Nur wenn sie seiner *vaterländischen* Unarten überdrüssig wurde, wenn es bei Tisch zu *steif* saß oder eine Speise rühmte oder von Gott sprach oder allzu *grüblerisch* war, blies sie ihm den Rauch ins Gesicht, und wenn es sich darüber beklagte, stritt sie jede Absicht ab – *Uch, das ist doch nichts!* Wenn es, was selten vorkam, eine Kleinigkeit erbat, ein Schwimmtier oder einen eigenen Notizblock, war das Gewünschte in ihren Augen *nichts* und gewiss *von schlechter Qualität – Papilova, Bauernfängerei.* Und weil das Wünschen so oder so nicht half, strich man auch zur *Fijera* gesenkten Blicks an den kleinen Verkaufsständen mit Süßkram und Spielzeug vorbei, an jenem einzigen Tag im ewigen Sommer, da es im Inseldorf Süßkram und Spielzeug zu kaufen gab – und immer nur die Feigenhand, weil nicht galt, was das Herz begehrte, sondern was die Not erforderte, und weil einem nicht aus dem Sinn wollte, wie kostspielig diese und jene Anschaffung oder Vergnügung gewesen war, zu der sich Nada hatte hinreißen lassen, dass man beschämt war, sie überhaupt *genossen* zu haben, und weil einem das Bitten vor lauter *Papilova* schon vergehen konnte und weil man sich all den Kram besser aus dem Kopf schlug, als das bisschen Klimpergeld, das man gewiss noch für Wichtigeres brauchen konnte, dafür zu *vergeuden*, denn mochte etwas noch so billig sein: *Tanti piccoli fa un grande.*

Geld war für anderes vorgesehen als fürs *Divertiment*

und war ja nicht einmal für Barba Pjero Kukarača vorgesehen, der seit einer kleinen Gefälligkeit Beppes und seit Teta Frankas haarsträubender Erzählung von der zwanzig Jahre jüngeren Cousine, die er an den *Špaherd* gedrückt hatte, ein für alle Mal in *Nadas* Schuld stand. Jedenfalls scheute sie sich nicht, Woche für Woche auf seinem Anwesen am Dorfrand zu erscheinen, um jedes Mal zehn frische Eier einzufordern – indem sie sich dabei mit ihrem argentinischen Rüschenfächer Luft zufächelte und mit ihrem Stirnen- und Kaffeesudleserinnenblick nach der Cousine erkundigte –, ohne auch nur ein einziges Mal ihren *Boršin* zu zücken, denn die Eier seien ja *für das Kind. Svako jutro jedno jaje organizmu snagu daje*, hieß es im Werbeblock der *Epepe*, man konnte es schon glauben.

Wenn die Tage stillzustehen schienen, ihr, wie sie selbst klagte, der *Teufel keine Ruhe* ließ – *Neda mi đava mira* –, ihr wieder das rätselhafte andere Leben des Kinds in den Sinn kam und sein Fahnenfluch damals, *Scheißfahne!*, und wie es dabei ausspuckte, und sein heimliches Schreiben und sein erpichtes Enträtseln der Aufschriften der am Strand auf*gelesenen* Sonnenschutzcremetuben und das Schielen nach den Schlagzeilen der deutschen Illustrierten, das sie natürlich belauert hatte, obwohl sie sich nichts anmerken ließ, und seine immer wieder zum lautlosen Tastenspiel zuckenden Finger, die seine Sehnsucht nach dem Anderswo verrieten – *Nona sve registrira* –, fühlte sich Nada betrogen und herabgesetzt. In Gegenwart des Kinds wurde ihr Stolz auf das gelobte Land immer dünner, bald verletzlich wie ein Luftballon, der allzeit an einem Stachel anzuschrammen drohte.

Die Versuchung, die Treue des Kinds zu erkunden, war allzu drängend für eine, die aus dem Holz des Rebstocks geschnitzt war, und weil das Kind inzwischen zu einigem Verstand gekommen war und ihr, wollte sie es sich noch angehörig machen, wie man so sagt, das Wasser bis zum Hals stand, vervielfachte sie ihren Eifer, es für das ihrige zu erwärmen, und sei es nur, indem sie gegen den Winter wetterte, dem Kind die vermeintlichen Vorzüge des Vaterlands vergällte, die Niedertracht des dort beheimateten selbsternannten Herrenvolks behauptete – *Ibermenschen!* – oder wenigstens die österreichische *Mišpoke* in ein grelles Licht tauchte.

Mit ihren Erkundigungen nach der anderen Großmutter konnte sich Nada allzeit flüchtige Genugtuung verschaffen, denn es war ihr nicht nur daran gelegen, das Kind zu erheben, sondern auch daran, im Wetteifern um seine Zuneigung stets als Siegerin hervorzugehen: *Wer liebt dich am meisten, Anuschka?* Was hätte sie der anderen Alten auch anderes entgegenzusetzen gehabt als ihre Liebe zu diesem immer nur geborgten Kind? Noch dazu, wo die andere mit dem Wort geadelt war, das ihren Rang so eindrucksvoll besiegelte: *Groß-Mutter*. Wahrscheinlich war es das einzige deutsche Wort, dem Nada etwas abgewinnen konnte, weil es doch auch auf sie passte, aber in ihrer Sprache keine rechte Entsprechung hatte. *Ja sam grosse muter,* sagte sie manchmal, *Tvoja velika majka.*

Alles setzte sie daran, das Lieben der anderen mit ihrem Überschwang und ihrer blindwütigen Güte in den Schatten zu stellen, um dann befriedigt festzustellen, dass die andere Großmutter und erst recht der Großvater bei weitem nicht den gleichen Aufwand trieben.

Sie waren anders, durchaus, waren wie in Schneekugeln eingeschlossen, bauten schöne Worte um ihr großes Schweigen, freundlich, besonnen, immer um Einklang bemüht. Nie wäre es ihnen eingefallen, das Kind auf den Mund zu küssen oder ihm im Vorübergehen auf den Arsch zu klopfen oder ihm mit einem angespeichelten Daumen den Dreck von den Backen zu wischen oder sich ihm so zuzumuten wie Nada, wenn sie sich, frühmorgens vor allem und nach der Siesta, mit niederem Blutdruck bis zum Drehschwindel – *Manta mi se! Manta mi se!* – an den Türstöcken festkrallte und an den Kopf griff. Ohne ihr falsches Gebiss und ungekämmt schlappte sie durch die Zimmer, missgelaunt und unleidlich, bis der Duft türkischen Kaffees Hoffnung verhieß, denn die Beschwerlichkeit des Aufstehens hielt an, bis die *Kava* und ein, zwei Zigaretten ihre Wirkung taten. Erst dann war sie wieder ein Mensch.

Fein und manierlich seien die anderen, entfuhr es ihr zuweilen, das ja, aber nicht *innig*. Und weil das die Zeit war, da sie noch nicht *ihr* sagte, das Kind mit den anderen, den Verlästerten, also noch nicht mitgemeint war, strich sie ihm zärtlich die Haarsträhnen aus dem Gesicht und streichelte seine Wangen und umfasste seinen Kopf und drückte ihm einen klebrigen Kuss auf die Stirn und sagte *Moje pametno čelo! – Meine kluge Stirn!* und *Ti si moje oko! – Du bist mein Augenlicht!,* und das Kind wischte sich Speichel und Lippenstift ab und nahm es ohne Wort hin, genau wie ihre Ellenbogen auf dem Esstisch, die laut geschlürften Vortagssuppen, den tief über Teller und Napf gebeugten Kopf, die Liebkosungen: Rabenliebe, Affenliebe, dreimal schwarzer Kater, das Poltern, die Hysterie, das Durcheinander – *und es zirpt, zirpt die Zikade*, zirpt an den Borken der Schwarzkiefern, zirpt und kreischt im Kopf, auch wenn man sich die Ohren zuhält, zirpt auch anstelle der verweigerten Antwort auf die Frage, die niemals auf die Wahrheit, sondern nur auf Beschwichtigung aus ist: *Wirst du glücklich sein, Anuschka, wenn du dort bist?*

Es schien unmöglich, beiden Welten angehörig zu werden, aber man konnte tun als ob, und das Lachen gelang mühelos, selbst wenn es einmal nichts zu lachen gab, weil man nicht wusste, wohin mit den schönen Worten und den Manieren und allem, was sie einem im Land der Nebelwinter – vierzig Tage oft bis zum nächsten blauen Himmel – sonst noch beizubringen suchten. Da wie dort lautete der Auftrag, nur ja nicht nach den anderen zu geraten, obwohl man da wie dort stets anders blieb.

Das Kind verriet Nada nicht, dass ihm die, die es *Großmutter* nannte, *echten* Pudding kochte und *echten* Kakao, verriet ihr nicht, dass ihm die andere bei den seltenen Gelegenheiten von den Schönheiten der Schöpfung sprach, vom *Rachefuror der Partisanen*, von den Vögeln, die sie allesamt an Gepfiff und Getriller zu unterscheiden und trefflich nachzuahmen wusste, vom Schlaganfall des Großvaters, von den ins Herbstlicht getauchten Kuppen und Gebirgskämmen, die sie beim Namen nannte, *Petzen*, *Koschuta*, *Hochobir*, vom ersten liegengebliebenen Schnee, der vom nahen Winter kündete. Es verschwieg Nada auch, dass ihm die Großmutter, wenn es alle heiligen Zeiten für ein, zwei Tage bei ihr Quartier bezog, jedes Mal ein heißes Bad bereitete, nicht nur wenn es winters nach dem Schneespiel durchnässt und frierend heimgekommen war. Nada hätte ohnehin nicht verstanden, dass einem der Winter lieb sein konnte, selbst der knietiefe Schnee, das Zungenausstrecken im Flockentreiben, das Knistern der Schritte auf dem Bruchharsch, von dem man nie wusste, wie lange er einen trug, die Eisblumen an den Fenstern, die gefrorenen Tautropfen an Bäumen und Sträuchern, das Prickeln durch die Wollhandschuhe, das Fehlen des Buntgrellen, wie doch die größte Freude hinter verschlossenen Lidern war und das Schöne im Stillen.

Dass nur kein Vöglein käme, ihr davon zu zwitschern!

Das Kind erzählte Nada nicht, dass die Großmutter es abends, sobald sie den halbseitig gelähmten Großvater mit Mühe von der mit Katzenfellen ausgekleideten Ecke des Diwans ins Schlafgemach geschleppt und das Kind die Zähne geputzt und die ohnehin sauberen Hände gewaschen hat, in bügelfrische Flanellpyjama kleidet und in duftende Bettwäsche bettet und ihm die Daunendecke bis übers Ohr zieht und sich, in eine Kamelhaardecke gehüllt, ans Bett setzt und das sorgfältig in Packpapier eingeschlagene Märchenbuch zur Hand nimmt und ihm vom Tränenkrüglein erzählt und von dem Land, wo einem gebratene Vögel mundfertig in den Schlund fliegen, und von den Geistergestalten, die einem nachts die Wäsche von den Leinen stehlen.

Kein Wort auch vom Kreuzmann mit dem Lendenschurz, nichts von den sonntäglichen Kirchgängen und den hartgerotzten Baumwolltaschentüchern, die ihm die Gottesfürchtige bei jedem Schlotzen unter die Nase hält und die mit Monogrammen bestickt sind, oft den

Monogrammen der Toten. Und kein Wort von Großmutters Alpenmilchschokolade, die zart auf der Zunge schmilzt, auf dem Schwalbenschwanzzünglein, und einem die Seele wärmt und eine solche Begierde in ihm weckt, dass es die Augen niederschlägt, wenn sie sie ihm hinhält, denn was, wenn die Großmutter im Wissen um sein Begehren alles über das Kind erriete? Sie nimmt die Schokolade sogleich wieder an sich, ohne sich auch nur einmal danach zu erkundigen, ob es ihm ernst sei mit seinem Verzicht. Beim Knistern der Silberfolie läuft ihm das Wasser im Mund zusammen und beim Duft ihres Nuss- und Kakaoatems, wenn sie sich selbst ein Stück davon gönnt. Und wie es im Kopf die Sätze dreht und wendet, um das *Neindanke* zurückzunehmen! Und welches Schuldgefühl wegen des Verrats an Nada mit ihrer Bitterschokolade und ihren Krašpralinen und ihrem *Mandulat* in rauen Mengen, so rau, dass einem die Nüsse am Gaumen reiben, und welche Schuld, es besser zu haben als sie!

Im Vaterland war die *hohe* Sprache, die doch nur eine hohe Sprachlosigkeit war mit ihrem *Nichtvordenkindern* und *Dassagtmannicht* und *Dastutmannicht*, eine Sprache der Teilnahmslosigkeit, die das Kind zu einem feinen Gespür aufreizte, das Triftige vom Langweiligen zu unterscheiden, ihm verlässlich andeutend, wann es sich lohne, die Ohren zu spitzen, wenn es unter dem Tisch lauerte oder unter dem schwarzen Fittich mit dem immer einen Spaltbreit geöffneten Deckel, der einen allzeit bedrängte, ihn seiner Bestimmung zuzuführen – *Spiel mit mir, bespiel mich!* –, und *Hastduschongeübt?*

(die Mutter) und *Wenn du nicht für dich üben willst, dann tu es wenigstens für mich!* (dieselbe), und dann *Drisch nicht so auf das Klavier ein!* Gewiss, es drängte einen auch von innen her, denn war nicht die Musik die eigentliche *Vatersprache*? – kein bloßes Übertönen des Schweigens, vielmehr ein zungenloses Erzählen, Klagen, Jubeln. Und wohin das ging! Die Töne drangen aus den Zimmern, aus den Fenstern, auf die Straßen und Wiesen, in die Höllgruben und zu den Wasservögeln, die um die großen Lachen auf den schneesatten Feldern kreisten, flachen Lachen, in denen sich der Himmel spiegelte und an deren Ufern ausgemergelte Kukuruzstauden aufragten, von den *Saligen* da stehengelassen.

Wie anders war der Flügel in Nadas Zagreber Salon: harmlos mit dem herabgelassenen Deckel, damit sich die Kinder die Finger nicht darin einklemmten, ein bezähmtes dreibeiniges Maultier, ein stummer klumpfüßiger Diener, der sich sogar die Häkeldeckchen vom *Pazar* gefallen ließ, und die schwere gusseiserne Skulptur von Ivan Meštrović – ein draller verrenkter Frauentorso mit himmelwärts gereckten Armstummeln – und die silbernen Stehrahmen mit den Porträts der Verwandten. Dieser Flügel forderte einen zu nichts heraus. Im Gegenteil: Wenn man ins vergilbte Elfenbein griff, übte er Widerstand, gehorchte nicht, jaulte nur verhalten und verstimmt, als täte man ihm etwas zuleide. *Wiener Mechanik, unbespielbar*, sagte der Vater.

Wieder steht das Klavier in einem anderen Wohnzimmer, in einem anderen Zuhause mit einer neuen Kinderfrau.

Vertraut sein Blick, wenn der Vater sich schon vor dem Abendmahl an den Flügel setzt, sich die Notenblätter zurechtlegt, eine Zigarette anzündet, die im Aschenbecher vor sich hin glosen wird. Das Kind legt sich unter den Flügel und drückt seine Fußsohlen mit aller Kraft gegen den Korpus, und der Puls des Instruments wird sein eigener. Es summt jede Melodie leise mit. Jetzt nur noch das Klangfirmament aus rohem Fichtenholz, darin Schrauben und Nieten, und in den Lidwinkeln die großen polierten Schuhe, die sich auf den Fußhebeln auf- und abbewegen.

Bald schichten sich die Bilder im Narrenblick, deutlicher und farbenreicher, als sie dem Auge je erschienen: die zerzausten Kreppgarnschleier der Krähenschwärme am Winterhimmel, die brachliegenden *Schlachtfelder*, Hetschepetsch und Nesseln, Spinnweben, in denen morgens die Perlen des ersten Frosts hängen, die skelettierten Bäume, an deren Stämmen und Zweigen nur noch Misteln und Schmarotzer grünen.

Manchmal nimmt er einen Zug von seiner Zigarette. Dann ist es einen Augenblick still. Dann hört man, wie er den Qualm aushaucht, das Knistern der Glut. Nach zwölf Takten hängen Schwaden im Raum, eingeflochten ins Cis-Moll der einen Sonate, in Töne von unwirklicher Zartheit, bodenlose Dreiklänge, und alles verfliegt und erlischt – die Tonkaskaden und das Adagio cantabile der Pathétique, die Feinheit der Chopin-Etüden und das Opus zehn und die Nocturne Nummer neun und Clair de Lune und seine Ascheglut und das Ächzen der Klavierbank, wenn er den Ungerechten mit bloßen Fingern an die Wand zu spielen sucht, der die Meister blutjung zu sich nahm und den einen zur Taubheit verdammte und ihm den Mond verfinsterte. Und dann? Auch ihm ein Fieber und ein früher Tod und vorher nichts als jene Welt von Schall und Rauch, die auch die Welt des Spielmanns und des Kindes ist.

Woran ist das Kind im Erlköniglied gestorben?, will es den Vater fragen, und *War der Erlkönig wirklich nur die Traumgestalt?* und *Ist sterbenskrank, wer sieht, was andere nicht sehen? Und der, der blutarm ist?* Aber es fragt nicht, und wenn es abends im Bett liegt und die Scheinwerfer der vorbeifahrenden Autos die Bäume vor dem Haus als knorrige Schatten abbilden, die an den Zimmerwänden vorüberziehen, hüllt es sich ins schwere Bettzeug und schlägt sich die Hände vors Gesicht und findet doch nicht Zuflucht vor dem Kindheitsgarten, der übersät ist von Fischtotenköpfen und Vogeltotenköpfen, und keine Zuflucht vor den Kindergräbern und vor dem Röntgenbild seines Schädels und keine Zuflucht vor dem armen Großvater, dem Rest eines irdischen Seins, der einen mit seinem Elend bedrängt, tagein, tagaus von einer unsichtbaren Macht an die mit Katzenfellen ausgekleidete Ecke des Diwans gefesselt, die abgemagerten nutzlosen Beine in Kamelhaardecken gewickelt, denn alles nur zu seinem Wohl und Wehe und stets der Finger auf den Lippen, weil der Kranke tagsüber ein Nickerchen braucht oder jedenfalls Ruhe. Schrecknachrichten, auch die einer Heirat oder Schwangerschaft unter den Kindern, werden ihm nur nach vorheriger Verabreichung von Beruhigungstropfen und Herztabletten überbracht oder gleich verschwiegen, damit er sich nicht unnötig errege, und wenn man ihm an den Sonntagen die kleinen Enkel vorführt, um ihn ein wenig *aufzuhellen*, werden sie sofort wieder hinausgeführt, sobald sie allzu *lebhaft* werden. Ihm aber ist es unbenommen, Lärm zu schlagen – die Handglocke, mit der er allenthalben nach der Großmutter schrillt, weil ihm die Stimme versagt, immer griffbereit auf einem kleinen Beistelltisch neben dem Diwan, und ohrenbetäubend das Schrillen und grässlich das lallende Stammeln, das nur die Großmutter versteht, heiser, erstickt, als säße ihm die *Teadin* im Rachen, als warte sie nur darauf, dass ihn nach drei Streifschüssen ohne Genesung endlich der vierte Schlag träfe.

Das Kind will ihn nicht besuchen, aber die Mutter besteht darauf. *Du musst dich vom Großvater verabschieden,* raunt sie, seine Hand noch fester umklammernd, während sie es entschlossen über den linoleumverklebten Gang des Sanatoriums zerrt. Sie klopft an eine der nummerierten Türen. Die Großmutter öffnet, flüstert einen Gruß, hebt den aufgerichteten Zeigefinger zum Mund, als das Kind ihn laut erwidert, streicht ihm versöhnlich über den Kopf, dass ihm ihr dunkles Gespür durchs Haar sickert. Die Mutter lässt seine Hand los, tritt in den Raum, beugt sich im grünlichen Dämmerschein der Notbeleuchtung über das riesige Metallbett, über den Körper, der darin liegt, eingeschrumpft, hohlwangig, den Kopf im Nacken, die Augen zu, die Lippen aufgeworfen, eingetrocknet, aschegrau. Behutsam streichen ihre Finger über den Handrücken von Haut und Knochen, weichen der Infusionsnadel aus, die wie ein Dorn aus dem Fleisch ragt. Wieder beugt sie sich über den Kranken, murmelt etwas. Der Großvater erwidert nichts, nur ab und zu ein Röcheln. In immer größeren Abständen hebt sich das Leintuch über dem Brustkasten.

Das Kind wagt es nicht, hinzusehen, nicht in das Gesicht des Todes und nicht in die Gesichter der Mitwisserinnen, in deren Augen das Wasser schon höher steht. Es will ihre Schicksalsergebung nicht begreifen. Ist das Krankenhaus nicht dazu da, einen vor dem Sterben zu bewahren?

Es weiß sich keinen Trost, auch den Frauen nicht, die ihm mit einem Mal nicht mehr Mutter und Großmutter sind, sondern vom Dunkel Befallene, unerreichbar in ihrem Schweigen. Es fühlt den Schatten in seinen entzündeten Nebenhöhlen, mit jedem Atemzug, da es den Hauch des Sterbenden inhaliert, sich mit ihm austauscht, ansteckt mit dem Tod. Es hält die Luft an, verdrängt das Röcheln des Alten, jetzt die Tonläufe der Chopin-Etüde!, heftet den Blick auf die harmlosen Dinge in dieser Todeskammer, auf das Tröpfeln im Infusionsschlauch, auf den Bettgalgen, an dem sich der arme Großvater doch niemals würde aufrichten können, auf das Kruzifix über der Tür, das dem Ungetauften doch nie geholfen hat, auf den Nachttisch aus Blech, auf dem die goldene Armbanduhr liegt, die er doch nie mehr tragen wird, auf die langstieligen frischen Lilien im genoppten Plastikgefäß, die er nicht mehr zu Gesicht bekommt, wie die Toten ihre Kränze niemals zu Gesicht bekommen. Kommen nicht alle Blumen zu spät?

Sie flüstern den Namen des Kinds, reißen es aus den Gedanken. Die Mutter hat ihren Mantel übergezogen, nickt ihm zu, aber es will die alte Hand kein letztes Mal berühren, schüttelt heftig den Kopf, wirft sich in eine Ecke, hält sich die Ohren zu. Die Mutter packt es am Arm, schleift es auf den Gang, geistliche Schwestern eilen herbei.

Als die Mutter am nächsten Morgen früher als sonst sein Zimmer betritt – *Unser lieber, guter …* –, ruft es gleich: *Ich weiß*. Es will sie nicht vom Tod reden hören. Sie sieht es an, den Kopf zur Seite geneigt, erkundigt sich, ob es denn gar nichts sagen wollte, ob es denn gar nicht traurig sei, verstört über sein Schulterzucken, als gebiete der Anstand die Trauer, als stehe es dem Tod zu, einen jeden in Mitleidenschaft zu ziehen.

Zu Mittag kommt der Vater, den Kragen seines schwarzen Mantels hochgestellt. Wortlos setzt er sich zu Tisch. Das Kind wagt es nicht, ihn anzusehen, fragt nichts, stochert nur im Essen, den Scheuklappenblick auf den Teller gerichtet. Gegen Abend hört es ihn am Klavier, denkt an den armen Großvater und an den armen Vater, der am Bett des Sterbenden gewacht hatte, bis das Röcheln endlich verstummte und sich die alte Blutpumpe nach langem Flirren und Flimmern zum letzten Mal zusammenzog. So lässt sich's heimlich weinen, ja, man kriegt sich kaum noch ein.

In den darauffolgenden Tagen hüllen sich die Eltern in Schweigen, damit das Kind nicht noch mehr mitbekäme. Erkundigt sich jemand nach den Umständen des Großvatertodes, antworten sie im Flüsterton, halten sich kurz, senken den Blick, *Nichtvordemkind!* Und Augenzudrücken, wenn das Kind sie durch Unfug und Ungehorsam von dem Unsäglichen ablenken wollte, als sei man mit geschlossenen Augen nicht zugegen.

Das Ausgeschlossensein hing über jener Zeit, die ihre Schatten weit über diesen einen Tod hinaus warf. Das wenige, was aus den Gesprächen der Erwachsenen herauszubringen war, an den Abenden, da man sich schon zur guten Nacht verabschiedet hatte, durch den offenen Türspalt horchend, entzündete die Furcht erst recht. So hatte die Mutter Nada am Telefon berichtet, dass der Körper des Großvaters bereits bei ihrem letzten Besuch voller *Totenflecken* war, schwarzblauen Blutplacken, die das Kind nur aus den Erzählungen über die Seelenfängerin kannte, die ihren Opfern solche Male zufügte, um den Hinterbliebenen anzuzeigen, dass dieser Tod noch lange nicht der letzte war.

Was das Kind da auffing, waren keine Antworten auf seine bangen Fragen, warf vielmehr neue auf. Doch wie die Mutter fragen, wo sie doch solchen Aufwand trieb, es nicht in Unruhe zu versetzen, es im Unwissen zu lassen? Sie ahnte ja nicht, dass es längst zu viel und andererseits zu wenig wusste, um beruhigt zu sein.

Das Kind verbiss sich die Fragen auch, wenn es dem Vater morgens ins Bad folgte, weil es herauszufinden galt, ob sich auf seiner Haut schon dunkle Flecken zeigten, und es schwieg auch, wenn er sich erkundigte, warum es mit einem Mal so *anhänglich* sei, wie es auch der Mutter allenthalben auflauerte, dass ihr vielleicht ein Wort der Beruhigung entkäme, aber sie wusste ja nichts von seiner Unruhe, wusste auch nicht, was es an jenem trüben Nachmittag entdeckt hatte, nachdem sie ihm, in der kleinen Friedhofskapelle am Ufer des Sees neben dem samtverhängten Katafalk mit dem Sarg stehend, zugenickt hatte und es hinausgestürzt und die Steinstufen zum Totenacker hinabgelaufen und vor der schweren Holztür der Kapelle zu stehen gekommen war. Endlich hatte es all seinen Mut zusammengenommen, sich auf die Zehenspitzen gestellt und durch den kindskopfgroßen bogenförmigen Ausschnitt ins Innere des Karners gespäht, und da, im fahlen Licht, sah es sie: Hunderte Schädel, sorgfältig aufgeschichtet bis zum Deckengewölbe, die meisten zahnlos, manche auf den Stirnen mit zarten Blumenornamenten, Initialen und Blattgirlanden bemalt, dem Tod ein lustiges Gesicht.

Nur ein Wort war Trost in diesen Tagen: Leichenschmaus. Es machte einen glauben, man nähme den Tod nicht ernst, und ihn nicht ernst zu nehmen war die Rettung, zumindest bis die Nacht einbrach und man wieder lange und gründlich betete, damit nicht noch andere Geliebte zugrundegingen, damit es fortan nur die erwischte, die einem nicht allzu sehr ans Herz gewachsen waren. Doch das Beten nur im Vaterland, denn andernorts wusste man sich seit dem Tod des Marschalls keinen mehr, den man anbeten sollte.

Bald schon stellte sich heraus, dass das Beten da wie dort nicht half. Schon zur Erntezeit, da der Sommer hoch über den Feldern stand und die Sonne die Bergkämme ins Ei- und Honiggelb tauchte, wurde wieder nur geflüstert. Die Großmutter blieb in ihrer Schlafkammer, obwohl man auf Besuch gekommen war. Die Tante und der Onkel waren da, die Mutter und der Vater. Sie saßen am Esstisch unter dem Kruzifix, unterhielten sich leise, und die blinde Tante, die einst gesagt hatte, ein ungetauft aus dem Leben Geschiedener komme niemals in den Himmel, sie, die grell aufgejault und sich vor Lachen gekrümmt hatte, als das Kind ihr entgegengehalten hatte, dass es gewiss noch einen *Himmelsschlüssel* finde, schnäuzte sich fortwährend in ein Baumwolltaschentuch mit den eingestickten Initialen der Großmutter, während das Kind, misstrauisch geworden, *Nur nicht fragen, weil doch die Fragen immer Junge kriegen!*, an die Schlafzimmertür heranschlich, die Hand schon an der Klinke, als ihm sein zitterndes Herz den Rückzug befahl, denn vermutlich war sie schon tot und ihr Geist gewiss noch zugegen, und vielleicht würde er es durch den Türspalt anwehen als der vertraute Duft von Kernseife und Arnika, wenn er nicht ohnehin schon unbemerkt durchs Schlüsselloch gekrochen war.

Der Totentanz begann von vorne, auch das Schweigekarussell.

Dann wurde Amadeus krank. Bei der kleinsten Erregung trat Schaum aus seinem Maul, noch im letzten Krümmen und Zucken, als das Kind den Katzenkörper umklammert hielt, immer entschlossener und fester zupackend, als ließe sich seine Seele dadurch am Entweichen hindern. Und wie die Kindstränen in die angstweiten Katzenaugen tropften und ihm die Pupillen aufgingen, groß und schwarz wie Ligusterbeeren, und die Krallen endlich aus seinem Arm glitten und es Gott anrief und sich doch keinen Gott mehr wusste, wie es da vor der Mutter stand, heulend, den erschlafften Kater in den wundgeritzten Armen. Und sie? *Als der Großvater und die Großmutter starben, hast du nicht mit der Wimper gezuckt, und nun heulst du so wegen einem Kater!*

Minderjahre

Der Abschied von der Kindheit begann mit einem ungerichteten Sehnen, der Gewissheit von Unwiederbringlichkeit und Verlust. Der Kosmos verschwenderischer Schönheiten, Ängste und geheimer Gesetze war verödet, und mit ihm alle Hoffnung, dass das Wünschen eines Tages doch noch helfen werde, wie in den alten Zeiten, als es noch geholfen haben soll, das Wünschen wie das Beten. Und mochte jetzt auch eintreffen, was ich ersehnt hatte, ging es doch nie in Erfüllung.

Es kam ein Sommer, da fand ich in mich selbst zurück, und nichts kam heran, mir die heitere Trägheit zu stören, die nur in den Augen und Worten der anderen eine *bedenkliche* war. Nichts beunruhigte mich mehr, außer vielleicht Nadas Angstfratze und ihr Nasenflügelbeben, wenn sie von Vesela sprach, vorwurfsvoll gegen das Schicksal und gegen das *böse Blut* in mir, und manches ihrer Machtworte, ein beleidigtes Schulterzucken, um mich aus meinem angeborenen Trotz zu zwingen, die Geschwätzigkeit, die auf alles eine Antwort wusste, ihre sentimentale Rührung, ihr mit schnellen Lidschlägen verschlüsseltes Urteil und gewiss auch das Nest voller Kätzchenleichen, das sie freigelegt hatte, indem sie die Scheite und Äste vom Holzhaufen abtrug, um sie an einer anderen Stelle des Gartens sorgfältig zu schlichten, nicht weil dies notwendig gewesen wäre, sondern weil die Arbeit den

Menschen erst zum Menschen machte, *Rad je stvorio čovjeka!* – und dann, mit dem hellerstaunten Jauchzer einer Schatzfündigen: *Schau, was ich entdeckt habe!*, als erwartete sie, mir mit einer solchen Entdeckung ein Vergnügen zu bereiten.

Manches, was einst bedrohlich oder aufregend war, schien jetzt lächerlich: Nadas Tollwutangst etwa, wenn sich eine der verwilderten Katzen schnurrend an mein Bein schmiegte, oder ihre Sorge, dass ich mich zu oft an der *Pička* berühren oder, indem ich mich einem der *Barbas* auf den Schoß setzte, eine *Begierde* wecken könnte – *Die Männer können sich in diesen Dingen nicht beherrschen!* –, oder dass mir bei einem unbedachten Bissen die Atemnot zum Verhängnis würde – *Denk dran: Barba Frane ist an einer Gräte erstickt!* Die Insel mochte ein Schiff sein oder nicht und ihr Abdriften und Sinken wie alles eine Frage der Zeit, es war genauso einerlei wie die Hitze, das Nicken der Gräser im *Maeštral*, der flatternde Tang, die Aasfliegen, die sich, wenn man bei Tisch war oder zur Siesta ruhte, ungeachtet allen Fuchtelns, Klatschens und Umsichschlagens, nach kurzem Auffliegen wieder und wieder auf den schweißfeuchten salzigen Häuten und Wundkrusten niederließen, um seelenruhig darauf herumzukrabbeln und ihre Beinchen aneinanderzureiben, als wäre diese alberne Verrichtung es wert, den Hals zu wagen. Früher hatte ich die Fliegen gewähren lassen, wenn sie mir nicht gerade zu den Lippen oder zu nahe an die Lidwinkel herangekommen waren, denn ihr sanftes Kitzeln war manchmal die einzige Zärtlichkeit eines langen Tags.

Die Blenden hatten sich geöffnet. Was gerade noch hinter einer lindernden Trübung verborgen war, brach grell ans Licht, wollte neu vermessen werden, einer neuen Weltordnung standhalten. Das Eindringliche war jetzt aufdringlich, ein Unbehagen über die Erhellung, vor der ein junges Gemüt in Schatten und Verdüsterung flieht.

Der Zauber war nur noch Nachgeschmack, wenn ich im Vorübergehen Lavendelblüten oder Rosmarinblättchen abriss, sie zwischen meinen Fingern rieb und daran roch, oder wenn ich von weit her ein Schiffshorn vernahm und zum Strand oder ans schmiedeeiserne Verandageländer mit den Vierkleeornamenten stürzte, einen Blick auf den Schattenriss des Ozeanriesen einzufangen, der den Inselkanal passierte, seinen Namen zu erraten wie Nada, die allem ein Wort und einen Namen wusste, was ja genügte, um sich aufzuspielen: *Porozina, Srbija, Kastav*, Namen, so stolz wie die Schiffe selbst, und immer hatten sie etwas Verwegenes, Majestätisches – den Duft der Weltmeere und exotischen Häfen, das Gemenge von Rost, Teer und Schweröl, den Schneid der Matrosen, die Lust am Aufbruch. Doch selbst die Ehrensalven klangen jetzt hohl und belanglos, wie das Ziepen der Schwalben, die den Himmel durchzuckten, nie tief genug, um die Hitze abzuschrecken, oder die Rufe der oft noch unbefiederten Vogeljungen, die der Nachtwind aus den Nestern geworfen und die Nada im Garten entsorgt hatte, oder das Stimmengewirr, das von der *Aleja* und vom Strand herandrang, und die ganze grelle Raserei der Schöpfung, die sich nur alle Jubeljahre zu den kurzen Wolkenbrüchen in ein friedvolles Szenarium von Klängen und Düften wandelte, bereits im

Anbruch, im ersten Flüsterprasseln dicker Tropfen, *šoto voce*, wie man da sagte, der Barmherzigkeit eines launischen Schöpfers ergeben und jenen phantastischen Stillstand ankündigend, da sogar die Zikaden verstummten, *endlich!*, und nur noch ein erlöstes Aufatmen war und die Spatzen, Kuckucke und Amseln unter dem Geraschel der abgefallenen, verdorrten Früchte und Blätter Engerlinge und Larven aus dem dampfenden Erdstaub pickten, erfrischt auch sie mit einem Mal. Und dann das Trillern der wilden Tauben und Käuzchen und dieses und jenes totgeglaubte Gewächs, das nun nach langem Schlummer wieder erblühte und den ganzen wolkenlosen Himmel in sich einfing! Aber es regnete ja nie. Fast nie.

Stattdessen das Zischen des Reisigbesens zu den Katzenstunden, da Nada der Teufel wieder im Nacken saß und sie in ihrem Hauskleid, in dessen aufgenähten Taschen die Zündhölzer raschelten, den Weg zum Strand von dürrem Ölbaumlaub und abgefallenen oder heimlich abgerissenen Blüten und toten Asseln säuberte, im Schweiß ihres Angesichts und im Schweiß ihrer schütter behaarten Achseln und manchmal zu Mittag, da die Schatten weggeschrumpft waren und die Wegplatten so heiß, dass ich trippeln und tänzeln musste, um mir die Fußsohlen nicht zu verbrennen, und wieder nicht, weil das Schinden notwendig gewesen wäre – *Wo siehst du Blätter? Wo? Da ist nichts! Du mit deinem Sauberkeitswahn!*, wollte ich ihr zurufen –, sondern weil sich die Inselfrauen in ihrer Reinlichkeit mehr als in anderen Tugenden zu übertreffen suchten, erst recht, wenn sie sich nicht mehr anschickten, das Ansinnen der Männer anzufachen, weil ihnen alle Lust schon Mühsal war und der Beischlaf zwecklos, erloschen alle Leidenschaft, der Drang, sich neues Leben einzuschenken – und dann, beim Befühlen des anschwellenden Leibs und erst recht in den Geburtswehen: *Hoffentlich ein Sohn!*, denn die Nabelschnüre der Töchter sind schnell durchbissen, die Liebe zu den Söhnen aber liegt ihnen im Blut, lässt die Milch rascher einschießen, macht sie mit größerer Hingebung säugen, oft über Jahre; und noch während die Hebamme den Mutterkuchen unter einem Baum verscharrt, krempelt die Gebärerin die Ärmel auf, denn ein Kindbett?, nur im Fieber! Und *Rad je stvorio čovjeka!* und scheele Blicke für jeden, der ihren Weg kreuzt, ohne ihnen Hilfe anzutragen, die sie sogleich stolz ausschlügen. Dann aber wieder *Ach!,* denn ach!, das Placken – für die Erdbeerbäume, Myrten und Reben und die Langsamkeit des Südens und die Düfte von Safran und gebrannten Zuckermandeln und Türkischem Honig, die sich tiefer ins Gemüt einritzen als der Salzfraß in die Häute und Balken.

Immer seltener zog ich unter freien Himmel, in die schattigen Refugien der Blätterbaldachine, an den Strand. Lieber verkroch ich mich ins winzige Badezimmer, den einzigen Ort, an dem man die Tür abschließen, das Schlüsselloch verhängen und sich in neuen Phantasien mit dem schal gewordenen Alltag aussöhnen konnte, denn was den anderen nichts als ein Abort sein mochte, ein *Kondut*, wie sie sagten, war mir ein Thronsitz, von dem aus ich wenigstens die eigenen Erfindungen befehligen und endlos vor mich hinstarren konnte, ohne dass Nada mit Fragen und Bemerkungen dazwischenkam oder vor meinen Augen zu fuhrwerken begann, um mir die Bilder zu verwischen, die sie für Flausen hielt.

Nur an diesem Ort war ein Verstecken, ein unbehelligtes Verweilen in den Innenschauen, die immer auch ein Insichhören und Wundern waren, denn auch die Klänge – gerade die – waren mir Farben, und wenn ich meinen Blick doch einmal nach außen richtete, sah ich die hellen Einschlüsse im schwarzen Marmorboden, urzeitliche Ammoniten, Seeigel, Muscheln, in deren Gestalt und Anordnung ich Ornamente und Arabesken zu erkennen meinte, Hetschepetsch, Nesseln, Körperteile auch und Gestirne, die ich zählte und wieder zählte und zu immer neuen Bildern deutete, bis es vor meinen Augen zu flimmern begann wie beim Flockentreiben an meinem anderen Ort, wenn die Eisblumen an Büschen und Zäunen wucherten und die Kristalle durch die splitterharte Luft wirbelten und sich im aus den Wollmützen ragenden Stirnhaar verfingen und sich die Klänge des winterseitigen Lands in den Paukenhöhlen und Bogengängen zu jenem Zirpen zusammentrugen, gegen das kein Ohrenzuhalten half.

Manchmal hielt ich meinen Ort so lange besetzt, dass Nada zum Wasserlassen in den Garten gehen musste – und sie tat es ohne Murren. Nur selten kam ihr in den Sinn, beim Abschreiten des Ganges an die verschlossene Tür zu hämmern und mich hinauszubefehligen, und nur selten, weil sie die Notdurft trieb, vielmehr da ihr jeder im Innern des Hauses zugebrachte Schönwettertag als verloren galt, obwohl sich eine Lichtflut an die andre reihte, Hokuspokus, schön an schön, dass man das ganze Strahlen und Glühen schon bis zum Hals hatte und sich in stummen Gebeten und lauten Flüchen nach Blitz und Donner erging.

Welche Belästigung aber, wenn Nada den Versteckplatz an den Waschtagen für Stunden verbaute, ihn mit Bergen von salzsteifen Plachen und schmutziger Wäsche anfüllte, er zu einem Werkraum von Gasgestank und Lärm geriet, den der zornig lodernde *Plin* schon beim nächsten Funkenflug in die Luft zu jagen drohte! *Ich rauche noch die eine Zigarette, dann kannst du was erleben.* Was blieb mir, als mich zu trollen, bis die Spatzen, Amseln und Schwalben allmählich vom Himmel verschwanden und zwischen den Kieferwipfeln die ersten Fledermäuse schwirrten und die Nachtangst mich nach Hause zwang. Denn mit dem Zwielicht kamen die Gespenster, bald angefacht vom Zittern der nachtschwarzen Zweige, vom Knarren der Balken, dem Katzenschreien, dem Schlagen der Fensterflügel im Sturm. Und manchmal kamen sie einfach so.

In den Manchmalsnächten lag ich auf dem Rücken und griff mir in meiner Angst, die immer eine Todesangst war und finsterer als jedes Dunkel, an das sich ein Menschenauge mit der Zeit gewöhnen mochte, nach dem Hals und nach dem Schlagwerk in meiner Brust, das wieder zu holpern begonnen hatte, nach dem tieferen Atem drängend, wie damals, als ich vergessen hatte, wie viele Lungen voll Luft vonnöten wären, um die Schwellung über dem Herzen zu vergessen, die ich eben noch ertastet hatte.

Wenn man es sich nur recht einredete, wäre eine solche Schwellung ein Versehen, unbedeutend und flüchtig wie der Nachtpuck, der den Kindern im Schlaf mit Schiemannsgarn das Blut der Arme abschnürte, dass sie mit Ameisen darinnen erwachten.

Die flache Hand auf die Stirn schlagen, sich für die Angst verlachen, sich beruhigen! Man musste nur lange genug in der Erinnerung wühlen, um die vertrauten, längst bezähmten Schreckensbilder herbeizuführen, die geeignet wären, das frischgeschlüpfte Entsetzen abzudrängen und Nadas einen Satz zu bezeugen – *To nije ništa!*, *Es ist nichts!* –, denn wie lachhaft war ein solcher Knoten unter der Brusthaut gegen die einstigen Erstikkungsängste und feuchten Wickel, gegen böse Omen und Korallenkettchen, deren Verblassen ein Fieber anzeigte, wie harmlos gegen die Tode der Großeltern, den Tod des Katers oder Veselas Tod, die fünf deutschen Kugeln in ihrer Brust, die Nebelbomben und Gasgranaten und die Winter von Krankheit und Hunger oder Nadas ausgefallene Haare, die erfrorenen Beine bis unters Knie.

Was war ein solcher Knoten gegen die Not der Vogeljungen, die die Bora aus den Nestern geworfen hatte und die laut rufend im Garten hockten, bis die Katzen sie holten, was gegen die ausgefahrenen Krallen des Katers, die er im Todeskrampf in die Kindsarme geschlagen hatte, dass man seither beim bloßen Gedanken daran *wie auf Kommando* weinen konnte, was gegen das Kaninchen im Pechrabenfass, viel zu spät ans Licht der Welt gebracht, als man es an den erkalteten Löffeln griff, und selbst dann nur einen Augenblick am Licht, denn der schwarze Nylonsack lag schon bereit?

Alles *nichts,* wo nichts galt neben der Winterhölle im bosnischen Hochland. Alles nichts gegen die Patsche der frischgeköpften Suppenhühner, die in Nadas Badewanne aufflatterten, während ihnen das Blut in rhythmischen Fontänen aus den Hälsen pulste, nichts gegen die unaussprechlichen Worte, die ich wohl verstand, aber niemals gebrauchte – *Smrt, Krv, Žrtva* –, nichts gegen das Leid der Taschenkrebse, die, während sich die Kinder um die ausgerissenen Scheren zankten, verstümmelt aus dem umgestürzten Plastikeimer zum Meer hin entwischten.

Alle meine Schrecken hab ich aufgehoben, aber die Schrecken von einst richteten nichts aus gegen den einen, den frischen, waren nur noch Anekdoten, lächerliche Kinderfurchten, lange her. Der Knoten blieb, auch als ich ihn wie eine Eiterbeule zu zerdrücken suchte. Und weil ich mehr und mehr befürchtete, dass er aufbrechen könnte, wie das Geschwür des bei lebendigem Leib verwesenden Kämpfers, von dem Nada einst erzählt hat, schlich ich eines Nachts zum *Komon vis-à-vis ogledala*, wie sie die nach Aceton, Medizin und Schuhpaste riechende Kommode gegenüber dem Spiegel nannte, nahm daraus die dreckige, von Nada schon hundertfach um irgendeine Blessur gewickelte und hinterher wieder sorgfältig aufgerollte Gazebinde und band sie mir straff um die Brust.

Tage und Wochen vergingen, ehe ich auch unter der anderen Brustwarze eine Schwellung bemerkte und endlich begriff, dass mir kein Geschwür heranwuchs, sondern ein weiteres Merkmal meines Geschlechts: keine Erleichterung, nur eine neue Furcht.

Die Schultern anheben, sie nach hinten ziehen, dass die Brusthaut spannt, die Arme verschränken, weil Nada mir verbietet, das Unterhemd am Strand zu tragen und ich sie nicht um ein *Badekostim* angehen, ihr nicht anzeigen will, dass sie wieder recht behalten hat: *Nemaš drndrlin!*

Was da wächst, folgt den Gesetzen allen Wachsens. *Du brauchst ja schon ein Oberteil!*, ruft der kleine Cousin. Nada hört es und lacht, *Alles zu seiner Zeit! – Sve u svoje vrime!*, denn ein Oberteil für *Kinder* sei lächerlich, reine Geldverschwendung, *Papilova!*, und ich stürze mit glühenden Ohren an meinen stillen Ort, schließe mich ein, bemerke die hohe Flamme und das Fauchen nicht, bemerke nicht den züngelnden *Plin*, den Gestank von Gas, Urin und Waschpulver, das Donnern der rotierenden Waschtrommel, die Turbinen in vollem Gang, die gurgelnde Bracklauge, die sich immer wieder stoßweise durch den pulsierenden Schlauch in die Badewanne ergießt, greife Nadas Handspiegel aus dem Spiegelschrank, hocke mich auf den Marmorboden mit den Körperchen und Schattenrissen und Gestirnen, die nur noch ausdruckslose Einschlüsse sind, will meinen Augen nicht trauen, weil sie Nadas Wahrheit sagen und nicht meine, und wieder dieses Zirpen tief im Innenohr, bis etwas in mir schreit: *Der Spiegel lügt!*

Anderntags, beim Strandklatsch mit Teta Franka und Šjora Madalena fahren die Köpfe der abgeblühten Frauen zusammen, dass sich die riesigen Strohhüte gegeneinanderlehnen, sich wie biegsame Schollen über- und untereinanderschieben, preist Nada die Brust der gleichaltrigen Cousine, die ein *Badekostim* trägt, obwohl ihre Knospen keinen Deut größer sind als meine. Wenn sie aus dem Meer kommt, drängen ihre Warzen wie zwei satte Zecken gegen den nassen roten Stoff.

Die Weiber beäugen die Mädchen, murmeln und raunen, erbauen sich am ersten Blut, als handelte es sich um das Hoheitszeichen der heimlichen Weltenlenkerinnen, der Entscheiderinnen über Leben und Tod, die, sobald sie in die Jahre kommen, den eigenen Töchtern Fruchtbarkeit und Samen neiden. Nachts wälzen sie sich schweißgebadet auf den Böden, stöhnen und ächzen, als würden sie die Ungeborenen nicht los. Und hat's nicht Teta Franka selbst erzählt? In manche schlüpft der Geist des Ungewollten wie ein Kerbtier, macht sie heimlich weinen und sich nach den leeren Bäuchen greifen, dass sich da endlich was regt, macht sie Schlafliedchen summen und kleine Schühchen fertigen, die Häkelnadeln, mit denen sie sich nach dem Leib gingen, zwischen flinken Fingern glitschend, Namen ausdenkend, Knabennamen, die sie wie stille Gebete vor sich hertragen. Manche soll nachts zum Mond geheult haben und um den wieder und wieder an blutigen Fingern abgezählten Tag der vorausberechneten Niederkunft ins Meer gegangen sein, auch wenn sie gar nicht schwimmen konnte, und *Stell dir vor, als Ante der Lucija letztens den Arsch versohlen wollte und sie den Schlüpfer ausziehen hieß, fiel eine Binde heraus! Wie hatte sie sich davor gesträubt, getobt, geweint, von einer Ecke des Zimmers in die andere geworfen, gefleht. Wir haben uns noch gewundert. Wir wussten es ja nicht, ich schwöre es, wir wussten es nicht!*

Die Weiber bekreuzigen sich. Dann kichern sie wieder und schnattern und preisen die wie Hefeteig aufquellenden Flanken der Cousine, und *Amfora!*, ruft Nada entzückt, weil die vollkommene Frauengestalt einer Amphore gleiche und nicht einmal ein Hund den nackten Knochen wolle.

Manchmal springt die Sicherheitsnadel auf, mit der ich den Gazewickel um meine Brust fixiere, dann sickert Blut in den Mull, warm und klebrig. Nada bemerkt nichts oder lässt es sich nicht anmerken.

Ich betrachte mich im Spiegel. Sie lobt jedes Kilo mehr, zupft die Teppichfransen gerade: *Moja Ane broji dane!* Ich aber will diesen Körper nicht, will nicht zu Sopran und Alt gehören, nicht zu denen mit den Brüsten, um die Sterblichen zu laben, nicht zu den Schwächeren, die nicht einmal im Stehen pissen können, weil sie anstelle des Zapfens nur die Wunde haben, die wieder und wieder blutet und nicht heilen will.

Das Blut kam über Nacht. An einem Sommermorgen war es da, als folgte es einem angeborenen Gesetz, und doch ungeahnt und nicht herbeigewünscht, wie der Aprilschnee auf noch zarten Knospen.

Zur Siesta liege ich neben Nada, starre an den Plafond. Mein Puls folgt dem Takt der unausgesetzt rotierenden Flügelräder des Deckenventilators, dem vergeblichen Kreisen gegen die Mittagsschwüle, die reglos und breit im abgedunkelten Schlafraum hängt. Dann und wann mischt sich ein Surren ins Geräusch der Räder. Manchmal das Aasfliegenkrabbeln auf der Haut. Man lässt es geschehen.

Das Geschrei der Zikaden dringt durch die verschlossenen Fensterläden, heisere Lachsalven, wie um unser

Schweigen zu stören. Die winzigen Purpurkleckse an der Wand, an manchen haften noch die Gelsenbeinchen, gezackten Wimpern gleich, auch Flügel und gestauchte Rümpfchen, rufen mir Nadas nächtliche Schattentänze in Erinnerung, die geschwinden Hiebe ihrer Plastikpaputschen nach den Plagegeistern, vollgesogen schon mit Menschenblut.

Als Leuchtturmblitze reihen sich die Minuten aneinander. Man tunkt in einen seichten Traum: die roten Nelken auf dem Sarg des Marschalls. Der Trauerzug. Klageweiber in Strandschlappen, Festkleidern und bunten Hüten brechen vom Schluchzen ins Lachen, stellen ein Brustbild mit schwarzer Samtschlaufe auf den Sarg. Es zeigt mein Gesicht. Ich zucke aus dem Halbschlaf. Alle paar Minuten rührt ein Messer an meine Eingeweide, spannt sich das Bauchfell, brennt sich der Schmerz wie auf einer Zündschnur in die Muskeln, schwelt dort. Immer wieder lässt er für Sekunden nach, kurz vor dem Abtauchen in die Besinnungslosigkeit. *Machdassichnichtsterbe!*

Nada kommt mir in den Sinn, wie sie sich in den Schweißnächten auf dem Marmor wälzt, wie um den Teufel zu gebären, doch schon im nächsten Augenblick verblasst das Bild, die hohlen Fäuste vorm Gesicht, der Biss in die Knöchel, das Luftanhalten – denn wie Atem holen, wenn einem keiner auf den Hintern und zwischen die Schulterblätter klopft, wenn einen keiner ins Leben zerrt, ins Leben brüllt, wie einst Teta Svetlana den blutigen Kindsleib mit enttäuschtem Blick auf den Schmiss zwischen den Kindsschenkeln, *Pičkica mala!*, kopfüber an den Beinchen hochhielt: *Wirst du wohl atmen, Kind!* Dann, endlich, platzt die Stille auf, wie damals,

als das Neugeborene endlich die Lungensäcke aufblies und sein angeborenes Schweigen in einem dünnen Schmerzschrei brach. Nada schreckt hoch, und wieder *Es ist nichts, nichts!*, aber jetzt mit diesem angsterfüllten Unterton, der immer schon anzeigte, dass *tatsächlich* etwas geschehen ist, etwas, das selbst ihr als Unglück gilt: *Weißt du denn nicht, dass Lucija starb, weil sie baden war, obwohl sie blutete?*

Es kommt der Tag, an dem einen das Leben neu gebiert, unter freiem Himmel oder auf einem frischbezogenen Bett. Es kommt der Tag, da erkennst du dich im Spiegel, zum zweiten Mal und als ein anderer.

Nada findet das abgezogene Plastikhäutchen des Tampons, hält es mir mit spitzen Fingern vors Gesicht, bricht in Klage aus über die Verstümmelung des Fleisches, das nur von Manneshand angerührt und bis aufs Blut angerührt werden darf, nicht aber von denen, denen es zu eigen ist und die sich nicht auf einen Mann gedulden, sich da selbst etwas zufügen, Hand an sich legen. Ich wage es nicht, sie anzusehen, obwohl ich sie gerne ansehen will, stolz darauf, wenigstens diese eine unumgängliche Verletzung eigenhändig an mir vorgenommen zu haben.

Zurück im Vaterland, erlosch der Sommer von einem Tag auf den anderen. Mit Eifer suchte man, die über die langen Ferien verwilderten Kinder zu bändigen, schickte sie pünktlich ins Bett, rückte ihnen mit Seife und Schere zu Leibe, steckte sie in lange Hosen, zog ihnen Socken an. Sie bekamen neue Schuhe, da ihre

Füße wieder ein Stück gewachsen und vom vielen Barfußlaufen platt geworden waren.

Die Kinder ließen es geschehen. Nach den Zeiten der Ausgelassenheit hatten sie ihre Lust an der Ordnung. Erst als die Regentage kamen und man nachts die Fenster schließen musste, wollte man nicht frieren, und der Septembernebel über den Feldern und Gewässern aufzog, wurden die Launen trüb, lag Wehmut im Rückblick auf die Zeit, die einem eben noch endlos vorgekommen und mit ihrem Übermaß an Licht und Fülle beinahe schwer gewesen war, wie sich die schönen Tage aneinanderreihten, dicht an dicht.

Wenn die Wolkendecke nach Tagen wieder aufriss, spannte sich der Himmel tiefblau über den Horizont. Aber die Häuser und Bäume warfen ihre Schatten schon bald nach Mittag wie Fangnetze nach den Kindern aus, dass sie an die immer schneller schrumpfenden Sonnenplätze flüchteten, bis sich die letzte falb beschienene Schneise der Dämmerung ergab.

An manchem frühen Nachmittag, wenn sich die Lichtstrahlen über Waldhänge und Hügel streuten, zog es die über den Sommer ins Kraut Geschossenen, jetzt satt und strotzend vor Kraft, ans Ufer des großen Sees, von dem man sich erzählte, dass er an seinem tiefsten Grund eine versunkene Stadt barg und die Körper der Tollkühnen und Mutlosen, die *in den See gegangen* waren, wie es hieß, und riesige Fische, die alte Paläste bewohnten, und dass man das Glockenläuten, das aus den Tiefen drang, an manchen Tagen noch hören könne. In einzelnen Augenblicken hatte ich ein Verlangen, durch eine Willenslenkung oder Aufforderung in den Leichtsinn der anderen zu geraten, selbst ins Wasser zu springen, kopfüber, blindlings das Gängelband, an dem ich zurückgehalten wurde, zu durchreißen. Doch immer wurde die Stimme in meinem Kopf so laut, dass sie durch die Rufe der anderen nicht zu übertönen war – *Jure hat sich beim Kopfsprung das Genick gebrochen!* und *Toll nicht am nassen Steg herum, sonst rutschst du aus!* So fand ich mich unbeteiligt oder als Schmieresteher, auch weil die anderen als Akrobaten, Artisten, Himmelsstürmer eines stillen Zusehers bedurften, um Akrobaten, Artisten, Himmelsstürmer zu sein, vor allem Hanin und die anderen Burschen, die ich vom Steg aus beobachtete, bis unters Kinn ins Strandtuch gewickelt, nicht weil ich die Herbstfrische nicht ausgehalten hätte, sondern weil jedes Mal eine Unruhe in mir aufstieg, wenn mir einfiel, dass ich zu einer anderen Art heranwuchs als diese Makellosen mit der frohen Kühnheit, sich ganz ans Leben zu geben, sich in Kraft und Wagnis zu messen. Sie schwammen um die Wette, spannten Grashalme zwischen ihre Daumen und pfiffen, fluchten und lachten, balgten sich wie junge Hunde, pinkelten an Baumstämme und Büsche. In allem, was sie trieben, war ein Aufspielen, und ihre Körper waren vollkommen wie der des Angebeteten aus Lerchenholz, der einst an der Speisezimmerwand der Großmutter hing, die mir jedes Mal lächelnd über den Kopf strich, wenn ich ihn lange betrachtete. Sie konnte ja nicht ahnen, dass ich den *Herrn Jesus* anders liebte als sie, dafür, dass er mir ähnlich war, mädchenhaft auf rätselhafte Weise, mit seinem langen Haar und den ewigen Wunden. Nie hätte die Großmutter erraten, dass ich dem, den sie den *Allmächtigen* nannte, dem, den Nada nur im Zustand heftiger Erregung erwähnte – *Isuse bože!* oder

Jebem ti Isusa tvoga! –, gerne den Schurz abgenommen hätte, um nachzusehen, ob er wirklich hatte, was mir fehlte. Und wenn ich schon nicht sein konnte wie er, so wollte ich doch wenigstens wie Hanin sein, dessen Rippen man abzählen konnte wie die Tasten des Klaviers.

Zur frühen Herbstzeit geschah alles Hals über Kopf, alles in letzter Sekunde. Wenn es, wie jetzt so oft, auch bei gutem Wetter zu kühl war für ein Bad im See und man dieses und jenes auf das nächste Jahr verschieben musste, kamen wir Kinder zu den vereinbarten Zeiten auf dem Bahndamm zusammen, sprangen von Schwelle zu Schwelle, balancierten auf den Gleisen, trieben uns da herum. Abends liefen wir oft früher als vereinbart nach Hause, schlotternd und müde, dankbar für eine Schale Tee, ein warmes Bad oder ein paar lautere Worte, mit denen sich die neuen Spiele für kurze Zeit verdrängen ließen – Nummerntafeln von geparkten Autos abschrauben, alle Klingeln drücken und den Flüchen lauschen, Briefkästen mit Schutt und Erde füllen, Münzen und Steine auf die Gleise legen, bald auch die eigenen Ohren, um die Richtung zu erraten, aus der sich ein Zug näherte, dann möglichst lange auf den Schienen bleiben, bis zum ersten Warnpfiff immerhin.

Es waren heimliche Mutproben. Doch alles, was blieb: die noch größere Angst. In den Nächten, da man allein lag, flocht sich das Blaulicht der Streifenwagen in die Phantasien und warf im Sekundentakt fliehende Schatten an die Zimmerwände, und wenn man endlich eingeschlafen war, brachen die Makrofonpfiffe der herandonnernden Lokomotiven in die Zitterträume, auch

Schreie und Gelächter, seit jenem Nachmittag, als Hanin bis zum Zugbremsenkreischen auf dem Gleis geblieben war, länger als Ela, und ihn die Mädchen in das Waldstück lockten, ihn da umstellten, *Jetzt kannst du uns zeigen, wie mutig du bist!*, und dann gleich *Hosen runter!*, und er an seinem Gürtel nestelte und schließlich mit bis zu den Knöcheln hinuntergelassenen Jeans dastand, die Hände zu Fäusten gekrampft, unter Hohngelächter – *Seht ihn euch an, den Helden!* – und sein leises Winseln im Kreischen der Gaffenden aufging, *Ene-mene-muh!*, dass selbst Ela ein Unwohlsein beschlich, ein verspätetes Mitgefühl, und sich endlich alle auf ihr Kommando aus dem Staub machten. Auch ich.

Abend für Abend schlich ich in den darauffolgenden Wochen um sein Haus, die Begegnung ersehnend und fürchtend, weil ich ihm nicht geholfen hatte, nur die Jahresringe der frisch gefällten Bäume gezählt und wieder gezählt und eigentlich nicht gezählt, weil nebenan das eine Wort das andre gab – *Hosenschisser!*, Schläge, *Selber Hosenschisser!*, Fußtritte –, als sich der Kreis um Hanin immer enger zog, auch als ihn eines der Mädchen zu Boden drückte, damit Ela ihn auf den Mund küssen konnte, um sich für ihre Niederlage zu rächen.

Was aber blieb zu erhoffen seit jenem Nachmittag im Wald, als man so dabeistand, mundtot, die Faust in der Hosentasche, das blöde Grinsen nur und das Atemanhalten, bis man das Schluchzen durchaus für ein Kichern hielt? Hanin, Gott ist ungerecht und *Schuld* ein so geringes Wort für diesen ewigen Fluch!

Was machte es für einen Unterschied, dass man nicht mitgegrölt, nur geschwiegen hat, dass man nichts gesagt, nichts getan, alles nur mitangesehen hat, auch als Ela Hanin ein Jahr später erneut in den Wald lockte, angetrunken diesmal und allein, und er sie, wie sie sich ohne weiteres ins Moos legte, nackt an Leib und Seele, bereit, die Unschuld aufzugeben, bloß anpisste? Wer zuletzt lacht, lacht am besten. Doch wer zuerst lacht, der lacht auch schon gut.

Hanin war verschwunden – und wo er gerade noch war, breitete sich für Augenblicke der Duft des Sommers aus. Rosmarin. Und vielleicht Salbei.

Sie: *Du hast mir nicht ein einziges Mal geschrieben.*
Ich: *Aus den Augen, aus dem Sinn.*
Sie: *Das ist nicht lustig.*
Ich: *Ich weiß.*

Bei Nada schien das Leben zu stocken. Am frühen Morgen kehrte sie das Laub von der Veranda und vom schmalen Weg, der vom Haus zur *Aleja* und zum Strand führte, denn tagsüber war es sengend heiß, dass sich die Blätter und Knospen, sobald sie aus den scheintoten Hölzern brachen, zu kräuseln begannen, um der Glut nicht Angriff zu bieten. Waren die Zischlaute verklungen, wusste ich Nada bei den Beeten und Wegrändern, die sie Tag für Tag mit bloßen Händen von Kiefernnadeln und abgefallenem Laub befreite, auf allen vieren zwischen Disteln, Spießruten und Schafskotperlen, die sie als Dünger aufgebracht hatte. Als Dornenfinger haschten die Äste des Strauchwerks nach ihr, zerzausten ihre Frisur, zerrissen ihr Hauskleid, ihre dünnhäutigen Hände und Wangen, während sich Steinchen und Stacheln in ihre Knieschwarten drillten, wie sie da im Staub kroch, den sie sich den ganzen restlichen Tag aus den Lungen hustete.

Hinterher goss sie die Topfblumen, die ihre Blütenköpfchen nach dem Sonnenstand richteten, bis sie trotz aller Mühen verwelkten – und Nadas Wort für dieses Sterben – *usahnuti* – klang schmerzlicher als das Wort für den Menschentod: *poginuti*.

Nach der Gartenarbeit ging Nada ans häusliche Tagwerk, von dem sie bereits zur Kaffeestunde ausführlich zu berichten pflegte: *Ich habe die Wäsche aufgehängt, die Zimmer aufgeräumt, den Küchenboden gewischt, auch die übrigen Böden, auch unter den Betten und Tischen, die Teppichfransen gezupft, die Kartoffeln geschält, die Fische ausgenommen, die Zwiebeln gehackt*, und ich, die immer noch Stille, nickte nur und hörte nicht hin, weil mir manche ihrer Mühen überflüssig schien und weil ich wusste, dass ihre Arbeit auch nach der Siesta noch lange nicht zu Ende war, denn Abend für Abend, wenn sich die Sonne längst über die Berggrate getrollt hatte, wusste ich Nada wieder im Garten – ein Plätschern und Seufzen unter dürstenden Zitronen, Quitten, Granatäpfeln und Feigen, das Geraschel des sich zwischen Knistergräsern schlängelnden Gartenschlauchs und immer wieder das Zischen eines Zündholzkopfes auf der Reibfläche der Streichholzschachtel – und dann, augenblicklich oder nach ein, zwei Flüchen, das Aufflammen, das Einatmen, das hastige Auspusten. Wenn es dunkel geworden war und sich das faule Zirpen der Grillen in die nächtlichen Töne mischte – ins helle Glucksen der winzigen Brecher, in die Ruderschläge von weither, in das *Djüü* der Zwergohreulen und das Ächzen der Gartendruden –, erriet ich sie nur noch am regelmäßigen Aufleuchten ihrer Glut.

Es fiel mir immer schwerer, ihre Liebe zu schultern, vor allem, wenn sie sich zur Schlafenszeit an meinen Bettrand setzte, um mir den rauchigen Gutenachtkuss auf den Mund zu drücken. Küsse, ohne sich vorher den Schweiß und die gotteslästerlichen Flüche von den Lippen gewischt zu haben, den feuchten Lippenstempel, den ich nur erduldete, um sie nicht zu kränken, genau wie ihr Schwärmen von den anderen Zeiten, da wir noch das Bett geteilt und ich mich an ihre Brüste geschmiegt hatte, was mir unweigerlich die Milch in den schlechtverschweißten Plastiksäcken in Erinnerung rief, auch dass ich es irgendwann aufgegeben hatte, die Katzen zu päppeln und die unverletzten Säcke mit dem Fingernagel zu ritzen, auch dass ich irgendwann heilfroh war, wenn die Säcke dichthielten, weil es dann keine Scherereien gab.

Die Kindheit lag hinter mir, wie eine Eihaut hatte ich sie abgestreift. Ich wünschte mich zurück zu den Kinderfrauen, die mir an den Linien der Hand alles Glück und Unglück ablasen, mir ihre Grusel- und Bettgeschichten erzählten und auch sonst so unbeschwert und ohne besondere Erwartung an mein Geschick begegneten, auch Esther, die sich drei Wochen nach Hanins Verschwinden aufs Gleis gelegt hatte.

Ich wünschte mich zurück in die Obhut der Vatersprache, die mir leichter von den Lippen ging als Nadas Mundart, in der ich wohl fühlte und sang und fluchte, der mein Gemüt aber nicht gewachsen war und die mich mit meinem scharfen, kehligen *R* schnell als Fremde entlarvte.

Der Wechsel zwischen den Sprachen war mehr als der Wechsel des Zungenschlags, mehr als ein anderes Lippenschürzen. Er war eine rätselhafte Metamorphose, ein neues Lied, das man anstimmte, um den Gesetzen eines anderen Denkens und Fühlens zu folgen.

Nächstes Mal musst du mir aber schreiben.
Ja.
Hab ich dein Wort?
Ja. Ich denke: Scheiß auf mein Wort!

Das Schiff ruckelte ungeduldig an den Pollern, aber es kam nicht von der Stelle. Die Stunden waren befrachtet mit langen Atemzügen gegen die Pulsschläge, gegen das Stolpern, Rasen, Aussetzen, gegen die Untätigkeitserschöpfung, die sich als die widerlichste aller Erschöpfungen offenbarte, die Flucht in den Schlaf, um die Zeit totzuschlagen. Unwiederbringlich die köstliche Stimmung jener Nachmittage, die man damit zubrachte, mit einem kindskopfgroßen Findling auf die schon spaltbreit aufgesprungenen, dichtflaumigen Fruchthüllen der Mandeln einzuschlagen, um die Kerne freizulegen, die noch weichen grünen Häutchen abzuziehen, behutsam, um jede Schramme auf der elfenbeinweißen Frucht abzuwenden. Dann der Marzipangeschmack oder etwas Bitteres, die Finger klebrig für Stunden, unter den Nägeln grüne Sicheln und jener Harzgeruch, in den sich der Duft türkischen Kaffees mischte, wenn Nada nach der Siesta schläfrig auf der Veranda saß, eingenebelt in Unrast und Zigarettenrauch.

Es sind die Wartestunden, die uns mürbe machen.

In einem dieser Sommer saß auf der *Riva* jener alte Mann im sandfarbenen Hemd und sah den Wellen zu, die behäbig an die Molen schwappten. Man erzählte sich, dass er einst nach Argentinien ausgewandert sei, wie so viele der inzwischen alten Männer, die nur zurückkamen, um in der Heimat ihr Grab zu finden. Die Augen waren ihnen in der Fremde unempfindlich geworden, abgehärtet gegen das geschaute Schön, und welche Gnade, die Schwachsichtigkeit gegen die Innenschau zu wechseln, die das Bild der Jünglingsjahre wahrt und weniger täuscht als das Auge, das seine Pupille nur weitet, wenn es begierig ist.

Manchmal öffnete ich die Kastentür zu Nadas Kleiderschrank, um die Kindheit zu beschwören mit dem Duft von chinesischer Seide, Baumwolle und Lavendel, und für Momente stellten sich die Bilder ein, stiegen die alten Empfindungen an den Saum des Bewusstseins, doch sie waren flüchtig, taugten nicht, jene frühere Ergriffenheit aufzufrischen. Nadas gelobtes Land, wo man den Katzen niemals Namen gab, war mir trotz ihrer Mühen nicht wohnlich geworden, die Kindheitswelt nicht mehr zu halten, ein unbemerkt verödetes Territorium, verlorengegeben an die Zeit.

Nur an den Mittwochnachmittagen, wenn die nach frischer Druckfarbe und Papier duftenden Zeitschriften angeliefert wurden und ich, schon lange bevor Šjor Luka nach der Siesta die Rollläden seiner Trafikbox hochzog, mit einer Rolle Dinarscheine in der Warteschlange stand, wohl wissend, dass die Zeitschriften in Nadas Augen *Papilova* waren, Teufelszeug in der übelsten aller Fremdsprachen, fühlte ich mich aufgerichtet, begierig auf die Verkündigungen jenes buntschillernden

Universums und doch wehmütig im wachsenden Bewusstsein, schon bald aus freien Stücken fortzugehen, Nada erstmals vor der Zeit zu verlassen, nicht mehr darauf zu warten, dass mich die Mutter holt – und wie das war: den Entschluss fassen im Wissen, dass jede Wiederkunft nur noch ein Gastspiel bliebe.

Bitte sag nicht »bald«. Benenne die Stunde unseres Wiedersehens! Nada fragte nicht, ob ich traurig sei. Sie steckte mir zum Abschied einen Fünfhundertschillingschein zu, wie zum Aufbruch in ein neues Leben. Eine Woche später hatte ich das Geld ausgegeben. *Tanti piccoli fa un grande.*

Als ich in diesem späten Sommer im Vaterland ankam, reichte mir der Flügel nur noch bis zum Rippenbogen. Er konnte mir nichts mehr tun.

Es sind doch immer die, die uns die Türen zu den verbotenen Kammern öffnen, denen wir folgen und glauben – auch wenn wir nur durch einen Türspalt sehen.

Die Marie lichtete die Welt. Wenige Tage nachdem sie ihren Dienst in unserem Haus angetreten hatte, selbst fast noch ein Kind, keine siebzehn Jahre alt, wich ich ihr nicht mehr von der Seite, lauerte ihr auf, beobachtete versonnen, wie sie sich in der Küche nach den Laden bückte und sich ihr Gesäß für Augenblicke unter dem Faltenwurf des Nylonrocks zu einer drallen Birne rundete, beobachtete, wie die sich unter ihrer Bluse abzeichnenden Brüste der Schwerkraft nachgaben, wenn sie sich staubsaugend oder wischend vornüberbeugte, beobachtete, wie sie sich heimlich davonstahl, um auf dem Balkon, wo sie sich unbemerkt glaubte, ein paar hastige Zigarettenzüge zu nehmen, beobachtete auch, dass sie sich die Hände von Zeit zu Zeit mit Mutters Gesichtscreme schmierte, und die Art, wie sie es tat, verriet, dass sie dabei nicht überrascht werden wollte.

Selbst wenn sie aufs Klosett ging, schlich ich ihr nach, horchte an der Tür, die sie niemals versperrte, weil sie befürchtete, sie nicht mehr entriegeln zu können, vernahm das Kratzen ihres Reißverschlusses, das Knarren der Klobrille, dann jedes Mal ein perlendes Tröpfeln, denn immer saß sie so, dass der Harnstrahl nicht ins Wasser platschte, sondern an der Keramikschüssel herabrann und höchstens wenn sie den Druck auf die Blase veränderte, ein grobes Plätschern, das sie sich sogleich verkniff. Manchmal sah ich durchs Schlüsselloch, um einen Blick auf den Ausschnitt eines nackten Schenkels oder auf die dunkle Klette zu erhaschen.

Es bereitete mir das größte Vergnügen, der Marie auf die Schliche zu kommen, sie zu entblößen, sie mir bis zur Abscheu vertraut zu machen. Nichts blieb mir verborgen, nichts blieb geheim, auch nicht ihr kurzes Verschwinden ins Bad, um rechtzeitig vor der Rückkehr der Eltern zu gurgeln, sich die Achseln zu pudern, das Rot ihrer Lippen zu erneuern und ihr kastanienbraunes Haar mit einem Gummi zu einem Rossschwanz zu bändigen. Ich vernahm den Geruch ihrer schweißfeuchten Seidenstrümpfe und Achseln, dem sich zuweilen ein Blutgeruch beimengte, und zählte die Monde und berauschte mich an der geheimen Mitwisserschaft. Die Düfte gingen ans Tiefste, Glückseligkeit war das, ein Staunen und Träumen wieder, und endlich jene Ergriffenheit, die ich verloren glaubte.

Zuweilen tadelte der Vater Marie, weil sie ein plumpes Wort gebraucht oder das Essen lauwarm serviert hatte oder weil ihn die Launen plagten. War er fort, lockte ich sie an den Flügel, um sie zu rächen – *Schau, Marie, gib mir nur die Hand!* Sie ließ es sich gefallen, klimperte ein wenig herum, ein paar Augenblicke nur, dann zog sie die Hand wieder zurück, lächelnd, damit ich sie nicht an den Vater verriete. Wurde die Marie unruhig, steigerte ich meinen Eifer – *Schau, nur noch das: Debussy Claire de Lune* –, sie aber blickte nur nach der Uhr und lächelte immer angestrengter und stahl sich endlich fort. Ich schickte ihr wütende Akkorde nach, und einmal warf ich den Tastendeckel zu und stürzte ihr in die Küche hinterher: *Du bist eine Banausin, Faktotum!* und *Wenn du es dir nicht anhörst, sag ich's ihm!* und *Du weißt schon, was ich meine*, bis ihr das Lächeln gefror und sie sich endlich duckte und sich die Tränen von den Wangen küssen ließ und ihr heißer, schneller Atem meine Lippen streifte. Es war ein Drehen im wilden Reigen, bis man auseinanderfällt, jeder in seine Richtung, schwarz vor Augen, wie es den übermütigen Kindern schwarz vor Augen wird.

Ich hatte keine Worte für das, was zwischen uns geschah. Sie nannte es ein Spiel, mir aber war es ernst. Nur manchmal stellte ich mir ihr Sterben vor, um heimlich zu weinen.

Die Marie blieb nicht lange. Keine Kinderfrau blieb lange.

Seltsam, Gast zu sein, wo man eben noch dabei war, sich in die Sprache zu zwängen, in die Sitten, die, einst so geläufig, eng und kurz geworden sind wie ein Kinderkleid. Keinen Sommer blieb ich mehr bei Nada, keinen blieb ich fern – und doch entfernte ich mich in meinem Unbehagen über das Vorgefundene, wie ein glückloser Finder ein Suchender bleibt, wo es kein tieferes Vordringen gibt.

Ich brach ins Land, um der Zeit nachzuspüren, kühn im Glauben, sie ließe sich dingfest machen, vielleicht an einen Poller ketten, damit sie dem Ort anhafte, *verortet*, wie man so sagt. Doch sosehr ich mich bemühte, alles anzuhalten, zurückzuholen, blieb, was ich fand, nur eine Gegend, geläufig, aber unbeseelt, ein altes Szenarium, dem man uns nicht mehr ansah, uns, die wir nicht die Bedeutenden waren, für die wir uns hielten, allenfalls Komödianten für ein Zwischenspiel.

Seit Nada und Beppe zwei Fremdenzimmer eingerichtet hatten, mehr der Not gehorchend denn aus Gastfreundschaft, kam Teta Franka immer seltener zu Besuch, und wenn sie kam, wusste sie nichts mehr zu erzählen, nichts von der taubblinden Marica, die als einzige überlebt hat, als Barba Florios Barke im Sturm gekentert war, seit jenem Tag galt sie als Teufelsbraut, nichts von der Sarggeburt der schwangeren Selbstmörderin, dem winzigen Skelett, das der Totengräber Jahre später zwischen ihren Oberschenkelknochen fand, nichts von Teta Fanica, von der die Dorffrauen sagten, dass sie so herzensgut sei, *gut wie Brot – dobra kao kruh* – und ganz allein daran schuld, dass ihr einziger Sohn zum Trinker und Taugenichts geraten war, weil sie ihn noch gestillt habe, nachdem er seinen ersten Zahn bekommen hatte, *Solche Kinder beißen ihre Mütter!*, auch nichts von Lucija, die im Meer ertrunken war, nicht weil sie blutete, wie man die Mädchen gerne glauben machte, sondern, wie ich erst später begriff, aus Scham über Antes Entdeckung, als er ihr den nackten Arsch versohlen wollte. Sie erzählte auch nicht mehr vom Balg der sechzehnjährigen Cousine, der, nachdem sie dem seelenguten Barba Pjero den Kopf verdreht und seinen Samen erschmeichelt hatte, das Kindbett zum Sterbebett geworden war, weil es der Hebamme nicht gelungen war, das Blut zu stillen, das unter heftigen Fieberkrämpfen zwischen ihren Schenkeln hervortrat – *Gott gibt, Gott nimmt*.

Teta Franka war des Erzählens und Bekreuzigens müde geworden, war immer mehr verstummt, trug jetzt den entgleisten Blick der ganz in sich Gegangenen. *Rebambila je*, sagte Nada und tippte sich auf die Stirn, vielleicht, weil Teta Franka beim Einkauf immer öfter Milch und Brot vergaß und oft nach stundenlangem Umherirren im Dorf mit Säcken voller Kekse und Bonbonnieren heimkehrte, dass es Barba Pjero zum Brauch wurde, die Kaufhausrechnung am Monatsende zu begleichen, ohne Murren, wie einem alles zur Gewohnheit wird. Und vielleicht war Teta Franka, die steinalte, wirklich wieder ein kleines Mädchen geworden, denn sie schmollte, wenn sie keine Schokolade bekam, schmollte auch, wenn Barba Pjero sie rügte oder einsperrte, um sie an ihren seltsamen Besorgungen zu hindern, und wenn sie in den Hof entkam, suchte sie ihre Holzschaukel und rief nach ihrer Mame, uneinsichtig gegen die Wahrheit der andern, die die Mame wieder und wieder für tot erklärt hatten und den alten Mandelbaum, an dem die Schaukel einst gehangen war, für längst gefällt.

Ich wusste nicht: Die beste Welt ist nie im Jetzt, ist nur im Vorfreuen und im Nachhinein. *Bald kommt die Mutter, bald!*, hat es geheißen, doch wenn sie jetzt auch vor mir stand, war sie immer noch nicht da. Mein Blick auf sie war spitz geworden, als Ela fragte, woher sie sei.

Mutters Sprache verriet uns, auch in der Vatersprache. Es half nicht, dass Mutter sich binnen kurzem alle fremden Sitten und Riten auferlegt hatte, sie sogar höher achtete oder jedenfalls sorgfältiger vollzog als die Einheimischen, um nicht anzuecken als die Zugereiste. Es half nicht, dass sie Strohsterne fertigte und zur Weihnacht den Christbaum schmückte, wie es im Vaterland Brauch war, immer noch heimlichtuend, als könne sie den Bruder und mich im Glauben lassen, die Englein selbst seien da am Werk und dürften nicht gestört werden. Auch das Täuschen: da ein Brauch. Ich bemerkte den Bruch ihrer Rede, wenn sie das Deutsche ungeachtet seiner Härte – selbst im Heitersten noch die ernste Ausdrucksart! – mit der Ergriffenheit der Inselmenschen belud: Ein Wetterleuchten, wenn sie zürnte, ein Wort- und Bildersturm, wenn sie sich kränkte, ein Trommelfeuer, wenn sie ins Schwärmen geriet oder etwas zu erzählen hatte – da schlug ihr die Zunge schneller, als die Gedanken zogen, schnell wie die des Basilisken in unserem Brunnenschacht. In ihrer Muttersprache war sie eine andere, weich und harmlos, auch wenn sie sich in Verwünschungen und Flüchen erging: Ihre Gebärden und Gesichtsausdrücke schmiegten sich ans Wort, und ihre Stimme wog sich darin, als sei ihr die Fülle des Denkens und Erlebens nur in dieser einen Sprache zugänglich, als sei sie ganz und gar nach ihr gestimmt.

Die Cousins, auch der *Mulac*, waren der Kindersprache entwachsen, der der Erwachsenen längst mächtig. Ich blieb zurück mit meiner ungelenken Zunge, saß daneben, stumm, überholt von den Heimatberechtigten mit ihren geheimen Floskeln und Phrasen, mit ihren Scherzen und Winken, die mir undurchschaubar blieben, an den Rand gestellt, mehr den Fremden zugerechnet, wie man die Fortgegangenen schnell zu Fremden oder Nachhinkenden stempelt, als wollte man ihnen das Fortgehen heimzahlen.

Was blieb da als der Anschluss an die, die sich für die Dauer eines kurzen Badeurlaubs bei Beppe und Nada einmieteten und auf ihren nächtlichen Streifzügen Mut und Geschwätzigkeit antranken, ihre Schlager grölten und ihre Zigarettenkippen zwischen die Strandkiesel drückten, wo ich gerade noch mit Kinderfingern nach Muscheln gewühlt hatte. Ich gab mich als eine von ihnen, ortsfremd, tat, als verstünde ich die Landessprache nicht, lachte laut, wenn einer sie verhöhnte, verbarg meine Abscheu, wenn sie an die Schwarzkiefernstämme urinierten und sich ins seichte Meer erbrachen, das ihnen nichts als ein Wasser war, und mochte ihre Sprache auch die meine sein, galt sie doch nicht im Hier und Jetzt, ungeeignet, etwas in Worte zu fassen, ohne es zu fälschen, denn die *Aleja* würde niemals zur *Allee*, die *Plaža* niemals ein *Strand*, der *Maeštral* niemals ein *Wind*, ich niemals eine von ihresgleichen.

Das Fremdsein blieb unvermeidlich, hier wie dort – unter jenen, die mir das Vaterland absprachen und den Winter verleideten, wie unter jenen, die mir die Muttersprache verübelten, die *Banditensprache*, die denen eine

Mördersprache war, weil Beppe und Nada einst auf ihre Großväter geschossen hatten, ohne Reue, wie mir schien, denn wie hatte Nada gehofft, dass ich nicht an sie geriete – nur nicht die Stechschrittparolen, bloß die andre Zunge hüten, die böse Zunge, schief, schuldig, angeboren wie ein Makel: *Kriv jezik!*

Oft wünschte ich mich unter ihren Rabenflügel, dort auf der Veranda, wo sie mich Nacht für Nacht erwartete, unaufmerksam in der Zeitung blätternd und qualmend, während ich mit den Banausen lachte, um nicht mitgemeint zu sein, wenn sie mit dem Wort, mit dem die Inselmenschen ihre Maulesel antrieben, *Čuš tovare!*, gegen die Einheimischen wetterten, weil doch keiner von den *Tschuschen* ein Wort Deutsch spreche und man sich nicht verständigen könne – und was galt meine Verstörung gegen die wirklichen Gefahren, um die nur Nada wusste und dic ihr manchmal schon vor der vereinbarten Zeit meiner Rückkehr keine Ruhe ließen, auch nach einer Faust voll Apaurin keine Ruhe ließen, dass sie kurz vor Mitternacht neues Lippenrot auftrug und sich das Haar kämmte und die Frisur steckte und die Sandalen anzog und sich im Finstern auf die Suche machte, die *Aleja* immer wieder auf und ab mit ihren kranken Beinen und immer wieder stehen bleiben, sich setzen, Atem holen, eine Zigarette rauchen, sich dann weiterschleppen, in Sorge um das Kind, das ihr immer ein Kind bleiben würde, auch wenn es sich jetzt blenden ließe von den Kindern derer, die schon einmal übers Land gekommen waren, um alles in Asche zu legen, ein Wolkenband, das den Himmel verdunkelte. Und widerwärtig alles an denen: die Dünkel, das breitbeinige Stolzieren, schon damals, als die Steine unter schweren Stiefeln knirschten, das Harnen auf die frischbestellten Beete, an denen sich die Hände der Mütter blutig geschunden hatten. Und widerwärtig selbst das Ebenmaß der jungen, unverbrauchten Gesichter und ihr steiler Wuchs, dass die jungen Frauen nicht anders konnten, als sich zu zieren und dann doch rasch den Blick zu senken, um nicht Gefallen an ihnen zu finden, wie sie da standen, kerzengerade, strotzend, die Köpfe erhoben, während man bei der Arbeit auf Feld und Hof den Buckel krümmte. Und trugen nicht auch die heutigen die Verächtlichkeit in ihrem Blick und das Getöse und Gebrüll in jedem Wort?

Nada fuchtelt vor meinen Augen.
Bist du verliebt?
Nein.
Kannst mir doch alles sagen.
Ich sagte doch: Es ist nichts.

Nada, ich habe Zigaretten gestohlen, aus deiner weißen Straußenledertasche, schon im vergangenen Sommer, und einen Streifen Apaurin, wer weiß, gegen welche Angst. Du würdest es nicht als Not deuten, sondern als Zeichen meiner *Grobheit*; wie damals, als ich hoch auf meinem Birkenwipfel die Arme ausgebreitet habe, um zu erproben, ob ich fliegen könne, und du an meinem Krankenbett in die Knie sankst – *Wie kannst du mir das antun, Kind?* – und ich im Schatten deiner Augenhöhlen Zuflucht suchte, denn welche Schuld, *dich* mit meinem gescheiterten Flug verletzt zu haben, wie einst mit meiner Lungenentzündung, dich abermals verletzt zu haben, wie damals, als du das Kleid zerreißen *musstest* oder mit meinen Ansichtskartenzeilen an die Mutter, die du Barba Pjero vorgelegt hast – und nicht, wie du sagtest, damit er sehe, wie wunderbar ich für mein Alter schrieb, denn das wusstest du ja nicht, sondern zum Ausbuchstabieren, weil er ein paar Brocken Deutsch sprach und weil ich selbst der Mutter in der Vatersprache schrieb – und womöglich *Dufehlstmir*, das Unsägliche, obwohl ich es doch gut hatte: *Wie kannst du mir das antun, Kind!*, und ich spürte deinen Argusblick, deine Fingerzeige, ich Mutterseelenegoist, der nicht zu stillen war an deiner großen, weichen Brust, unlenksam seit jenem Tag, da ihn Teta Svetlana aus dem Mutterschoß zerrte und das blaue, zuckende Bündel an den Beinchen in die Luft hielt, *Ein Mädchen!*, bis die Klapse, die sie ihm zuerst auf die Hinterbacken und dann immer ungeduldiger, immer weiter ausholend und in immer kleineren Abständen auch zwischen die seifigen Schulterblätter gab, *Wirst du wohl atmen!*, ihre Wirkung taten und das Ding endlich Luft holte und schrie und die Mutter, nachdem sie das Neugeborene innig geküsst hatte, mit noch mit blutverschmiertem Mund *Ein Mädchen!* rief – und *Gottseidank!*

Sie: *Du hast doch irgendwas.*
Ich: *Nein, warum?*
Sie: *Ich sehe doch, dass du bekümmert bist.*
Ich schüttle den Kopf.
Sie, indem sie ihre Kippe nach zwei schnellen Zügen in den marokkanischen Aschenbecher drückt: *Du kannst mir doch alles sagen.*
Ich: *Ja.*

Was soll schon sein, Nada? Da ist nichts außer das Gefühl unter dem Rippenfell, das, wenn es überhandnimmt, alles auslöscht, dass ich an nichts anderes mehr denken kann als an die knisternden Tablettenblister der Tranquillantien in der obersten Lade deiner Kommode gegenüber dem Spiegel, wo alles seinen Platz hatte und wohin alles, einmal entwendet, zurückgelegt werden musste – *Svaka stvar na svoje misto!* –, und an deine immer noch geladene, in ein altes Küchentuch gewickelte Beretta M1934 im hintersten Eck des Schuhschranks und an das säuberlich zusammengewickelte, acht Meter lange Bootstau in der Garage und an die Rasierklingen, die du auch fünfzehn Jahre nach Beppes Tod noch im Spiegelschrank aufbewahrst, als käme er jeden Moment von einer Seefahrt zurück, und an das Küchenmesser, das du manchmal, ganz selten, wenn überhaupt, gegen mich und den *Mulac* hobst, und an dein kartoffelteigverklebtes Nudelholz, das ich mir dann am liebsten drei-, vier-, fünfmal auf den Scheitel schlagen will, damit die Gedankenmaschine endlich wieder anspringt.

Ich: *Warum lachst du jetzt?*
Sie: *Ich lache doch nicht.*
Ich: *Aber ich sehe doch, dass du lachst.*
Sie: *Uch!*

Ich verspreche mir nichts – nur den einen Tag, da mir die Unschuld jener rosenwangigen Kinder zuteil würde, die noch unberührt sind von Glut und Verlangen. Dabei hat das Lieben gut begonnen, wie es immer gut beginnt: Das Gehen wurde mir leicht, so wie es einem leicht wird, wenn es nach einem kaum merklichen Anstieg wieder geradeaus geht. Ich brauchte keinen Schlaf, um zu träumen, mir wurde das Denken zum Lied. Ich lief wieder, anstatt zu gehen, tänzelte, wenn ich mich unbeobachtet glaubte, sah wohl zu Boden, um nicht zu fallen, dann aber, wie vor langem, zu den Wolken empor, die mir lieb geworden waren und schön. Ein jeder Schritt in diese neue Weite erschien so mühelos, als brauchte ich ihn mir nicht zu befehlen, als nähme alles von alleine seinen Lauf und jeder Schritt nur auf den einen zu, dem ich nicht geholfen habe, damals im Wald, und im Lichtkegel der Diesellok dies Gleißen, das die Widderchen und Schwärmer und Spinner lockt, ehrenhalber diese Namen!, wie der Laternenschein, der den Himmelskörper spielt und einen kopflos macht und blind.

Du machst dir die Augen kaputt.
Nein, Nada: Die Dunkelheit tut einem nichts.

Manchmal verdunkelte der Vater das Wohnzimmer, entrollte eine Leinwand. Er besaß einen Koffer voller Bilder, die in kleinen Plastikrahmen steckten, aufgereiht in länglichen Kunststoffkästchen, die er in seinen Projektor schob und über den an einem Kabel befestigten Drücker weiterschaltete, dass ein Bild nach dem andern auf der Leinwand erschien, bis sie am Ende weiß blieb. Er nannte es seine *Momentsammlung*.

Wir können doch über alles reden.
Ja.

Woran denkst du denn immer?

Schweigen (drei Zigarettenlängen).

Wir wissen, was geschieht, wenn uns das Schweigen bricht. Wir blicken einander in die Gewehrläufe. Jede falsche Bewegung könnte die Wunde entblößen, die unter der Stille klafft. Die Gewissheit hält uns angstverschweißt.

Vielleicht denke ich daran, wie ich den Eintrag des *Mulac* aus meinem Stammbuch riss, ehe ich es tags darauf, nachdem ich das zerknüllte Blatt unter Mutters wütendem Blick wieder glattgestrichen und eingeklebt hatte, in den See warf; denn man musste sich vom Anderssein losschlagen, hier wie dort, erst recht, wenn man im Gegensatz zu den Redlichen weder zur Beichte durfte noch in den Himmel käme.

Vielleicht denke ich daran, wie ich Seesterne fing und die nach Tang und Salz duftenden Geschöpfe beschnupperte und betastete, wie ich sie dann bei lebendigem Leib auf Luft und Hitze streckte, damit sie in jener symmetrischen Form erstarrten, die man ihnen mit spitzen Fingern beigebracht hatte, damit sie aussahen wie der rote Fünfzack, der eine.

Vielleicht denke ich an den Traum der taubblinden Marica – ein brennendes Schiff treibt auf sie zu, brennende Menschen an Bord – oder daran, wie ich beim Leichenbegängnis der Großmutter, bei dem die erst wenige Monate alte Grube des Großvaters erneut aufgeworfen wurde, auf dem frischen Erdhügel einen winzigen Knochen bemerkte, den ich trotz meines Ekels blitzschnell mit bloßen Fingern in die Erde drückte, um dem Vater den Anblick zu ersparen. *Se non e vero, ben trovato.*

Vielleicht denke ich daran, wie ich einmal, vielleicht

zweimal, heimlich den Brunnendeckel hob und mich über den lichtlosen Schacht beugte und die Wassergeister anrief und wie sie meine Rufe wiedergaben, in der Vatersprache, Wort für Wort. Du glaubst es nicht?

Vielleicht denke ich an Teta Svetlana, die mir zweijährigem Kind, als ich mich dem Rosenstock in ihrem Garten näherte und dann sanft über die Knospen strich, einen Dorn in den Finger drückte, um mir, wie sie sagte, beizubringen, dass man sich vor den Rosen in Acht zu nehmen habe, und wie aufgebracht du warst, als du davon erfuhrst.

Vielleicht denke ich daran, wie ich deine Wangen und Brüste einst unter dem Vorwand der Liebkosung insgeheim nach unempfindlichen Stellen absuchte, die, so hat's die blinde Tante einst erzählt, untrügliche Zeichen der Teufelsbuhlschaft wären, oder daran, wie dir die schöne linke Hand ausrutschte, als Emir 1991 im Übermut den Stern aus der Flagge herausgeschnitten hat – *Dein zweites Wort: Zastava – Fahne!* (dafür ein Lächeln), das hunderttausendste Wort aber *Scheißfahne* (dafür die Ohrfeige); ausgerechnet Emir, der *Maulesel*, dem ich während seiner Zeit bei den Pionieren deinen Stolz und das rote Halstuch geneidet habe, der *Mulac*, der sich so gerne an deine Zitzen schmiegte und der voller Andacht auf die Fahne schwören und deine Lieder schmettern durfte, *Od Vardara pa do Triglava*, selbst auf offener Straße, während ich mir andernorts den Finger auf die Lippen hielt, *still, still, still, weil's Christkind kommen will.*

Die Dunkelheit tut einem nichts, Nada. Du aber leuchtest alles aus, stellst die Fragen wie Fallen, ahnungslos, dass du die Wahrheit nicht ertragen würdest, weil du immer noch darauf vertraust, dass ich dir nichts zuleide tu, nicht einmal durch eine Aufrichtigkeit etwas zuleide täte, die du mir übler nähmst als alle Lügen; kein Innerlichkeitsgeschwätz, gottbehüte!, lieber das Gaukeln und Flunkern, das Dummstellen. Gnadenschüsse.

Ich habe dir nicht gesagt, dass mir die Geschichte der Maultiere und Esel, die man, damit sie dem Feind nicht in die Hände fielen, beim Verlassen der Insel erschoss, als Kind viel näher ging als die Geschichte deiner Schwester Vesela, die auf den karstigen Schlachtfeldern im Hinterland von Split ihr Leben ausspie. *Wir hatten nicht genügend Schiffe, um die Lasttiere mitzunehmen* – bei diesen Worten wollte ich weinen. Da siehst du es: *Du* tust mir meine Lügen an, die Notlügen, das Leiden an der Heimlichkeit, um schon im nächsten Atemzug die Faust zu schütteln: *Wer einmal lügt, dem glaubt man nicht,* und dein ungläubiges Staunen dann, den Kopf zur Seite geneigt, manchmal ein Lachen, sehr weiße Plastikzähne in einem sehr alten Gesicht, Seelenfurchen, und hinter meinem Rücken: *Vrag te stvoria! – Teufelsbraten!*

Vielleicht denke ich an Hanin, die Eisenbahntrasse hinter unserem Haus. Viele Abende lang trieben wir uns auf den Gleisen herum, und zum Sommerende, als das Wasser noch lau war, nachts und frühmorgens, zogen wir ans verwunschene Ufer unter den hoch aufragenden Bäumen, wo sich der See als schnelle Wasserader zwischen Schilfgürteln und Pfeifengraswiesen davonschlängelte und die Wassergeister nach den nackten

Menschenkindern haschten, dass eins ums andere verschwand. Und als wir endlich aus dem Wasser kamen, ermüdet und frierend, wickelten wir uns schlotternd in die nachtfeuchten Hosen und Hemden und lachten über die Gänsehäute und das Zähneklappern und zählten die Mückenstiche auf unseren Beinen und erzählten uns von den ertrunkenen Königskindern. Dann hielt er mir ein Büschel Grasähren vors Gesicht – *Henne oder Hahn?* – und gestand mir die Liebe, gestand sie, als sei sie ein Vergehen. Und *Nada!*, wollte ich rufen, *Haben die Liebenden nicht recht?* Aber gegen dich war nie ein Rechtbehalten, denn *Du hast nicht auf den Richtigen gewartet!* und *Wenn das deine Mutter wüsste, das Herz in ihrer Brust tät ihr zerspringen!* und *Ich hab dir gleich gesagt, dass du dich unglücklich machst!* – als hätte die Einsicht, dass du wieder einmal die Klügere warst, etwas Tröstliches.

Dein Rechtbehalten – ein Zeichen der Liebe, wie die zum vierten Mal aufgewärmte Nudelsuppe, die ich noch in den vollen Teller erbrach, und dein vorwurfsvoller Blick, weil nun nicht zu erwarten war, dass ich sie trotzdem aufesse, denn man wirft kein Essen weg, nicht die Rinde vom Gesternbrot, nicht die Fleischflachsen und Fettränder und Fischaugen, die den Umweg über den Magen nehmen mussten, um erst recht unverdaut im Klosett oder im Speikübel zu landen, ausgewürgt, ausgekotzt, wie damals, als du trotzig alles von mir Übriggelassene verschlangst, die ganze Schüssel *Paštafažol*, und dich dann viele Stunden über der Klomuschel bogst, während dir die Flitze aus dem Hintern lief, oder als du, nachdem du wieder tagelang Aufbewahrtes gegessen hattest, plötzlich vom Tisch aufsprangst und in großer Hast zum Geländer der Veranda stürztest, um dich in den Garten zu erbrechen, während dir das falsche Gebiss, die *Dentijera*, wie du es nanntest, mitsamt dem von großen Brocken durchsetzten Nahrungsbrei aus dem Gesicht schoss, mitten ins mit Liebesmüh und Not gehegte Blumenbeet, und du zwischen den Entladungen nach Luft rangst und ich uns nicht zu helfen wusste und einen schauderhaften Würgetod phantasierte, der dich ausgerechnet jetzt, ausgerechnet in meiner Gegenwart, ereilen würde, ein qualvolles Sterben, das du ausgerechnet mir antätest, während ich nur danebenstand – mit jenem vorwurfsvollen Blick der Inselfrauen, wenn sie sich machtlos dem Leid eines Meistgeliebten gegenübersehen: *Wie wagst du es, mich zu entsetzen!*

Aber alles nichts im Nachhinein, *Uch!*, nichts als eine Anekdote, nicht der Rede wert, genau wie meine Abscheu, als du mir nachher auftrugst, die *Dentijera* aus dem Blumenbeet zu holen – *Du wirst sie mir dann bringen* mit Blick auf die Kotzlache.

In manchen Nächten wünsche ich mich krank, ersehne deine Lippen an meiner Fieberstirn, dein Atemhorchen und Nachschauhalten – *Du hast so glasige Äuglein, Kind!*, *Imaš kuhane okice!* –, deine Schläge – *Ich dachte schon, es sei wirklich etwas passiert!* –, die viel leichter zu erdulden waren als dein Schweigen und jene Stille, bevor einer beim Totstellen endlich die Augen aufriss und sich plötzlich wieder regte.

Du bist ungerecht gegen dein Schicksal, Anuschka! Du rechnest ihm die, die es dir nahm, viel höher an, als die, die um dich sind. Ich hüte mich, deinen Trost zu suchen.

Mach nicht so ein Theater!, sagst du, wenn ich dir unerträglich bin, *Ne čini mirakule!*, und *Wenn du wüsstest, wie gut du es hast*. Und wirklich: Nie das Sichbescheiden auf die lächerlichen Brot- und Fleischrationen, nie die Hölle aus heiterem Himmel, nie den Schnee von einem Hausdach geschmolzen vor lauter Durst, nie Tabletten, um nachts nicht wieder in den Krieg zu müssen.

Nichts gilt neben der Typhushölle, nichts, bemessen am Tod der Schwester, die dran glauben musste, wo sie doch schon lange an nichts mehr glaubte, denn *Woran noch glauben, Kind, wenn man vierzehn Tage und Nächte im Fieber durch den knietiefen Schnee gestapft ist, Po šumama i gorama, frierend und durchnässt bis auf die Knochen, und nur noch Schnee gefressen und vom Fressen phantasiert, den Duft der verhassten Polenta in der Nase, denn in der Not frisst selbst der Teufel Polenta, und die Stiefel für einen Ranken Brot getauscht und gesehen, wie die eigenen Leute den Kameraden abknallten, ein halbes Kind war der noch, noch nicht einmal ein Bart wuchs dem, und nur, weil er heimlich vom letzten Proviant gegessen hatte, einem schimmligen Biskuit, und wie sie Jelena gezwungen haben, die abgeschnittenen Eier ihres Schwängerers zu fressen, und zurückgelassen hat man sie, mitten im bosnischen Hochland, bevor sie auf die Idee kommen konnte, für zwei zu essen oder ihr Balg in irgendeinem bitter errungenen Versteck auszupressen, wo einen schon jedes Astknacken hochschrecken lässt, und wer dreht einem solchen Balg, einem so unschuldigen, gern den Schreihals um?*

Ich streiche über das Spiegelgesicht im schwarzglänzenden Anstrich des Flügels, linkerhand die tiefen Töne, rechterhand die hohen, und achtundachtzig Tasten sind es, ich hab sie gezählt, auch dann, am Strand, aus dem Gedächtnis nachgezählt – zweiundfünfzig weiße, sechsunddreißig schwarze. Ich greife dem Flügel ins Gebiss – *Drisch nicht so auf das Klavier ein!* (die Mutter) –, dass er mit einem Mal verstummt und nur noch die zuckenden Finger zum lautlosen Spiel – *Nona sve registrira.*

Hanin war einfach weg – ein ausgelassener Schlussakkord.

Atemlauern

Unsere Liebe war wie einer, der fortgegangen ist und über dessen Verbleib man nichts weiß. *Es wäre besser, er wäre gestorben*, sagen die Verwandten dann.

Die Tage wurden kürzer.

Im Oktober fällt der erste Schnee, fallen die ersten Bomben der Jugoslawischen Volksarmee auf Zagreb. Ich ziehe mit Ela nach Wien. Wieder Wien: zweiter Hieb, Hochparterre, Vierteltelefon, Klo am Gang. *Ausländerfrei* das Haus, wie der Vermieter mehrmals erwähnte – lobend, was sonst. Nadas Anruf dann. Das Mutterlandsheer sucht seine abspenstigen Länder einzufangen, sie wie ausgerissene Schafe ins Revier zurückzuscheuchen, ein mütterliches Recht, gewiss.

Ich legte den Hörer auf, zog den Parka über, trat in schweren Stiefeln vor die Haustür, zündete mir eine Zigarette an, verfluchte den Wind, der mir die Glut wegblies.

Dann ging ich los, ziellos, ahnungslos, dass ich losgehen würde wie die Plattenspielernadel, an immer derselben Stelle stockend, sich festfahrend in immer tieferen Rillen, ein Rotieren ohne Ankunft oder Absicht, ein tagediebisches Zeitvertreiben und Zeittotschlagen – wochenlang, winterlang, in den stundenlangen Märschen durch Häuserschluchten und Parks, im Herumtreiben auf den Märkten und in Kaufhäusern, immer leicht nach vorne gebeugt, als ginge ich gegen den Wind, immer den Kragen hoch, die Mütze tief im Gesicht, trotzig gegen die Ermüdung und den Schmerz der wundgelaufenen Füße – *Schau auf deine Füße beim Gehen!* –, trotzig gegen den Verdacht, dass mir das Müßiggehen nicht zustünde, denn obschon eine eifrige Art der Untätigkeit, war es doch Untätigkeit vor der Tatsache, dass ich hier war, um mich in den stickigen Lehrsälen und Laboratorien zu beschäftigen, anstatt dem Ruf zu folgen, der aus der immer gleichen Ferne erklang, wie weit ich auch gegangen sein mochte, einem Ruf, der nicht nur ein Laut war, sondern ein Aufgehen in Rost und Metall, im Geschmack der Bratkartoffeln und Maronen, im Bouquet von nassem Laub, Gummiabrieb, Teer und stinkenden Kanälen, in den Scherbenprismen der Kristalle auf dem Boden einer demolierten Telefonzelle, darin das Licht der Leuchtreklamen und Laternen tausendfach gebrochen. In Bruchteilen von Sekunden löste ich mich auf und fand mich neu zusammengefügt in den Saatkrähenschwärmen, die sich im Flug zu bizarren Wolken ordneten, im Krächzen der Lautsprecherdurchsagen, in den Schausälen des Anatomischen Instituts mit seinen Vitrinen aus venezianischem Glas, den Wachsmodellen aufgeschnittener Körper, den Organen und Föten in verkorkten Flaschen, im Fauchen und Rumpeln der Straßenbahngarnituren, vor denen alles erzitterte und vor denen die Stadtvögel aufflogen, in Blaulicht und Sirenengeheul, eins geworden mit den Beleuchtungskörpern, die einem zu den Dämmerstunden in die Bindehaut fuhren und im Tränenspiegel der Augen flimmerten, wie damals, auf Mutters Arm, das Gesicht in ihrem Fellkragen verborgen, während die

Lichter der Stadt vor den beschlagenen Linsen zu flackernden Bildern verrannen, erstaunt über die komplizierten Koordinaten auseinandergehender, zusammentreffender, sich kreuzender blanker Schienenstränge, die den Asphalt wie ein Blitzgeflecht durchäderten, und erdpechgrau der Himmel über der Stadt, zu dem alles empordrang.

Von dieser Art war meine Tatenlosigkeit, ein Aus-der-Zeit-Fallen, Irren und Schweifen, ein Schauen fernab vom Zur-Schau-Gestellten und dem, was als sehenswürdig gilt, die Suche nach Ablenkung abseits des nur augenscheinlich Schönen, das einen bald langweilt und beirrt, begierig nach den Sensationen des Alltags, ein Ausschauen auch nach den Geächteten, Straßenräubern, Herumtreibern, Huren, Exhibitionisten.

An manchen Tagen fuhr ich mit der Straßenbahn zum Südbahnhof, um mir Aufbruch und Ankunft vorzumachen, die Langeweile zu spüren, die keine ist, um mir diesen einen kleinen Sprung aufs Gleis auszumalen, der erforderlich wäre, um ein Ohr aufzulegen. Die Stunden machten, dass sie fortkamen, wie Kinder, die etwas ausgeheckt haben, alles war als ob – ein Sichverlieren in den Tonbanddurchsagen, im Zugbremsenkreischen, im Geruch von Eisen, in den Hochstromleitungen, die in der Sonne blitzten, ein endloses Abschreiten der Perrons, die Aufregung, wenn sich die Waggontüren ruckelnd auftaten und die ersten Reisenden die steilen Stufen herabtraten, die Ausschau dann nach der einen, die bedächtiger und schwerer hervorkam als die übrigen, auch nach dem großen Koffer, der ihre Kostbarkeiten barg – gleich würden wir einander entgegeneilen, mit ausgestreckten Armen, einander wiegen und küssen, wie sich alles ringsum wog, in Abschiedsweh und Wiedersehenstaumel, unbeteiligt nur die, denen das Reisen bloß Zweck war und die ihre lärmenden Rollkoffer geradewegs zu den Schaltern, Buden und Taxiständen zogen.

Gelang das Maß an Verzweiflung, das einen zur Erfindung drängt, nahm ich Füllfeder und Papier, sah die sich in Wellen und Schlaufen schlingenden oder in Sporen auszuckenden Tintenlinien, die sich auf eigene Art der Anatomie der Schriftzeichen fügten, vergaß darüber fast den Zweifel, der mich das Notierte früher oder später durchstreichen, vernichten und neu beginnen ließ, denn vielleicht gab es eine andere Wahrheit, eine bessere, und dann: alles nur Gekritzel und jedes Blatt vergeudet – niemals abgeschickte Briefe, geheime Aufzeichnungen und Entwürfe, die ich am Ende verwarf, zerriss, zerknüllte und in der Duschtasse verbrannte, weil auch das Löschen und Radieren nicht half gegen die Bedenken, die erst in den frühen Morgenstunden in jenem milden Licht aufgingen, in dem auch die leeren Rotweinflaschen und vollen Aschenbecher traulich erschienen, dass ich endlich Schlaf fand über dem Zerstörungswerk der Nacht.

Im Frühjahr brandete die Flüchtlingsflut an, kam als Schwirren über die Stadt, veränderte ihren Grundton. Die von *dort unten*, wie die Eingesessenen sagen, mit nichts als ihren Leidensminen und Plastiksäcken am Südbahnhof gestrandet, sah man in losen Grüppchen stehen, rauchend und harrend in zugigen Wartehallen, unentschieden, worauf es überhaupt zu warten galt, verloren vor den Zeitungsständern – Kriegsschauplätze jetzt mit ihren Tagesblättern und Gazetten, deren scharfgestochene Fotografien nackter, ausgezehrter Kriegsgefangenenkörper die blanken Brüste nebenan als Blickfang übertrafen – und angebettelt selbst die Ärmsten von den Bettelkindern, die filzhaarig und dreckig durch jene Fremde zogen, in der es kein Ankommen gab, nur ein Sichgedulden auf das Ungewisse.

Ich drängte mich an sie heran, beseelt vom Klang ihrer Sprache, die mich vertraut umspann mit ihren Worten, Modulationen, Silben, die, wo sie die eine Sehnsucht stillten, sofort eine andere, tiefere aufrissen, und wie ich so horchte, verdichteten sich alle Flüche und Klagen zu einem Zirpen, zum fröhlichen Gezwitscher, das an den Hochsommerabenden aus den Schwalbennestern in der Kapelle des heiligen Antonius drang, zum Plätschern kleiner Brecher, zum Glockengebimmel, das die auf unwegsamen Distelweiden zwischen den Steinschlichtungen grasenden Maulesel schon von weitem verriet, *Čuš tovare!* – und endlich die Gewissheit, dass mir die Seele da beheimatet war, in der Muttersprache, die ich immer noch sprach wie ein Kind und die ich mir im Vaterland versagte, um nicht gehört zu werden, um nicht verhöhnt zu werden, um nicht mitgemeint zu sein mit denen von *dort unten*, nicht mitgemeint zu sein in den Schimpfworten, den Worten für das Böse, den Worten für das Fremde in mir, das nur Nada liebte.

Ich sehe die Bilder im Fernsehen, Nada, sehe durch sie hindurch und dort, im Narrenkasten, deine brennende Zigarette, die aus dem überquellenden Aschenbecher neben dem Notenbrett in den Klavierbauch rollt. Unter dem Sargdeckel quillt Rauch hervor. Der

Flügel geht in Flammen auf. Keiner scheint es zu bemerken. Meine Finger fangen Feuer. Ich spüre es nicht. Du lockerst deine Zahnprothese, lachst. Jetzt nur noch das Schreibmaschinentastenspiel, ein leises Rattern, ehe es zu Musik wird, wie mir immer alles zu Musik wird, auch der über das Papier kratzende Bleistift, auch das Lachen meines Teufels. Der lässt mir keine Ruh: *Du schreibst, weil du nicht reden kannst*, kichert er, *weil du dein Maul nicht aufkriegst, nicht einmal zum Kuss!* Dann heult er auf: *Dassagtmannicht!* Ich erfinde Geheimschriften, Spiegelschriften, Schriftlabyrinthe – mein Teufel enträtselt sie alle. Er bricht in Lachen aus, als ich wieder alles zerreiße und verbrenne, die Worte, die Sätze, das verfluchte Papier. Über allem deine Augen, die nach den Zeilen spähen, sich nach mir verdrehen wie die Augen eines Leguans. In meinen Träumen hältst du sie mir drohend vors Gesicht, die Ansichtskarten an Vater und Mutter*: Ist das wahr? Ist das alles wahr? Ich will die Wahrheit und nichts als die Wahrheit, verdammtnochmal!* Und wieder: *Wie kannst du mir das antun, Kind!* Dann zerreißt du sie, *ratsch!* und *Jebem ti boga!*, zerreißt die Mördersprachenkrakel, die du nie entziffern konntest, zerfetzt auch die Insellandschaften und Dorfansichten auf der Rückseite, wirfst die Schnipsel in die Luft, dass sie wie Konfettiregen auf uns herabfallen, und dann dein verrücktes Lachen, in das ich einstimme, zuerst zögerlich, dann wie durchgedreht, dann plötzlich ernst: *Ich scheiß auf deine Wahrheit!*

Deine Wahrheit ist ein flacher Atemzug, der mir nicht zum Leben reicht, doch immer obenauf, ein Schwimmstein – *Kamen koji pliva*.

Ich betrachte die sich in der Hitze krümmenden Notizblätter, sehe, wie sich das Feuer in die Zeilen einfrisst, sehe Menschen fliehen, entkommen, vielleicht weil das Erschießungskommando am Schicksalstag nicht genügend Handfesseln und Augenbinden hatte, ich sehe sie stürzen und liegen. Dann Asche und Ruß auf weißem Email – *Wo siehst du Asche, wo?* – und alle Gedanken bei der, der ihr Papier so heilig war, eine Kostbarkeit, die sie jedes Mal mit den großen Gesten einer trotz allen Mangels Herzensguten aus der untersten Schublade der Kommode gegenüber dem Spiegel nahm, immer nur ein Blatt, und wehe, wenn man es leichthin bekritzelte, und wehe, wenn man sich selbst eines nahm, denn das Gewissen selbst wog schon schwer, auch wenn sie einem gar nicht auf die Schliche kam.

Immer behaupte ich die Liebe und kann doch nicht lieben. Keiner soll es wissen. *Du musst immer die Wahrheit sagen, immer!* Niemals! *Wer gibt dir das Recht zu schweigen?*

Was war in Bleiburg, Nada?
Schulterzucken.

Die Wahrheit ist eine Erfindung.

Nada ruft an, *Du kannst mir alles erzählen*, will nichts wissen von mir: *Geht es dir gut?* Sie kann bedenkenlos fragen, denn *Ja* ist stets die Antwort, sie genügt.

Wir wissen: Geteiltes Leid ist doppeltes Leid, auch wenn meines nicht an ihres heranreicht, wie alles nichtig wird neben den Feldzügen, Überfällen und Operationen – *Kugelblitz*, *Treibjagd*, *Schneesturm*, *Morgen-*

wind – und dem, was sie am eigenen Leib erfahren hat in den vier Jahren, von denen sie immerfort spricht, selbst wenn sie nicht davon spricht oder nur andeutungsweise, lückenhaft, nur in einem Seufzen, einem ungläubigen Kopfschütteln. *Nona je svašta prošla – Nona hat viel erlebt.* Da war das Leben verdichtet, ein unentwirrbares Knäuel, das, mochten seine Fasern auch in die Gegenwart reichen, doch nur Geschichte war – nicht wahrer als ihre Märchen, nicht schlimmer als das Nimmersatt bei vollen Schüsseln, das Aufessen, auch das Übriggebliebene und Aufbewahrte, das Fingerindenhals bis zum Erbrechen, denn der Zaunkönig, sooft ich ihn auf den Boden spucke und tottrample, beginnt sein Scharren und Wühlen von vorne. Ich speie Granatapfelkerne, blute aus dem Mund, blute ins Trinkglas, huste das Blut aufs Tischtuch. Blut ist dicker als Wasser. Nada würde nichts davon wissen wollen, genauso wenig wie ich von ihrem Magengeschwür oder von den Ohnmachtsanfällen und Albträumen des guten alten Beppe, gegen den sie sich nicht aufzumucken traut, obwohl sie insgeheim auf ihn herabsieht, ihn, den Bauernsohn, von dessen Heldentum man nicht ein ganzes Leben lang zehren kann – eine Dame gilt neun Bauern.

Ich will nichts wissen von den Sternennächten, deren Schönheit alles übertraf und doch nicht ankam gegen Beppes Worte – *Hinterhalt*, *Vergeltungsschläge* –, gegen salzigsteife Laken, in die der Nachtschweiß perlte und das Frauenblut, gegen die Schwüle und Schwere des Mittags, gegen Hanins Mut. Wenn's nicht wahr ist, ist's doch gut erfunden, genauso gut wie meine Linkshändigkeit, denn siehst du nicht: Ich bin die linke Hand, sie ist es, die die Dunkeltöne spielt!

Natürlich geht es mir gut.

Hielte ich mich nicht an unser stilles Übereinkommen, ihr meinen Kummer zu ersparen, wäre Nada schnell dabei, ihn durch die Vorhaltung ihres Schicksals geringzuschätzen: *Glaubst du, mir geht es besser?*

Sie hält das Unglück besetzt wie ein Schulmädchen, das einem den Platz neben sich verwehrt, auch wenn ich mich niemals beschwere, um zu verhindern, dass sie ihr Leid wie ein kostbares Tuch vor mir ausbreitet und abwiegt, als preise sie sein Gewicht, als halte sie es mir halb stolz, halb angewidert hin, damit ich es sorgsam befühlen und mich seiner Schwere vergewissern kann. Ich gehe in Deckung, vermeide das Fragenstellen, weil ich keine Antwort auf meine Fragen will. Manchmal fahre ich ihr scharf ins Wort, um sie an einer unerfragten Antwort zu hindern. Hauptsache, man lebt.

Hast du schon gehört, Anuschka? Sie spricht leise, enthält sich jedes Urteils. Vielleicht, weil sie immer noch glaubt, dass ihr Telefon abgehört wird – oder weil sie es jetzt erst recht glaubt. *Nein, ich habe nichts gehört. Ich werde das Studium wechseln.*

Sie soll mir den Krieg nicht erklären. Ich will nichts wissen von unbeleuchteten Stadteinfahrten, von zerschossenen Häuserfronten, fensterlos, türlos, von den Sandsäcken vor den Kellerschächten, von durchsiebten Karosserien und Autoreifen, nichts von den muslimischen Gefangenen, die versucht hatten, sich hinter den Körpern der anderen zu verstecken, um vielleicht doch zu entkommen oder wenigstens noch ein paar Sekunden zu leben. Manche gruben sich in die Leichenberge und hielten den Atem an, wenn die Mörder mit ihren schweren Stiefeln nach den zuvor über den Haufen Geschossenen traten oder wahllos in den Berg aus Gliedmaßen, Rümpfen und Köpfen ballerten, wenn sie sich einbildeten, dass da noch einer zuckte. Kein Sterbenswort davon!

Lass mir die Flimmerbilder! Lass mir unsere Toten! Nennst du die anderen noch die *Unsrigen*? Sieh doch: Sie grölen neue Lieder, *jedem das Seine*, ziehen Stacheldrähte hoch, treten den roten Stern in den Dreck, kramen ihre Rosenkränze hervor, schwören selbst im Blutvergießen auf die Heiligen, als käme man in den Himmel, obwohl man den Bruder verwünscht. Nach welchem Krieg drehen wir die Hälse aus?

Jedes Mal bin ich erleichtert, wenn sie das Telefongespräch beendet, weil ich ohnehin nicht wüsste, was ich noch sagen soll.

Sie wendet sich ab, schlägt sich die Hände vors Gesicht, schweigt, dann dreht sie den Kopf, langsam, dreht sich zu mir. Die *Baba Roga* lächelt mir zu: *Popila sam Apaurin!* Dahin will ich, wo der Tod nur ein Achselzucken ist, in meinen Fieberträumen von kenternden Schiffen und Himmelsritten auf Nadas Fransenkelim, Gleitflügen über Schaumkronen, Hänge und Klüfte. Ich tauche nach Sternen, fünfgezackt, halte den Atem an, blicke zu den Funkelblitzen eines lockigen Meeresspiegels empor, sehe den Tanz der Lichtgestalten, höre ihr Rufen, bis Nadas Klagen in mein Spinnen bricht und alles zu Scherben zerfällt. *Peng!*, sage ich, forme zwei Finger zum Colt, drücke sie mir an die Schläfe. *Wie kannst du mir das antun, Kind!*

Wo bist du, Land, wenn ich zugegen bin? Die Cousins, auch der *Mulac*, gebrauchen neue Wörter, Endungen, Monatsnamen, die ich nie zuvor gehört habe. Das Klavier heißt jetzt anders, *Glasovir* statt *Klavir*, und die Musik: *Glazba* statt *Muzika*. Sie rümpfen ihre groß gewordenen Nasen über mein *Jebem ti boga*, schmunzeln über mein Wort für tausend – *Du sagst »hiljada«?* –, amüsieren sich über die veraltete Rede, die Aussprache und Betonung. *Du wirst dir noch die Zunge brechen an dieser Sprache*. Ich sage ihnen nicht, dass ich nicht einmal mehr meinen Geburtsmonat benennen kann, der nun nicht mehr *Maj* heißt. Ich sage ihnen nicht, dass ich das Kriegerdenkmal vermisse. Man hat es weggeräumt, sogar den Sockel gesprengt. Sie würden es nicht verstehen, auch wenn ich Worte fände, denn ich hätte gut reden, wie alle aus *sicherer* Entfernung gut reden haben. Ich sage ihnen nicht, dass es für eine wie mich keine sichere Entfernung gibt, seit ich an einem Sonntagmorgen frisches Gebäck holte und die Taborstraße so leer war wie kurz vor einem Luftangriff. Sie würden ohnehin dagegengehalten mit ihrem Augenzwinkern, ihrem Wortwitz, den ich nicht begreife, würden mich ansehen wie eine Schiffbrüchige, die man zwar bedauert, aber nicht zu bergen weiß.

Ich schreibe mich am Institut für Slawistik ein, will die Cousins einholen, alles nachholen, mich wenigstens da nicht verdächtig machen mit meiner anderen Sprache, sie sprechen, ohne als eine von *dort unten* enttarnt zu werden. Aber wie den Anschein wahren, wenn alle Studenten muttersprachig sind, zweite Generation oder frisch geflohen, wie Marija, die nichts zu erzählen weiß als von den Leichenbergen und Blutflüssen und Stromausfällen, dem Krieg im Jetzt und nicht mehr in Schwarz-Weiß. Manchmal erzählt sie vom Hunger, vom Durst. Selbst die Gefangenen an der Erschießungsmauer sollen noch um Wasser gefleht haben, kurz vor dem Abknallen. Dreimal darfst du raten, ob sie dennoch durstig starben. Ich habe nichts zu erzählen.

Gewiss, man erkundigte sich bald, ob auch ich *muttersprachig* sei, denn was sonst suchte einer hier als seinesgleichen? Man ist mir dahintergekommen, und ich habe es gestanden, wie ich alles gestehe, was mir auf die Stirn geschrieben ist, mühelos entziffert von denen, die einem das hohe Deutsch ankreiden, das Nachderschrift, die dialektlose Rede der Heimatlosen, nur unverdächtig unter ihresgleichen, sonst Begriffsstutzigkeit, und nicht die um das Einvernehmen bemühte Begriffsstutzigkeit der Erstaunten, sondern die gaukelnde mit ihrem unüberwindlichen Befremden, einer Abscheu oft genug – auch wegen der Ergriffenheit, der Glut und Ausdrucksfülle der Inselmenschen, deren Herzen tiefer im Brustkorb liegen, dichter am Boden des Rippensaums. Und dann: *Woherkommstdu?* Und dann am liebsten *Nirgendwoher*, wenn ich ohne Bedenken wäre, dass meine Wahrheit auf jene Wahrheit passt, die gemeinhin als die einzige gilt, und am liebsten *Von dort und da* – doch wer beides will, steht am Ende mit nichts da.

Die amtlichen Ausweise kommen nicht dagegen an, Nada, die Eintragungen in den Dokumenten helfen nicht. Papier ist geduldig. Du aber hast dich mit deinen kranken Beinen in die lange Warteschlange vor dem Schalter des Zagreber Standesamts eingereiht, stundenlang gewartet, um eine neue Staatsbürgerschaftsurkunde für mich einzuholen, weil es *unser* Land ja nicht mehr gab. Ich sei doch jetzt Kroatin, hast du gesagt, *Da bist du geboren, vergiss das nicht!*, auch von der neuen Währung hast du erzählt. *Weißt du, wofür der Marder steht?*, fragtest du angewidert.

Ich sage Nada nicht, dass ich keinen Pass beantragen werde, dass ich bleiben will, was ich immer war: ein Zaungast. Ein anderer Platz steht den Fremden nicht zu. Ich erzähle ihr, dass ich über Slavko Kolar referiert habe, aber nichts von meinem letzten Tag am Institut: Der Vorstand ist ans Pult getreten, um bekanntzugeben, dass man unsere Sprache in die beiden Maularten zerteilen werde, dass wir uns binnen gesetzter Frist für eine der beiden zu entscheiden hätten. Die völkische Zugehörigkeit als Schicksalsfrage. Ich wollte nichts entscheiden. Ihr Krieg ging mich nichts an.

Wieder ruft sie an. *Anuschka!*, dann ein elendslanges Schweigen. Dann *Unser lieber, guter, alter …* Ihre Worte legen sich an meine Schläfe wie ein kalter Pistolenlauf. Gleich drückt sie ab. Gleich lege ich den Hörer auf.

Diesmal nicht der Marschall. Auch sonst kein anderer. Diesmal er. Ela fragt, ob ich traurig sei. Ich nicke. Ob ich reden wolle. *Nicht nötig*. Der Tod ist doch zum Lachen und Himmeloderhölle – nur ein Spiel. Ich schlage die medizinischen Lehrbücher auf, vertiefe mich in die Abbildungen und Beschreibungen der bis ins kleinste Detail nachgezeichneten Körperteile und Organe, entdecke Mängel, Auswüchse, Sterbenskrankheiten, von denen nicht einmal Nada etwas ahnte – warum haben sie die Streckenlinie nicht mehr zum Auszucken gebracht?

Warum haben sie ihn nicht vor dem Sterben bewahrt? Warum Beppe? –, fühle mich infiziert und befallen, sehe mich tote Tiere streicheln, sehe mich stürzen, berstende Kniescheiben, aus geplatzten Plastikbeuteln spritzende Milch, Nadas Angstfratze, den Glutfraß ihrer Zigarette auf meinem Kinderplastiktischset – *einen Löffel für die Mutter, einen für den Vater* –, sehe mich ihre Suppe erbrechen, speie sie ihr vor die Füße, öffne die Fenster zum Innenhof, höre die *Gastarbajter* in der Muttersprache lärmen, in der Mundart meines Küstenvolks, blicke auf die Uhr und weiß schon im nächsten Moment nicht mehr, wie spät es ist. Flimmert die Luft des Sommers? Schwirrt sie?

Ich muss daran denken, wie furchtbetäubt ich Beppe betrauert habe, damals schon, bevor der Name des Marschalls von Mutters Lippen flog, vielleicht weil Beppe mich zwei Sommer zuvor an jenem Nachmittag, da er wie immer zur Siesta lag, an sein Bett gerufen hatte, um mir vorzumachen, dass seine Zeit gekommen sei: *Dida stirbt und will dich sehen* – und ich roch seinen Atem von Anis und Minze und betete lautlos, dass er am Leben bleibe, wie er am Leben geblieben war, als ihn der eine um ein Haar erschoss, die Lungendurchschussnarben groß wie Dinarmünzen, die eine an der rechten Brust, die andere am linken Oberarm, der Schwarzgekleidete, von dem er mir erzählt hat, *peng!*, und wie ich nur lachte, weil die Geschichte gut ausging und weil ich ihn unsterblich glaubte, den großen, schweren Mann, den *Komandant*, den *Kapetan prekooceanskog broda*, den *Heroj*, bis zu jenem Nachmittag, da er mich zu sich rief.

Seltsam, dass einer nach so viel Todesspektakel eines

Tages wirklich stirbt – *Wer zweimal stirbt, dem glaubt man nicht!*

Nach Beppes Tod wollte Nada allein darüber bestimmen, was gut war und was schlecht, was notwendig und was überflüssig. Jetzt, da der *Mulac* und ich durch Drohungen und Verbote nicht mehr in die Knie zu zwingen waren, verleidete sie uns jeden Restaurantbesuch, jedes Auslandstelefonat, jede *unnötig* angelassene Lichtquelle wie überhaupt jede noch so kleine Ausgabe fürs *Devertiment* und natürlich den *Reinlichkeitswahn* und die *Verschwendungssucht* mit verständnislosen Blicken, denn *Ne može se imati ovce i novce,* und glücklich sei nur, wer sich glücklich schätzt, und reich werde man nicht durch das, was man verdient, sondern durch das, was man nicht ausgibt, und *blutig* hätten sie und Beppe sich einst alles erarbeitet, nur durch Schinden und Bescheidenheit, und nicht, damit wir *alla grande* aus dem Vollen schöpfen, denn Geld brauche man für *Wichtigeres* und *Tanti piccoli fa un grande* und Wasser sei zum Trinken da, das Brunnenwasser, das Zisternenwasser, das Leitungswasser, zu kostbar, um es zu vergeuden, wo doch schon allzu oft ein Dürsten war und einer sich bisweilen nur die von Schweiß und Wind gedorrten Lippen benetzte in jenen Sommern, da die sonnenverbrannten Gräser unter den Sohlen knisterten und die Stürme die Saat aus dem Erdstaub bliesen und übers Land trugen, über Mäusedorn, Federgras und Süßgras, zu den Karstspalten, zu den Fischen. Und waren nicht einst Sommer, da mancher es den Katzen und Ratten gleichtat, die in den Kirchen an den Weihwasserpfützen leckten, bis auch die marmornen Becken trocken blieben und mit ihnen die Stirnen, die man dem Teufel bot, bis schwere Atemzüge kamen und die immer unflätigeren Gebetsstöße und nur ein Sichgedulden aufs Geratewohl – und manchmal, wenn einem die Glut unter die Schädeldecke gekrochen war, ein Messerzücken und ein Blutvergießen – *Krv nije voda*.

Fürwahr, die Hände brauchte man nur zu waschen, wenn man den Dreck mit freiem Auge sah – *Bakterien? Zeig mir, wo du Bakterien siehst. Du und deine Bakterien! Gore infišat nego poludit!* – und kaltes Wasser musste reichen, und Seife immer schon zu viel des Guten: *Voda sve opere osim zla!* Hinterher wollte Nada mich glauben machen, dass es nicht nötig sei, nach jedem Wasserlassen die Spülung zu betätigen. Und wehe, wenn sie mich dabei ertappte, dass ich mich ihren Anordnungen widersetzte, ihr in die Heimlichkeit entwischte, sie zur Närrin hielt; und wenn mich ihre Wachsamkeit auch rührte, verachtete ich sie doch für ihr Unvermögen, meine Listen zu durchschauen, verachtete sie geradeso, wenn sie mir auf die Schliche kam und mich spüren ließ, was ich ihr angetan hatte: *Lüge!, Verheimlichung!, Betrug!*

Sie hatte ein Anrecht auf jedes Geheimnis, auch als sie nachlässiger und immer schwachsichtiger wurde, dass selbst die Insignien ihrer Macht voller Tomatensauce und Kartoffelteig waren – die Schneidbretter, das Nudelsieb, die Armaturen, die Griffe der Küchenkästen, auch der Rührstab des Mixers, der immer wieder einen Kurzschluss auslöste und dessen blaue und gelbe Kabelstränge schon aus der Ummantelung getreten waren und so blank lagen wie ihre Nerven, wenngleich sie ihre Finger immer seltener nach meinen Ohren und Wangen ausfuhr.

Ich liebte Nada, obwohl es immer schwerer fiel, fraß mich weiterhin ohne Aufmucken durch ihre schlecht aufgewärmten Vortagsnudelsuppen und aufgetauten *Paštafažols* und *Brudettos*, kauerte am Boden meines einst geliebten stillen Orts, kotzte mir die Seele aus dem Leib, verfluchte sie, zählte wieder die Einschlüsse im Marmor, deutete sie zu neuen Bildern, um mich vom Ekel abzubringen.

Einmal nur hatte ich ihr wütend vorgehalten, dass es bei *uns* – sagte ich *uns*? – nicht üblich sei, aufzuessen, was vom Vortag übrig bleibt, worauf sie die ganze Schüssel *Paštafažol* nahm und vor meinen Augen leer aß ohne auch nur ein Wort, nur zum Trotz, *za dišpet*, sodass sie anderntags die *Litavica* kriegte, sich vollkommen beschmutzte, weil es ihr mit ihren immer schwächeren Beinen nicht gelungen war, rechtzeitig aus dem Garten zu kommen. Breitbeinig und wehklagend war sie auf der Veranda an mir vorbeigehumpelt, das Kleid zu einer riesenhaften Windel geformt, dennoch die kleinen, durch den Baumwollstoff sickernden Kleckse alle paar Meter. *Es ist bald vorbei mit mir*, jammerte sie. So ginge es nicht weiter. Ich unterdrückte ein Lachen.

Sie war die Verwalterin unseres Geschicks, ihr Wesen die reife Samenkapsel des Springkrauts, die bei der leisesten Berührung explodierte. Dass ich sie einmal im Zorn eine *Hexe* genannt hatte, verzieh sie mir ebenso wenig wie meinen Tadel für die dreimal gebrauchten Teebeutel oder ihren sturen Verzicht auf warmes Spülwasser und angemessene elektrische Beleuchtung. Für den Abwasch warf sie den alten *Plin* erst gar nicht an, erhitzte höchstens einen Topf Wasser auf dem *Špaherd*. Als sie bemerkte, dass ich ihr dahintergekommen war, dass sie selbst am Spülmittel zu sparen versuchte, indem sie es mit Wasser streckte oder überhaupt versteckte, und dass sie gebrauchtes Öl in allen möglichen Schälchen und Joghurtbechern im Geschirrschrank aufbewahrte, um es bei nächster Gelegenheit wieder zu verwenden, begann sie, mich auf Schritt und Tritt zu bespitzeln, prüfte den Abfall nach jedem zu großzügig entfernten Mangoldstrunk, um ihn in einem unbeobachteten Moment blitzschnell hervorzuholen und dem Kochgut beizufügen, stellte sicher, dass ich die äußeren Salatblätter, die sie – *klorofilna funkcija!* – für die gesündesten hielt, mitverarbeitete, beargwöhnte mich, wenn ich den mit einer Handkurbel betriebenen Fleischwolf benützte, den ich als Kind wegen seiner Gefährlichkeit niemals stopfen durfte, jammerte, wenn ich beim Ausnehmen der Sardinen und Makrelen nicht nur das Gekröse, sondern auch Leber und Rogen entfernte, weil, wie sie meinte, am Ende doch nur die Gräte übrig bleibe – und manchmal riss sie mir einfach das Messer aus der Hand.

Wir belauerten einander, ließen uns nicht aus den Augen: Ich versuchte sie daran zu hindern, Zucker, Mehl und andere Nährmittel in unbeschriftete Einmach- und Gurkengläser umzufüllen, in denen sich meist noch Rückstände unbestimmbarer Vorräte befanden, entsorgte heimlich Altöl, schimmlige Marmeladen und uralte Fischkonserven, achtete darauf, dass sie die Überreste der Mahlzeiten, die sie notgedrungen außerhalb des anhaltend mit Okkasionsware und Altgewordenem vollgestopften *Obodin-deluxe-Frižiders* aufbewahrte, der Fliegen, Ameisen und Schaben wegen wenigstens mit Folie abdeckte. Meine Bedenken ließ sie nicht gelten – *Du mit deiner Angst vor Krankheiten! Schau mich an! Ich hab mich nie gefürchtet!* Wenig später wieder das Angsttablettenblisterknistern, und dann abermals *Uch!,* weil ich nicht müde wurde, sie auf die Teigkrusten und *Šalša-od-pomodori*-Kleckse hinzuweisen, die auf den Griffen des Backofens, auf den Knaufen der Kommoden und Küchenladen, auf den Henkeln der Töpfe, auf den Türklinken und selbst auf dem Telefonhörer hafteten, und *Uch!* auch, wenn ich die von ihr heimlich mit der Hand gespülten Trinkgläser gegen das Licht hielt oder mit Spülmittel und warmem Wasser nachwusch, während sie, sich abwechselnd bekreuzigend und die Hände hochwerfend, danebenstand und die *Verschwendung* beklagte und die Widersetzung des Kinds, das nun keines mehr war, worunter sie vielleicht am meisten litt: *Da ist doch nichts. Du mit deinem Reinlichkeitswahn!*

Auch abseits der Küche fiel es uns immer schwerer, den Frieden zu wahren. Immer öfter drehte sie mir das angeblich *überflüssige* Licht ab, wenn ich abends auf der Veranda saß, fand, dass ich beim Schreiben und Lesen und erst recht beim *Sinnieren* mit der Funzel das Auslangen finden müsse, quittierte jeden in einem der leeren Einkaufssäcke oder im Altpapier entdeckten Kassenzettel mit einem Kopfschütteln, und wenn sie einmal keinen entdeckte, legte sie mir zur Last, mich lieber von den *Marktwucherern* mit ihren überteuerten Importsorten über den Tisch ziehen zu lassen, als ins Kaufhaus zu gehen. Und wehe, wenn ich dort die Nutzung ihrer Kundenkarten, Gutscheincoupons und Stempelheftchen verweigerte – *Ihr werdet im Leben nie etwas erreichen!*

Eine Anschaffung konnte Nada nur genießen, wenn sie billig oder *mukte* war, einen Plastiksack voller Fische, wenn der *Mulac* spätnachts von einem der seltenen Anglerausflüge heimkehrte, einen Korb voller Feigen von Nachbars Baum, *tuđe – slađe*, ein paar alte Ziegel von einer Baustelle, die sie im Garten aufschichtete, weil man gewiss noch Verwendung dafür finde, oder eine selbstgestrichene Hausmauer, die ihr die Kosten für den Maler ersparte. Da war sie für ein paar kurze Momente mit dem Leben versöhnt, ohne sich allerdings jemals dafür zu bedanken, weil ihr die Dankesschuld ein Zeichen der Engherzigkeit war, ein übles Ritual der Österreicher zumal: *Tankä, tankä, tankä ... Nichts als schöne Worte, Lipe riči!*

Um ein paar Kuna zu sparen schreckte Nada nicht einmal davor zurück, die Gesetze zu umgehen, wie einst, als sie mich unter dem Vorwand, eine ordentliche Ration Lebensmittel zu kaufen, zu einem Tagesausflug nach Split überredet hatte: Rastlos waren wir dort zwischen den Ständen des *Pazars* umhergeirrt, hatte sie Pfirsiche und Paradeiser mit unbarmherzigem Fingerdruck auf ihre Festigkeit geprüft, dass die Schalen und Häute einrissen und das Mark hervorquoll, ehe sie die Früchte in die Obst- und Gemüsesteigen zurückwarf, kopfschüttelnd, geringschätzig, heimlich nach den ungepflegten jungen Männern ausspähend, die ihr durch einen Fingerzeig bedeuten würden, ihnen in eine der engen Gassen nachzufolgen. Und wie sie einem solchen Kerl, nachdem sie ein paar flüchtige Blicke gewechselt hatten, plötzlich auf den Fersen war und mir, die ich verblüfft angehalten hatte, streng befahl, es ihr gleichzutun, und ich klein beigab und wir in angefachter Geschwindigkeit als wunderliche Triade kreuz und quer zwischen den Marktständen umherliefen – an der Spitze der *Švercer*, fast noch ein Kind, dahinter Nada, schnaufend, japsend, stöhnend, ihre winselnde *Karijola* im Schlepptau, und ich, das Schlusslicht, benommen von Hitze, schweren Düften und Gestank, in jeder Hand eine Einkaufstasche, bange nach den Ordnungshütern ausschauend, ohnmächtig, die Unbeugsame in ihrer Absicht aufzuhalten, zu verzagt auch, sie auf diesem Ritt durch die Spliter Halbwelt alleinzulassen.

Als wir, nachdem sie dem *Švercer* zwei Straßenecken weiter eine Rolle Kuna in die Hand gedrückt und zwei Stangen Ronhill Super Lights in ihre *Karijola* gestopft hatte, wieder im Gewühl des Marktplatzes untergetaucht waren und ich endlich Worte fand, meinem Unbehagen Luft zu machen, lächelte sie nur: *Uch! Du und deine Ängste! Ich mache das immer so*. Und dann? *Ihr werdet im Leben nie etwas erreichen.*

Zuletzt wurde selbst die Klopapierration zum Streitgegenstand. Dass sie sich an die strenge Zuteilung hielt, konnte jedermann sehen, denn immer häufiger ließ sie die Tür zum Abort beim Verrichten der Notdurft offen. Auch dass sie ihr falsches Gebiss abends auf der *Vešmašina* oder auf dem *Lavandin* im Bad vergaß, am frühen Morgen zerzaust, ohne *Dentijera* und mit falschgeknöpftem Hauskleid über den Gang schlurfte und, weil ihr Wille nicht geschehen oder die österreichische Mischpoche zu Gast und wieder zu viel Deutsch gesprochen worden war, außer sich geriet, gehörte inzwischen zu den Ritualen alltäglicher Beschämung, die Mutter und ich den einmal verstörten, einmal angewiderten Angeheirateten gerne erspart hätten.

Wir blieben unter uns. Kündigten sich Freunde an, um in einem der Fremdenzimmer Quartier zu nehmen oder auch nur für einen Besuch bei uns einzukehren, waren wir verstimmt – nicht nur, weil man gewiss fragen würde, wie sich ein paar Tage Inselurlaub zu einem Erlebnis machen ließen, worüber wir nicht Bescheid zu geben wussten, sondern auch, weil Nada nun auch in Gegenwart Fremder immer unberechenbarer wurde, erst recht seit jener *schweren Operation*, die sie selbst eine solche nannte, vor mir aber stets herunterspielte und mit heldenhafter Gelassenheit hinnahm – *Uch! To nije ništa!* –, wiewohl sie den Eingriff flüchtigen Bekannten und entfernteren Verwandten gegenüber ungeachtet meiner Anwesenheit in tragischen Auszügen von unnachahmlicher Präzision zu schildern wusste, was gelegentlich in der von schweren Seufzern untermalten Entblößung der von der Drosselgrube bis in die Magengegend senkrecht zwischen ihren Brüsten verlaufenden wulstigen Narbe gipfelte: *Da vi znate kako je meni – Wenn Sie wüssten, wie es mir geht!*

Im dritten Jahr nach Beppes Tod war es ihr eng ums Herz geworden, war ihr wieder und wieder die Luft weggeblieben, war ihr schließlich gegen Herausgabe des vom Munde Abgesparten an den Herrn Primarius das Brustbein der Länge nach aufgesägt, der Brustkorb für Stunden aufgespreizt und das während seines erzwungenen Stillstands durch die Herzlungenmaschine vertretene Pumporgan mit drei zuvor aus dem Bein entnommenen Venen wieder durchlässig gemacht worden.

Ich habe einmal sagen hören, die Seele würde beim Schächten in jenem Blut freigelassen, das das noch schlagende Herz aus der Verletzung stößt, und ich fragte mich, wie viel Seele Nada bei ihrer Operation ausgestoßen haben mag – und wie viel Verstand. Jedenfalls widersprach sie jetzt häufiger, wenn ich mich im Recht wusste, lobte an kroatischen Frauen meines Alters, was ich nicht hatte oder konnte, kritisierte *österreichische* Eigenschaften, die ich an mir entdeckte – und immer öfter war sie es, die eine Diskussion beendete, auch wenn sie es gewesen war, die sie angezettelt hatte.

Im Sommer nach der schweren Operation pickte Nada drei goldene Stern-Aufkleber, wie man sie im Vaterland zum Verzieren von Weihnachtspaketen verwendet, an die Türen ihrer Fremdenzimmer, um ihnen jetzt, da die Einrichtung in die Jahre gekommen war, den Anstrich besonderen Komforts zu geben. Immerhin hatte sie die Zimmer in der Zwischenzeit mit kleinen Röhrenfernsehern ausgestattet, auf denen die nahezu ausschließlich deutschsprachigen Urlaubsgäste drei kroatische Programme empfangen konnten, und sie hatte Klimaanlagen installieren lassen, deren Benutzung sie gesondert veranschlagte. Bis sie auf die Idee gekommen war, auch die Kurtaxe extra zu verrechnen, hatte sie den Gästen angeordnet, die Hand- und Badetücher auf keinen Fall über die Brüstungen der Balkone zu hängen – wegen der Späher vom Gemeindeamt, die sofort Verdacht schöpfen würden. Womöglich hätte sie den Gästen aus diesem Grund am liebsten das Licht gelöscht, zumindest war es ihr zur Gewohnheit geworden, beim Zubettgehen selbst die eine schwache *Lampadina* abzudrehen, die den von Olivenbäumen gesäumten Gartenweg wenigstens dort erhellte, wo man vier Stufen nehmen musste, sodass sich, wer spätnachts eintraf, im Dunkel vorwärts zu tasten hatte, sobald er aus dem Laternenlichtkegel der *Aleja* getreten war.

Aber was machte das alles: Stammgäste hatte Nada zeitlebens nicht, und wozu den Fremden mehr gestatten als sich selbst, wenn man doch der aufgestauten Gier bestenfalls an den Wühltischen nachgab oder wenn etwas durch beträchtliche, mit Statt- und Vorherpreisen gekennzeichnete Rabatte oder Prozentaktionen zu einer solchen Gelegenheit geriet, dass man ungeachtet aller Zweckmäßigkeit und Erfordernisse zugreifen *musste*, im guten Glauben, beim Geldausgeben Geld zu sparen, viel für wenig zu bekommen, klüger zu sein als die anderen. Warf ich ihr vor, dass das meiste, was sie auf diese Weise anhäufte – oft genug hinter Bergen von Bettdecken und Plachen versteckt und letztlich dort vergessen –, verdarb und verfiel, meinte sie nur wieder: *Ihr werdet im Leben nie etwas erreichen*, wie damals, als ich ihr den langersehnten Weltempfänger gekauft hatte und ihr Blick ohne den leisesten Anflug von Freude geblieben war, stattdessen der Vorwurf, zu viel Geld auszugeben, oder damals, als sie Wind davon bekommen hatte, dass ich zur *Fijera* ein ganzes Lamm bestellen wollte und ihr beim Gedanken an meine *Verschwendungssucht* mit einem Mal wieder Barba Pjeros Schuld in den Sinn gekommen war, der seine Schafherden seit dreißig Jahren auf ihren Gründen weiden ließ, ohne dass sie jemals mehr als ein paar Säcke Dung dafür erhalten hatte, dass sie sich kurzentschlossen aufmachte und – die quietschende *Karijola* wohlweislich im Schlepptau – zu seinem Anwesen am nördlichen Dorfrand hinkte, um ihn zu drängen, sich endlich mit einem ordentlichen Lamm erkenntlich zu zeigen. Und bestimmt hatte der alte Pjero den Hammel längst in die *Karijola* gestopft, als sie sich immer noch über Beppes kleine Gefälligkeit erging, ohne die Eier, die sie Pjero über die Jahre abgeluchst hatte, auch nur mit einem Wort zu erwähnen.

Wenn die *Sezona* begann, verbrachte Nada die meiste Zeit des Tages ketterauchend und zeitunglesend auf der Veranda, wartend, ob Kurzentschlossene vorbeikämen, die ein Quartier suchten. Das Haus verließ sie nur, wenn die Fremdenzimmer belegt waren und sie zwischen all der Arbeit Zeit fand, denn sie putzte, wusch und bügelte lieber selbst, als geeignetere Leute dafür zu bezahlen. Nur an den Hundstagen, wenn gegen Mittag schwarzflimmernde Punkte vor ihrem Blick aufzogen und ihr die Beine schwer wurden, gönnte sie sich eine kurze Erfrischung im Meer. Ansonsten hielt sie fast ununterbrochen die Stellung – schön frisiert, geschminkt und in Schale geworfen. *Dežuram*, pflegte sie zu sagen, *Ich habe Dienst*, schließlich lebte sie von den Fremden, denen sie am liebsten den Hals umgedreht oder jetzt wenigstens *abgeschnitten* hätte, nicht nur weil sie *Nijemci* waren, Nachkommen der Stechschrittschächer, wofür sie sich weidlich rächte, indem sie an Reinigungsfrauen, Warmwasser und Elektrik sparte, sondern auch aus Wut darüber, überhaupt auf sie angewiesen zu sein, weil ihre Pension zum Leben längst nicht reichte, weshalb sie uns bei jeder Gelegenheit andeutete, dass es anderswo nicht üblich sei, dass die Familie das Haus ausgerechnet in der Hauptsaison besetzt hielte, dass es vielmehr üblich sei, jede halbwegs geeignete Kemenate an die Fremden zu vermieten, und, um selbst die eigenen Schlafkammern und Kinderzimmer frei zu bekommen, über Juli und August mit Kind und Kegel in die Garagen oder Maultierstallungen zu übersiedeln.

Zu unserer Erleichterung war Nada zu stolz, wie jene anderen Dörflerinnen jeden Samstag zum Urlauberschichtwechsel mit ihren Apartment- und Zimmer-frei-Kartons am Straßenrand der Ortseinfahrt zu stehen und die Fahrzeuglenker mit den ausländischen Kennzeichen herbeizuwinken. Sie begnügte sich damit, am Gartentor zur *Aleja* und bei der Gabelung der Hauptstraße handgefertigte, mit jeweils drei goldenen Stern-Aufklebern verzierte Hinweisschilder anzubringen, um auf ihre Fremdenzimmer aufmerksam zu machen. Waren die Zimmer endlich besetzt, bedeckte Nada die Schilder mit altgedienten Küchentüchern oder Plastiksäcken, die die Bora über Nacht bisweilen forttrug, weshalb sie gelegentlich von unverhofften Quartiersuchern zur Siesta aus dem Schlaf geklopft wurde, was sie den Störenfrieden mit Grimassen und bösem Gemurmel vergalt, vor allem, wenn sie es gewagt hatten, sich bei der zahnlos, unfrisiert und oft nur in Unterhose und Unterhemd im Türrahmen Stehenden allzu rasch nach dem Preis oder nach einer Reservierungsmöglichkeit fürs nächste Jahr zu erkundigen, denn wer wusste schon, was einer wie ihr das nächste Jahr brächte.

Bei aller Anmaßung fiel Nada immer wieder in die Empfindungen von einst zurück, als sie mit dem viel zu kleinen Mäntelchen und der an beiden Knien geflickten Hose zur Schule gehen oder sich einige Jahre später, als sie die Dürftigkeit mehr schlecht als recht zu kaschieren verstand, nach ihrer Herkunft befragt, herausreden musste: Unaufhörlich lauerte sie auf Beweise der Ehrerbietung und Anerkennung, insbesondere in Gesellschaft derer, die sie am meisten verachtete, allen voran die österreichischen Verwandten und die *eingebildeten Milostivas*, denen die Söhne, Brüder und Enkel *vor lauter Gutmütigkeit* auf den Leim gegangen sein mussten und die sich alles in den gespreizten Schoß fallen ließen, worüber sich Nada in boshaftem Gezischel erging und nur mit dem Gedanken an die Gerechtigkeit des Schicksals zu besänftigen vermochte, denn wer, wenn nicht das Leben selbst, würde es denen heimzahlen? *Sve se vraća, sve se plaća!*

Man tat gut daran, auf der Hut zu sein. Schon ein kurzes, grußloses Verlassen des Hauses, das Versäumnis, Hilfe anzutragen oder sich ihr wenigstens für eine kurze Plauderei zuzugesellen, schürte ihre Launen. Und wehe, wenn sie sich in eine Tischunterhaltung, zumal in der Vatersprache, nicht eingebunden fand, denn mochte es ihr auch gelingen, den trügerischen Frieden für kurze Zeit zu wahren, hatte man doch eine Glut angefacht, die früher oder später aufflammen würde, aus heiterem Himmel, wenn Nada das Anderssein der anderen wieder in den Sinn gekommen und zu Kopf gestiegen und ihr die eigene Kleinheit darüber eingefallen war. Binnen kurzem würde sie sich rühmen, ihren Groll auf den Vater *meinetwegen* geschluckt zu haben, würde sie sich damit brüsten, in sich hineingefressen zu haben, was sie mir am Ende doch wieder vor die Füße spie, würde sie versuchen, mir selbst dafür noch Dankbarkeit zu entlocken.

Ihr *Habe ich je ein böses Wort über deinen Vater verloren?*, war einer ihrer durchtriebensten Winkelzüge, um auf Umwegen doch noch auf Einzelheiten einzugehen, die ihr keine Ruhe ließen: Vaters *Weigerung*, ihre Sprache anzunehmen, *Čovjek se uči dok je živ!*, sein angeblicher *Mangel an Respekt*, wie überhaupt die *Großtuerei des Ibermenschen*, die *Missachtung der slawischen Kultur*, das *Mördergebell*, die von seinen *Artgenossen* abgeknallte Lieblingsschwester, die schwärenden Einschusslöcher in ihrem Pfirsichbusen, die Lungenbeutel wie die leeren Häute eines detonierten Zeppelins in einer Brust voll Blei; und *Nijemci* allesamt, ob sie es tatsächlich waren oder nicht, denn die gleichen harten Zungen hatten sie – und *Nijemci* auch das Wort für die Stummen, auch die, die nicht verstummen wollten, nicht einmal in Nadas Träumen: *Aaaahtungg! Forverc! Curiiik!*

Du giltst so viele Menschen, wie du Sprachen sprichst, zischt sie, die selbst nie über ein paar Worte Deutsch hinausgekommen ist. Denn wozu die grobe Maulart, die Zunge der *Fašisti* und jetzt auch noch der Urenkelin, die nichts für mein Versäumnis kann, ihr auch die *rechte* Sprache beizubringen, sich sträubt und flennt, wenn Nada sie an sich drückt und ihre kleine Stirn mit feuchten Küssen stempelt, als wolle sie sich ihrer dadurch doch noch bemächtigen. Sie könne nicht anders *vor lauter Liebe*. Und welche *Schande*, sein eigen Fleischundblut nicht zu verstehen, und wie groß meine heimliche Wut, wenn ich mich in ihren Worten für meine Nachlässigkeit verfluche: *Du bist schuld! Du musst es ihr beibringen!*

Die großen Schlachten schlagen wir im Stillen.

Ich widersprach nicht, als Nada androhte, auf dem Inselhaus eine Tafel anbringen zu lassen mit kyrillischer Inschrift: *Deutsch sprechen verboten!*, denn bestimmt hätte sie jeden Einwand mit dem Vorwurf des Verrats vergolten, mit meinem Ausschluss aus dem *Wir*, meiner elenden Wesensmerkmale wegen, die sie der anderen Seite zuschrieb. Es reichte schon, bei Tisch eine Speise zu loben oder sich nach dem Essen für die Mahlzeit zu bedanken, dass sie sich an eine üble Sitte des Vaterlands erinnert fühlte. Und *Bist du so eine Österreicherin?* auch dann, wenn ich mich ihrem Lärmen ergab und meine Stimme zügelte.

Nada fuchtelt mit ihrem Rüschenfächer vor meinem Gesicht herum, trifft mich am Auge.

Ich: *Du hast mich getroffen!*

Sie: *Uch, was du dir immer einbildest!*

Gospođa Liljanka, die siebzigjährige Kaufmannstochter aus Vukovar, die Nada von den Kindern gegen ihren heftigen Widerstand als ständige Begleiterin beigesellt wurde, treibt Nada zur Verzweiflung. Wenn sie Lile bei ihren Verrichtungen beobachtet – *Ja sve registriram!* –, werden ihre Augen zu Schlitzen. *Šjora Lile*, wie Nada sie nennt, kostet Geld, zu viel Geld, wie Nada beklagt. Keinen Handgriff macht sie ehrenhalber, keine Plauderei bleibt unbezahlt, obwohl die Hilfskraft ein *Schlaraffenleben* führt, sechs Monate am Meer, das Paradies auf Erden. *Bei all dem noch die Hand aufhalten!*

Am meisten kränkt es Nada, überhaupt auf Hilfe angewiesen zu sein, sie, die Machthaberin eines irdischen Himmelreichs, das sie ohne die Handlangerin nicht mehr beherrschen, nicht mehr bewachen, ja nicht einmal mehr bewohnen könnte. Sie verachtet Liljanka, die ihr schon durch ihre bloße Gegenwart die Lebensneige vor Augen hält, auch an den guten Tagen, da sich Nada selbst in den Garten begibt, um auch in den von der Veranda aus uneinblickbaren Winkeln nach dem Rechten zu sehen oder um die trockene Wäsche von den Leinen zu pflücken, in den Wäschekorb zu legen, hereinzubringen – nicht weil dies notwendig gewesen wäre, denn sie hatte ja Liljanka, sondern weil die Arbeit den Menschen erst zum Menschen mache, *Rad je stvorio čovjeka!*, und – vor allem – um Liljankas Unzuverlässigkeit und Entbehrlichkeit unter Beweis zu stellen. Sie heißt sie bei der größten Hitze den Weg kehren, die Wäsche aufhängen, die Baumscheiben mit kreisförmig angeordneten kindskopfgroßen Findlingen verzieren, die abgefallenen Blätter unter dem Oleander aufsammeln, das Unkraut jäten, den Lavendel schneiden, die Fensterbalken streichen, heißt sie nur kalt zu duschen, schickt sie mit immer größeren Körben zum Feigen- und Quittenstehlen in die Nachbargärten, denn sind nicht die durch List erbeuteten Früchte die süßesten, und ist nicht die diebische Freude die schönste aller Freuden?

Zu jeder Tages- und Nachtzeit beharrt sie auf gestriegelten Kelimfransen, nimmt mit unduldsamem Augenspiel und mit wiederkehrenden Blicken auf die Armbanduhr von jeder noch so kurzen Rast Notiz, schmollt über jede schrumpfende Klopapierrolle, jedes angelassene Lämpchen – warum Liljanka mehr genehmigen als sich selbst, wo man sich doch nichts gönnt und niemals gönnte, nie das warme Wasser zum Händewaschen, nie eine überflüssig brennende Lampe, nie ein Sonnenschutzöl, nie die Reise nach Rom, nie den Frisör.

Nada registriert jede kleine Flucht, jede aufgeschlagene Zeitung, jedes Wegwerfen eines Salatblatts oder eines nur ein Mal gebrauchten Teebeutels, jedes längere Verweilen im Dorf, wenn sie Liljanka, wie jeden Morgen, um zwei Päckchen Ronhill Super Light und die *Slobodna Dalmacija* abkommandiert, weil an ein Leben ohne Tabak und Zeitung nicht zu denken ist – *So lange kann man doch nicht brauchen für die paar Schritte* –, droht ihr, sich das nächste Mal selbst auf den Weg zu machen, schlurft in ihren alten Plastikpaputschen hinter ihr her, überwacht jeden ihrer Schritte und Handgriffe, dreht ihr das Licht ab, versteckt das Spülmittel.

An Tagen, da Liljanka ihren Sold nicht wert ist, schmeckt nicht einmal die *Kava*, stößt Nada jedes gereichte Glas Wasser sauer auf – *Ich habe keinen Durst. Nie!* –, sind die Pfirsiche und Melonen zu groß oder zu klein geschnitten, ist das Essen versalzen und die Veranda schlampig gekehrt, reicht sie der Leibeigenen, sobald sie sich auf dem ihr zugewiesenen knarrenden Korbsessel niederlässt, um ein wenig zu verschnaufen, vielleicht eine Zeitschrift aufzuschlagen oder sich zur *Marenda* ausnahmsweise eine Zigarette zu gönnen, den halbvollen marokkanischen Aschenbecher hin – auf dass sie ihn entleere. Wenn es nichts mehr zu entleeren gibt, scheint Nada plötzlich wieder scharf zu sehen, deutet auf Spinnweben an den Wänden, auf Aschewürmer und tote Asseln auf dem Boden. Fällt ihr nichts anderes mehr ein, schickt sie Liljanka nach dem Blutdruckmessgerät.

Liljanka spurt. Sie braucht das Geld. Die Frauen sind einander ausgeliefert auf Gedeih und Verderb. Doch ein Gedeihen gibt es nicht mehr.

Mehr als die angebliche *Faulheit* der Helferin schmerzt Nada der Mangel an Respekt: *Stell dir vor, Anuschka, eines Tages hat mich Lile frech gefragt, ob ich nicht wisse, dass sie in Wahrheit die größere Milostiva sei.*

Der Sommer ging mir auf die Nerven. Die Bora ließ mein Hirn zu einer kleinen, harten Nuss schrumpfen. Und Nada? Wieder am Geländer der Veranda, die nervösen weichen Finger auf dem von Holzwürmern, Ameisen und Termiten im Inneren völlig zerfressenen, äußerlich scheinbar unversehrten Holzhandlauf des hüfthohen Eisengeländers mit den Glückskleearabesken, als halte sie sich an einer Reling fest, als könnte sie fallen, den Blick abwechselnd in eine unbestimmte Ferne, dann wieder auf die Zitronen und Quitten gerichtet, auch auf den kleinen Flecken Erde, der einmal ein Blumenbeet war, bevor sie ihr zähes Ringen gegen Hitze und Dürre endlich aufgegeben hatte und die kümmerlichen Blütengewächse, die ihr immer und immer wieder abstarben, durch Thymian und Salbei ersetzte, auch durch die abgeschnittenen Wurzelstöcke des Mangolds, die sie jedes Mal eingrub in der Hoffnung, dass sie anwüchsen und neue Blätter austrieben, was kein einziges Mal glückte, auch da ragten nur hässliche welke Stängel aus der staubigen Erde. Sie stöhnt und schüttelt den Kopf, wieder: *Da barem kiša padne!*

Ich erschrecke beim Anblick ihrer Hände, deren immer dünnere, durchsichtige Häute schon den Blick auf Knorpel und Knochen freigeben, auf denen sich Adern wie blaue Würmer krümmen. Ich sehe, wie sie mir Melonen in mundgerechte Stücke schneiden, wie sie mir die fleischigen Bitterkerne der Granatäpfel zwischen die Lippen drängen und mir die Nachtangst schüren, diese kleinen Schädel aufbrechend, die Kronenhäupter der verwunschenen Königskinder, die sich in den Vollmondnächten auf dem Weg nach den Müttern im Dornendickicht verfangen hatten. Ich sehe Nadas Hände, wie sie die Fransen des Kelims kämmen, wie sie öl- und blutverschmiert zu Bekreuzigungen hochfahren und ich mich angewidert abwende, weil sie die letzten Fleischfetzen von Lamm- und Hühnerknochen nagt, sehe sie speichelbenetzt, wie sie mir den Dreck aus dem Mundwinkel streichen, wie sie das verhasste Kleid nähen, es zerreißen. Ich sehe sie Zigaretten austöten, Tamariskenäste brechen, sehe sie nach mir ausfahren – zu Liebkosungen und Hieben –, sehe sie zum *Sveti Vid* zeigen, um mir zu bedeuten, wo die *Baba Roga* wohnt, dann den ausgestreckten Finger ins Weihwasser getunkt und daran geleckt, sehe sie die Zeitungsberichte und Briefe absuchen, ein stetiges Streichen und Gleiten im Zeilenfall der Sätze, dazu das ewige Vonlinksnachrechts der Pupillen, purpurne Kokarden unter pechschwarzen Schriftzeichen, die mir Runen waren, Hieroglyphen.

Nada ist in sich versunken, schweigt. *Was denkst du immer, wenn du schweigst. Willst du's mir nicht sagen?*

Ich hätte ihr zuhören sollen, früher, in jenen Augenblicken, da alles aus ihr drängte. Ich hätte ihr zuhören sollen, anstatt abzuwinken und mich blöd zu stellen, um nicht Anteil zu nehmen an jener fernen Vergangenheit, die keinen Deut wahrer schien, als es die Lippengebete und schaurigen Märchen waren, die sie für uns Kinder ersann. Da war ohnehin kein Entrinnen. Und mochte ich auch nichts erraten, hab ich doch alles mitgefühlt, in der Neigung ihres Kopfes, im Schweigen, im Lidschlag, im Verengen ihrer Pupillen, in Atem und Aderpochen, in all ihren Kurzschlüssen.

Über manches ist mehr gesagt, wenn man nicht darüber spricht.

Samtweich sind ihre Hände, samtweich, wie nur die alte Haut es ist. Ich will sie an mein Gesicht ziehen, erinnere den Geruch von Lorbeer, Fischblut, Kartoffelteig, von Gräsern auch. Ich wage es nicht. *Die Zeit vergeht so schnell*, sagt sie, *A šta možeš*. Die Wolken ziehen so schnell. Wie nie zuvor richte ich meinen Blick auf sie – erst jetzt, aus Angst, sie könnte mir verloren gehen. *Erzähl doch, erzähl!*

Sie plagt sich, die Andenken hervorzuholen. Manchmal winkt sie einfach ab: *Was weiß ich!* Und ausgerechnet dann mein stures Verlangen nach den Geschichten – Geschichten von Hunger und Entbehrung, von traurigen Müttern, von der dicken Mame auch, der Nada nichts nachtrug *vor lauter Liebe*, nicht einmal die täglichen langen Fußmärsche zum Brunnen, über die ungesicherten Bahngleise, die schon die Kleinsten zu queren hatten, barfuß oder in schlechten Schuhen. Tausend Eimer Wasser, nur damit die Mame ihre Blumen gießen konnte, die Blumen, die sie so sehr liebte, wie sie ihre Puppen liebte – *Seht nur, Kinder, die armen Blumen!, Tribala bi zalit cviče …* Und nie ein böses Wort darüber, dass die Mame, anders als die Mütter in ihrem Schlaflied, nicht im Traum daran dachte, auch nur einem ihrer Kinder den letzten Bissen Brot zu überlassen, sich vom Essen stets das Beste nahm, das Herz der Melone, die Oberkeule des Huhns, die Kruste der Polenta, die einzige Karotte aus der Suppe, die Marzipanrose auf der Torte, auch später noch, als sie unter Zucker litt, die arme Mame, der die Wangen schon in jungen Jahren über die Kieferleiste gerutscht waren und der die Esslust zum Verhängnis wurde, mit dreiundsechzig Jahren schon. Von Anbeginn war sie mehr breit als hoch gewesen, aber die Bälger, die es gewohnt waren, bei Tisch zu kuschen, um nicht mit hungrigen Bäuchen ins Bett zu gehen – *Koza koja bleji zalogaj gubi* –, bemitleideten die trotz aller Schwelgerei doch Nimmersatte, denn wie keuchte sie, wenn sie ihren schweren, schwitzenden Leib vor sich her schob!

Die Mame hatte in allem recht, wie eine Liebende nur recht haben konnte, auch wenn sie wiederholt in Wut geriet und dann im Höllentanz durchs Zimmer fegte, nach allen Richtungen schlagend und schnappend, dass die Kinder wie ein Sardinenschwarm auseinanderstieben und sich hysterisches Gekicher ins Gekreisch mischte, belustigt von der irrwitzigen Treibjagd, vom Atemanhalten, vom Anblick der angstverkrochenen Geschwister. Und die dicke Mame, als ginge sie in ihrem Schattenkampf mit Händen und Füßen gegen einen unsichtbaren Feind an, täppisch fuchtelnd, dann beinahe anmutig, wie sie im Pirouettentanz die Arme ausbreitete, als wollte sie die Welt umarmen, und dazu eine vertraute Musik, ein *Kolo*, nein, ein Ave Maria – und ein verrücktes Lachen, so laut, dass einem die Ohren wehtun, und Stille erst, als sie endlich zu Boden geht, ein angeschossenes Tier, ein Ringen nach Luft, ein neuer Ausbruch dann, jetzt gegen sich selbst: Sie brüllt, rauft sich die Haare, reißt an ihrem Hauskleid, dass ein Knopf abspringt, bricht in Tränen aus, schluchzt und flennt – *Schaut, was ihr aus mir gemacht habt! Wozu ihr mich zwingt! Eure eigene Mutter*! –, die Hände auf den Scheitel und vors Gesicht schlagend – halb rasend vor Wut, halb rasend vor Leid – und beides wie ein bizarres Schauspiel. Und die Kinder kommen verstohlen aus ihren Verstecken, versammeln sich, die Mame zu trösten, und schämen sich, jedes in seinen Abgrund.

Auch dem Pape konnte man nicht böse sein, nicht einmal, als er sich an einem lauen Herbstabend mirnichtsdirnichts zum Sterben legte und den Kindern, die er zuerst auf ihr Zimmer befohlen und dann mit entstellter Stimme zu sich ans Bett gerufen hatte, wortreich vom Ende kündigte – *Bleibt anständig und tüchtig und gut zur Mame!* – und keines der Kinder zu weinen wagte, auch später nicht, als alle in ihren Betten lagen und die Verzweiflung durch den seichten Nachtschlaf dämmerte. Auch das Tausendtodesterben: Nichts im Nachhinein, denn als man bei Tagesanbruch die Beine aus dem Bett schwang und einem beim ersten Schritt über kaltnackten Beton ein Schauer über den Rücken lief und man die Fensterläden aufstieß, dass das Licht die Schlafkammer flutete, stand drunten im Hof schon die Mame, den Streunern gewässerte Milch anzustellen, und als man sich nach langem Herumdrucksen endlich nach dem Pape erkundigte, dessen Bett an jenem Morgen leer war, erwiderte die Mame beiläufig, dass er zur Jagd gegangen sei! Und wie verdutzt sie war, als die Kinder zu jubeln begannen und einander in die Arme fielen: *Pape ist zur Jagd gegangen! Zur Jagd! Zur Jagd!*

Wenn einen die Liebe nicht würgt, wozu sie sich antun? Ich mochte es, wie Nada das Entsetzen hinter einem Lächeln verbarg und wie sie, wenn einer etwas Unbegreifliches getan hatte, worunter sie nicht mehr zu leiden hatte oder vielleicht nie gelitten hat, mit den Schultern zuckte – *Sto ljudi, sto ćudi, Hundert Menschen, hundert Mysterien* –, als ginge uns das Anderssein der anderen nichts an.

Über die Jahre sind unsere Gespräche seichter geworden, ohne Schmerzzufügung über weite Strecken. Es war die Übersiedlung ins Erinnern, ein Einrichten dort, wo man es gut gehabt hatte, gut genug jedenfalls, wie es im Rückschauen scheint. Und es war ja gut, als Nada Kind war – auch die alles versengende Liebesglut, die Ausschweifungen, das Anpacken und Schwitzen, die Frostbeulen im Winter an Händen und Füßen. Immerhin war Leben im Haus, wo alles zusammenhielt und aneinandergeriet und die wie verrückt Liebende, die atemberaubend Warmherzige, nach den Donnerwettern um Versöhnung bat – *Mir, mir do neba!*

Fragte eines der Kinder die Mame, welches von ihnen sie am meisten liebe, hieß sie es ihr beide Hände entgegenstrecken und klopfte ihm der Reihe nach unsanft auf die Finger: *Wenn man dir diesen Finger abhackt … Tut das weh? Und der? Tut der weh? Und dieser hier? Na siehst du! Es ist egal, welchen Finger man dir abhackt – es tut bei allen gleich weh. Und so ist es auch mit meiner Liebe: Ich hab euch alle gleich lieb.* Und weil die Mame so gerecht liebte, schämte sich Nada ein wenig dafür, dass ihr Vesela mehr ans Herz gewachsen war als die anderen Geschwister, so sehr, dass sie es kaum erwarten konnte, ihr bei jedem Wiedersehen entgegenzulaufen und in die ausgebreiteten Arme zu fallen.

Am aufregendsten war es, wenn Nada an der Reihe war, Mehl und Zucker zu kaufen, und ihr die Mame ein paar alte Dinar ins Portemonnaie steckte – niemals ohne sie zuvor aufmerksam nachgezählt und dabei schwer atmend den Kopf über die ständigen Teuerungen geschüttelt zu haben. Sprach die Mame sie dann endlich frei, mit dem immer gleichen Abschiedsgruß *Pass auf!*, *Ko žuri, vrat lomi!*, stürzte Nada aus dem Haus wie ein Bilch, der sich gerade mühevoll aus einer Falle befreit hatte, Papes Hündin jedes Mal hinterher. Und wie sie die Morgenluft durch die geblähten Nüstern einzog und fortstürmte, zuerst ein paar kurze Seitenstraßen, dann die *Kliska ulica* entlang, dann über die *Pijaca* und mitten ins Gewühl und weiter durch die engen Gassen. *Klapp-klapp* im Laufschritt und immer außer Atem und vorbei an den schöngewandeten Stadtkindern und an den ebenbürtigen in den abgetragenen Kleidern. Das war ein Fliegen und Schweben, und was wusste der Pape schon, den man gelegentlich sagen hörte, der Mensch habe das Laufen nur nötig, wenn es gelte, einem Bären zu entkommen oder den Bus zu erreichen. *Klapp-klapp*, vorbei an krakeelenden jungen Frauen mit kleinen Handtäschchen und großen Gesten, vorbei an schwarzgestrumpften Bakas mit schweren Beinen und vollgepackten *Karijolas*, vorbei an den Matrosen, die dem lieben Gott und König Aleksandar in den dünnen Schatten der Hausmauern und Maulbeerbäume den Tag stahlen – Karten spielend, feixend, Rakija trinkend, rauchend –, vorbei auch an Schuhputzern, Kesselflickern, Scherenschleifern und an den abgearbeiteten alten Männern, die das Gepäck und die Einkäufe wohlhabender Leute für ein paar Dinar auf ihren hölzernen Schubkarren durch die Gegend schoben. Man konnte die Arme ausbreiten, sich im Wechselsprung versuchen, mit der Hündin um die Wette laufen, und manchmal vergaß man darüber die weiße, an den Knien geflickte Baumwollhose, auch das viel zu kurz gewordene Jäckchen, das schon Dinka und Vesela gehört hatte. Du siehst aus wie *Mande Kesa*, sagte die Mame, wenn Nada so daherkam, aber die beim Schneider abgeschmeichelten prächtigen Stoffreste reichten nur für Puppenkleider, und die blieben sauber und passten allezeit, und die Mame hatte ihre Freude an den Püppchen.

Über all das, was Nada für die Welt hielt, breitete sich der Himmel, von dem man immer nur ein Stückchen sah: gut gespannt wie die Wäscheleinen in den engen Häuserschluchten und so schön, dass einen nichts betrüben konnte, wenigstens nicht die einmal zu großen, dann wieder zu engen, immer zuvor von den Schwestern getragenen oder von der Mame geliehenen Paputschen, die wie Peitschenhiebe über das Steinpflaster knallten. *Schau auf deine Füße beim Gehen!* Das Schnalzen hallte von den Hausmauern und aus den verwinkelten Höfen wider, wie um Nada einzuhämmern, dass sie, die Viertgeborene nach Branimir und Dinka und Vesela, doch nur ein gewöhnliches Kind war, ein Kind, dessen Sehnsüchte es beinahe um den Verstand brachten.

Ganz außer Atem war sie jedes Mal, wenn sie bei der Zuckerfrau ankam. Und immer saß die wie ein fettes Murmeltier auf einem Schemel und häkelte kleine, weiße Deckchen und tat ungerührt, wenn sie Nada erblickte, auch an jenem Wintermorgen, als Nada wieder vor ihr stand, die Hände in den Taschen ihrer für die Jahreszeit viel zu dünnen Hose, die bloßen Füße in den Paputschen, die Wangen rotgefroren, und sie die kindliche Ungeduld so gründlich ausgekostet hatte, dass ihr nur noch die zur Schau gestellte Schwerfälligkeit blieb, um sich an Nadas Jugend zu rächen. Sie legte das Häkelzeug beiseite, erhob sich stöhnend, kramte in einem der großen Bastkörbe, zog endlich ein Päckchen daraus hervor, wickelte es bedächtig aus, indem sie den süßen Staub, der daraus hervorbrach, von den Fingern leckte. An den Ecken ihrer Lippen bildeten sich kleine Schaumnester. Doch vergeblich das Warten auf einen Ausdruck des Entzückens in ihrem Gesicht und vergeblich das Warten auf die Aufforderung, selbst zu kosten, und welcher Leichtsinn, sich den Zuckerstaub so in den Kopf zu setzen, dass man, wer hätte zu fragen gewagt?, nicht anders konnte, als sich das bisschen, das da auf den Tisch gerieselt war, mit sattem Auge kaum erkennbar, blitzschnell in die klamme Hand zu fegen und sie rasch zur Faust zu schließen, denn schon beim nächsten Blick der Alten schoss einem das Blut in die Wangen, ahnte man sich überführt, schienen tausend Augen auf einen gerichtet, öffnete man rasch die Faust, dass der Staub zu Boden fiel, rieb man hastig an der Hose ab, was daran haften geblieben war, erriet, dass man es niemals loswerden würde, dass sich die Diebeshand nicht reinwaschen ließe – *Voda sve opere osim zla*. Und wie ihr die Münzen aus der Hand fielen, wie sie übers Pflaster kullerten, nach allen Himmelsrichtungen sprangen, zwischen die Beine der Marktfrauen und Passanten, die sich grienend danach bückten, stürzte Nada davon, ohne sich danach umzusehen, kreuz und quer durch die schmalen Gassen, vorbei am *Đardin* mit den Dattelpalmen und bunten Gartenzwergen, deren Anblick ihr in Erinnerung brachte, dass sie da einst zu Gast gewesen war und ihr die Mitschülerinnen im teuren Tuch *kalt, kalt, kalt* zugerufen haben, wie sie da mit verbundenen Augen und einem Kochlöffel in der Hand auf dem Boden herumgekrochen war, dünn an Körper und Seele wie der Stoff an ihren Knien, durch den die Kälte jetzt ungehindert kroch, *Ke mizerja!*, und ihr Schluchzen wurde laut und zornig, und sie beschloss, die mit den teuren Kleidern und Gartenzwergen eines Tages in Schönheit und Ansehen noch zu übertreffen.

Damals legte sich Nada jene Genügsamkeit zurecht, die sie sich zeitlebens zugutehielt, wenngleich sie darin keinen Frieden fand, weil sie für ihre Habe wieder Knappheit litt: die Heizkörper winters auf Sparflamme, das Haus dürftig beleuchtet, um Strom zu sparen – und nie ein Restaurantbesuch aus eigenem Verlangen.

Nona je svašta prošla – Nona hat viel erlebt. Sie schüttelt den Kopf, indem sie es sagt, hat wieder dieses verlegene, staunende Lächeln. Und manchmal das Flackern im Blick, wenn sie von Vesela spricht, denn ausgerechnet Vesela, *die Glückliche* dem Namen nach, die Lieblingsschwester, die ihr das Schwimmen beigebracht hatte und das ABC. An Veselas Seite konnte man sich vorwagen, wenn man mit anderen in Hader oder Handgreiflichkeiten geriet. Sie war der Schutzengel, unerschrocken, stark, immer geradeheraus. Und wenn sie nicht da war, half es, mit der großen Schwester zu drohen – schon wurde man in Ruhe gelassen. Der verwundete Kamerad, auf den sie sich im Kugelhagel schützend geworfen hatte, hat überlebt. Und sie? Noch zu sprechen versucht und dabei nur Blut gespuckt.

Die Deutschen haben mir die Schwester getötet, Nijemci su mi ubili sestru!, bringt Nada unter zusammengebissener Ober- und Unterkieferprothese hervor und deutet ein Ausspucken an.

Ich: *Tito hatte einen Deutschen Schäferhund.*
Sie: *Idi u pičku materinu!*

Wen das Wort nicht schlägt, den schlägt auch der Stock nicht.

Nada atmet auf. Endlich soll es regnen. Doch der Regen bleibt am Festland hängen, hier nur drückendschwüler Dunst. Seit Tagen schlafe ich auf der Veranda.

Weißt du, sagt sie, *einmal tut mir dieses weh, dann jenes, aber am nächsten Tag ist alles vergessen.* Sie fühle sich einfach nicht alt. *Das ist doch gut,* sage ich und muss daran denken, wie sie erst kürzlich, als sie es trotz hartnäckiger Versuche nicht schaffte, den Faden durchs Nadelöhr zu bekommen, lautlos zu weinen begann. Und wie sie jetzt, wenn wir zu Tisch sind, immer ihren

Teller füllt, um das Übriggebliebene ungefragt an die anderen zu verteilen, sobald sie satt ist. Als ich ihr neulich ein Stück Brot reichte, meinte sie, sie habe nie in ihrem Leben Brot zum Essen gegessen, und rümpfte die Nase. Ich denke daran, wie sie nun selbst bei der Haftcreme für ihre falschen Zähne spart, sodass ihr die Oberkieferprothese beim Sprechen zuweilen auf die untere Zahnreihe fällt, auch daran, wie sich aus der Kaffeetasse, die ich mir kürzlich vom höchsten Regal des Geschirrschranks nahm, ihr Altöl über mich ergoss und wie ich die Tasse gegen die Küchenwand warf, laut aufheulend, und nicht wegen des vollkommen verschmutzten T-Shirts, sondern aus Scham und Verzweiflung, weil ich Nadas Veränderung, die doch eine Beschädigung ist, immer noch nicht wahrhaben will, weil sie für mich die ist, die sie *war*, und weil das längst nicht mehr reicht. Du bist nicht mehr mitgemeint, wenn ich von dir spreche, Nada. Du bist mir die von damals, die Grundgütige, der ich das Wasser nicht reichen konnte, die Heldin, die ich insgeheim bewundert habe, und deine Ungerechtigkeit in Liebesdingen – sie ist ein Teil von mir.

Ich denke daran, wie sie hinzutrat und die Hände über die Scherben am Boden und den Ölfleck an der Wand zusammenschlug, wie sie sich bekreuzigte und mich anfuhr und *tölpisch* nannte und ich noch lauter schrie und heulte. Und wie sie sich dann wild fuchtelnd mit gespreizten Fingern und zackigen Gebärden über die Steckfrisur und das verschwitzte Gesicht fuhr und dabei immer wieder die Haare raufte, dass die Mehl- und Kartoffelteigklümpchen wie winzige aufgeschreckte Kopfgeister daraus hervorsprangen, genau wie die feinen Haarnadeln, die anfangs verrutschten, sich vereinzelt in die Kopfhaut drillten, sich hartnäckig an jede Strähne klammerten, sie büschelweise mit sich rissen, ehe sie nachgaben und mit jenem hauchdünnen Klirren auf den Marmorboden fielen, auch als Nada dazu übergegangen war, an ihrem über den welken Brüsten spannenden Hauskleid zu reißen, um sich Luft zu verschaffen, bis ihr die Knöpfe abplatzten.

Was ist mit dir?, erkundigt sie sich wieder und schaltet den Fernseher an. Ich will nicht einsehen, dass sie sich nicht mehr darauf versteht, mir die eine zu bleiben, die ich liebte. *Nichts,* antworte ich. Mein Blick geht ins Leere, schürt ihren Verdacht.

Sie: *Hast du ein Geheimnis?*
Ich: *Nein.*
Sie: *Dann ist es gut.*

Ich frage nicht, wieso es gut sein soll, kein Geheimnis zu haben. Ich wusste es schon damals nicht, als ich Nada drei Monate nach ihrer *schweren* Operation dabei ertappte, wie sie hinter der Gartenmauer heimlich eine Zigarette paffte. Einen Tag vor dem Eingriff hatte sie das Rauchen aufgegeben, nicht aus Einsicht oder Besinnung freilich, sondern als trotzige Weigerung, ihr Leben auf so einfallslose Weise auszuhauchen, und nur, um die Sanduhr auf den Kopf zu stellen und dem Schnitter eine Nase zu drehen, wie sie es immer tat, wenn er wieder auf der Lauer lag. Mir waren ihre Gründe einerlei, erst recht, als sie mir auf Treu und Glauben versprach, das Rauchen für immer bleibenzulassen, und

Den Menschen hält man beim Wort, den Ochsen bei den Hörnern und *Alles tu ich für dich, mein Kind!* Binnen kurzem, natürlich, tat sie sich nicht einmal mehr die Mühe an, das Rauchen vor mir zu verheimlichen, und bald quoll der marokkanische Aschenbecher schon zur Mittagsstunde über von lippenstiftrotgetränkten Kippen – Berge deformierter, verkohlter, achtlos aufeinander geworfener Körper aus Korkhaut und Papier. Ob da noch einer zuckt, noch einer atmet?

Ist so viel Angst vor dem Tod normal?

Du weißt doch, dass die nicht gesünder sind als die stärkeren Zigaretten, bemerke ich und tippe auf die Schachtel Ronhill Super Light, Nikotin 0,4 mg, Teer (Katran) 4 mg. Nada umfasst die Schachtel mit drei Fingern, dreht sie, legt sie wieder vor sich auf den Tisch, zuckt mit den Schultern. *Imam cigaretšpic*, sagt sie trotzig und zeigt auf den Filteraufsatz aus transparentem Plastik. Wenn sie die Veranda kehrt oder ihr die über den Vorbau fegenden Böen der Bora die Arbeit erledigen, gleiten die verteerten Plastikteilchen mit zartem Geklimper über den Marmorboden. Das Wort *cigaretšpic* macht mich schmunzeln, denn so wie mich die Worte würgen, berausch ich mich daran.

Papilova, erwidere ich, *reine Geldverschwendung.*
Sie würden es nicht herstellen, wenn es wirkungslos wäre, entgegnet sie schulterzuckend.
Du glaubst doch sogar, man könne den Krebs durch das Rauchen ausräuchern.
Warum nicht! Fleisch kann man durch Räuchern konservieren.

Ich muss lachen. Die Idee gefällt mir. Sie dann (nach drei kräftigen Zügen): *Du mit deiner Angst vor Krankheiten! Schau mich an! Ich hab mich nie gefürchtet!*

Drei oder vier Sommer nach ihrer schweren Operation, von der ich unter notgedrungenen Anrufungen des tausendmal zum Teufel gewünschten Vatergotts – und unter der lachhaften Annahme, dass sie sich nunmehr dankbar und demütig an das ärztliche Rauchverbot halten werde – wenigstens zwei *geschenkte* Lebensjahre für Nada erhofft hatte, unterbrach sie eines Morgens das Wässern des Gartens und begab sich in einem Anfall körperlicher Schwäche blass und am ganzen Leib zitternd erneut zu Bett. Als ich ihr das elektronische Blutdruckmessgerät, nach dem sie stöhnend verlangt hatte, widerwillig am Handgelenk anbrachte, uneinsichtig, dass das Wissen um den Blutdruck jetzt, da ihr die Luft schwand und ihr die eine letzte Woge schon die Stirn benetzte, noch von Belang sei, sah sie mich mit ihrem Mädchenblick stolz und verlegen an, sagte nur: *Ich hatte doch ein reiches Leben, Anuschka!*

Ich erinnere mich, in Panik aus dem Schlafraum gestürzt zu sein, um sie am Weiterreden zu hindern, um ihr den Abschied zu versagen, erinnere mich, hastig und geräuschvoll in der obersten Lade der Kommode gegenüber dem Spiegel zwischen Arzneischachteln, dreckigen Gazen, Morphinpflastern und Nitroglyzerinsprays nach einem Allheilmittel gewühlt zu haben, einem Mittel gegen die Angst, einem Mittel gegen den Tod. In der Hoffnung, das Zikadenschreien würde die vom Blutdruckmessgerät durch lautes, unregelmäßiges

Piepen angezeigten unbeständigen, womöglich gleich aussetzenden Pulsschläge übertönen, war ich danach in den Garten gelaufen: atemlose Minuten unter meinem Mandelbaum, wo sich Hitze und Verzweiflung über alles breiteten und mir Nadas Totstellgrimassen in den Sinn kamen – wie ich damals mein Ohr an ihr Herz gedrückt und ihr die Augenlider zu öffnen versucht hatte, winselnd, schreckensstarr, erst recht, als sie plötzlich aufsprang, quietschlebendig und vergnügt. *Heinrich, der Wagen bricht!*

Ich fasste mir ein Herz, trat erneut an ihr Bett, richtete den Standventilator ein, nach dem sie gerufen hatte, stellte ihn auf höchste Stufe, stellte ihr ein Glas Wasser hin – *Ich habe keinen Durst. Nie!* Ich darauf: *Stirb meinetwegen durstig, Hexe!* Und sie, wie um sich mit ihrer Duldsamkeit an mir zu rächen: *Bald ist es soweit, Anuschka, bald!*, und *Sei nicht traurig, wenn es soweit ist*, und *Singen sollst du dann, hörst du: Hoilalila-hoilala, umro miko hoilala!*

Minuten später schlummerte sie ein, friedlich wie ein gestillter Säugling, und doch fand ich keine Ruhe – *Wenn du vor Erschöpfung in jenen gespenstischen Schlummer fielst, horchte ich jedes Mal nach deinem Atem!* –, schlich immer wieder heran und vergewisserte mich leise, ob sich das brandlöchrige Hauskleid über ihrem Brustkorb noch hob und senkte.

Ich verstand mich auf das Atemlauern, seit jener Zeit schon, da mich Nada, wenn Beppe länger als gewöhnlich im Bett blieb, zum Nachschauen drängte. Sich selbst wollte sie die Auffindung eines Toten nicht zumuten, bürdete sie lieber dem Kind auf, unwissend, wie angsterfüllt es jedes Mal ins Zimmer trat. Jahre später erzählte sie mir von Beppes finsteren Aufführungen: wie sie ihn schon totgeglaubt hatte, oft genug, die Augen geschlossen, den Mund leicht geöffnet, mit aussetzendem Atem – so gut es eben ging. Beim ersten Mal hat sie ihn so gefunden, als sie von der Arbeit zurückkehrte, im abgedunkelten Schlafzimmer, in voller Montur auf dem Ehebett, den Lauf seiner Walther P38 an der Schläfe, die Waffe durchgeladen, den Finger am Abzug – und obwohl sie gehofft, aber keineswegs angenommen hatte, dass er alles nur vortäuschen würde, fuhr sie ihn an, wie um sich selbst zu beruhigen, und zog dabei hastig die Rollläden hoch, während sich die niedergedrückten Lungenballons gegen Beppes Willen wie ein gewaltiges Luftschiff auftrieben. Als er sich bei nächster Gelegenheit wieder tot stellte, blieb Nada gelassen, und schon beim wieder nächsten Mal beschloss sie, sein Trauerspiel gründlich zu übersehen, bis er es endgültig leid wäre, Stunde um Stunde darauf zu harren, dass sie ihm klagend um den Hals fiele. *Ne čini mirakule!* Nur manchmal, wenn da stundenlang kein Mucks war, schlich sie heimlich zu ihm.

Als ich, mit dem Schlimmsten rechnend, bei ihr eintraf, fand ich Nadas Bett leer, das Wasserglas unberührt, den Ventilator noch auf höchster Stufe. Ich rief nach ihr, rief immer lauter, lief in die Küche, die an diesem Tag wieder kalt geblieben war, ins Badezimmer, das sperrangelweit offen stand, auf die Veranda, in der Furcht, dass sie gestürzt sei, darauf gefasst, gefasst?, ihren verwundeten, vielleicht schon leblosen Körper hinter der nächsten Ecke zu entdecken, womöglich in einer Blutlache. Aber nichts. Ich lief zur *Aleja*, rannte so weit, wie sie in der Zwischenzeit gekommen sein konnte, rannte immer schneller, auch an den Strand, suchte das flache Meer nach einem Körper ab, tot oder lebendig. Nichts. Später, ich war mutlos zum Haus zurückgekehrt, sah ich hinter den im Anhauch des Maestrals flappernden Leintüchern Rauch aufsteigen, und als ich mich näherte, trat sie hervor, paffend und vergnügt und ohne ihren *Kapelin* trotz größter Mittagshitze. Und als ich ihr wütend und erleichtert meine Furcht vorhielt, ihr Leichtsinn vorwarf, zeigte sie sich reuelos – *Uch! Du und deine Ängste!* –, denn was sei schon dabei, sich nach der unerwarteten Besserung aufgemacht zu haben, um zu tun, was getan werden musste. Die Wäsche nähme sich schließlich nicht von selbst von den Leinen und *Ko radi ne boji se gladi!*

Nada fragt wieder, was mich bedrücke. Nichts, sage ich wieder. Was soll ich sagen? Dass ich bis zum Rand abgefüllt bin mit ihrer Heidenangst, die mich lähmt wie ein schweres Gift? Sie hätte mich verlacht, wie sie schon das Kind verlacht hat für seine Angst, mit der sie es so gründlich angesteckt hatte.

Was soll ich sagen? Dass ich mich an ihren Stachel schmiege, starr und kleinmütig? Dass ich an jenem Tag, da sie sich zum Sterben hingelegt und mich dann wieder verlacht hat, hundertfünfzig Euro aus ihrem Geheimfach stahl, nicht weil ich Geld brauchte, sondern um Rache zu nehmen an einer, gegen die ich niemals recht behielt und gegen die ich mit Worten nicht ankam? Dass wir einander zu kennen verlernt haben, weil unser Pakt ein Pakt des Schweigens war, das trotz der schönen und hässlichen Worte ja nichts als ein Schweigen blieb, ein Kartenhaus aus aufgezwungenen Küssen und Liebesschwüren? Und hat sie meine Verzweiflung nicht stets heruntergespielt, als Wut hingestellt – *Reduša je danas nešto ljuta, bježite joj s'puta?*

Ich fresse Kreide, bis mir übel wird, werfe ihr nicht an den Kopf, wie sehr es mich abstößt, dieses *Wir* und *Ihr*, bei dem ich nur noch mit den anderen mitgemeint bin. Wann hörte ich auf, ihr Kind zu sein, Teil des angehauchten Wir? Wann kamen ihr die Zweifel? Wenn ich fragte *Wo ist Mama*? und sie irgendwann nur noch sagte: *U govno do vrata pa lize nogu – Bis zum Hals in der Scheiße und leckt sich das Bein*? Oder schon viel früher, als sie über die Heilkraft der Ohrfeigen ins Schwärmen geriet, *Makarenkova cuška!*

N*ur die Bilder*, gab ich Nada zur Antwort, als sie mich fragte, was sie mir *hinterlassen* solle, wenn es soweit ist. Ich ahnte durchaus, dass sie nicht geneigt war, mir diesen Wunsch zu erfüllen, obwohl sie wusste, dass mir von allen Dingen, die sie besaß, keines je so lieb war, wie die Bilder an den Wänden ihres Zagreber Salons. Über die Jahre meines Aufwachsens hatte ich sie bei jedem meiner seltenen Besuche neu entdeckt, sie von Mal zu Mal aus einer anderen Perspektive betrachtet – vom Aufschauen zum Anschauen, das, wenngleich in anderer Hinsicht, ein Aufschauen blieb. Gelegentlich hatte ich dabei zuletzt auf die leeren Wände in meinem Haus angespielt, worauf es Nada zur Gewohnheit geworden war, mich, wenn sie winters im Vaterland zu

Besuch war, mit einem *Kunstwerk* zu überraschen oder vielmehr zu narren, denn es handelte sich niemals um eines der Werke aus ihrem wunderbaren, von Kostbarem und Plunder überfrachteten Salon, niemals um eines jener trefflichen Bilder, die sie, wie sie mir einmal erklärte, als *Wertanlage* aufbewahren müsse, denn was, wenn sie oder ein lieber Angehöriger erkrankte und wieder eine *kostspielige Operation* anstehe. Wahrscheinlich hat sie den Wert ihrer Bilder überschätzt, spätestens seit sie durch Lichteinfluss, Kälte und Zigarettenrauch ganz vergilbt und voller brauner Sprenkel waren. Mir lag es fern, die Kunstwerke nach ihrem Zustand zu bemessen. Was galt, war einzig ihre magische Kraft, mich augenblicklich auf jene Empfindungen zurückzuwerfen, da ich als Kind bis zum Narrenblick in die Welten der großen Meister eingedrungen war – in die Haarrisse, Pinselspuren und Craqueluren des barocken nackten Frauenleibs, in die düstere Sterbekammer des armen Offiziers, in die leichthändig mit einem Kohlestift hingekritzelte Taube, die, und das allein machte sie bedeutsam, von einem weltbekannten Freund so *hingekritzelt* worden war, in die lichtlose Nachtlandschaft im handtellerbreiten schwarzen Holzrahmen, in den Hinterhof mit der wie wartend sich im schmalen Schattenwurf der Gebäude drängenden Menschentraube.

Keines dieser Bilder war je zum Vorschein gekommen, wenn Nada mich mit glückverheißenden Umschweifen und dem wortlosen Versprechen eines Mitbringsels ins Gästezimmer der Eltern lockte und endlich ihren alten, nach Arzneien, *Krašđelata* und Zeitungspapier duftenden Lederkoffer öffnete; stattdessen jedes Mal ein geistloses Stillleben, das sie, wie sie hinterher gestand, auf dem sonntäglichen Trödelmarkt am *Mali plac* erworben hatte, den sie als *Antiquitäten*markt pries. Ich nahm die Bilder nicht an, versuchte erst gar nicht, meine Enttäuschung zu verbergen.

Bist du unzufrieden mit einer Liebe, Anuschka? Es sind ihre Maßstäbe für mein Leben. Es sind ihre Ängste, die in mir nisten. Sie: die Heldin, ich: ein brennender Lampion, eine *Nachgeborene* mit einer Vergangenheit am Hals, die nicht die meine ist, mit Bildern, die ich nicht will, denn ihr Krieg wirkt in mir nach, satter und schärfer, als er dem eignen Auge je erschienen wäre, angereichert noch von Fantasie und Wahn, die Karstwüsten und Schratten und Karren und der knietiefe Schnee eines bosnischen Winters, darin Sprenkel – die Farbe des Granatapfels –, die blutgetränkten Halme anderswo, denn auch im Anderswo der Krieg und die Gebrochenen, angstversteift aus den Schützengräben gekrochen oder in Flüsse und Karstspalten geworfen, oft genug noch eine Handgranate hintendrein, und gewiss: Das Morden fiel den Mördern nirgendwo leicht, bis sie darüber verrückt genug waren.

Stell dir vor, Anuschka, an einem frühen Morgen im April brach über Split die Hölle los: ein Pfeifen, anders als das Pfeifen der Vögel, anders als das lauteste Pfeifen der Lokomotiven – Bomben aus heiterem Himmel, Kind! Die ganze Stadt mit einem Mal hellwach, alle Nasen an den Fenstern. Sechs Flugzeuge waren es. Passanten haben geschrien: »Rat je!« – »Es ist Krieg!« Die Fašisti kamen über das Land – im Norden die Fritzen, im Süden die Taljani.

Indem Nada *Fašisti* sagt, verdüstert sich ihre Miene, bricht ihr Ton ein, die Stimme vom Donner gerührt, als spräche sie über Ratten.

Im Mosorgebirge war es, muss es gewesen sein. Im Norden des Landes war ein deutscher Soldat erschossen worden. Aber es galt nicht Aug um Aug: Man erzählte sich, der General habe die Erschießung von hundert Zivilisten für jeden getöteten Wehrmachtssoldaten angeordnet. Die Geschichten verbreiteten sich in Windeseile: in Kraljevo und Kragujevac hätten viertausend Menschen dran glauben müssen, Kinder, Alte, Frauen, wahllos zusammengetrieben und ermordet als Vergeltung für den einen Hinterhalt, in den die deutsche Truppe geraten war. Was weiß ich! Später hieß es, die in Kragujevac habe man erschossen, obwohl es dort gar keinen Angriff gegen die Deutschen gegeben habe, nur weil anderswo nicht genügend Geiseln zusammengetrieben werden konnten, um die Vergeltungsquote zu erfüllen. Und schon Monate zuvor – wo war das? – über dreißig Zivilisten an die Wand gestellt, nur wenige Tage, nachdem sie das Land überfallen hatten, ohne uns vorher den Krieg zu erklären.

Und wie den Krieg *erklären*? Wer hätte ihn verstanden?

Sie: *Warum willst du ausgerechnet die Bilder?*
Ich: *Hör auf damit!*
Sie: *Wir können doch darüber reden.*
Ich: *Nicht solange du lebst.*
Sie: *U ime oca i sina i duha svetoga!*

Sie bekreuzigt sich, schüttelt den Kopf, dann eine fuchtelnde Handbewegung vor ihrem Gesicht: *Du bist doch plemplem. Willst der Wahrheit nie ins Auge sehen. Ich bin ja nicht unsterblich.*

Ich: *Hör sofort damit auf!*
Sie: *Nimm noch eine Zigarette.*
Ich: *Danke.*
Sie grimassierend: *Tankä, tankä, tankä. Nichts als schöne Worte!*

Denk dir nur, bald waren die Mauern und Wände der Stadt mit schwarzer Farbe beschmiert, den behelmten Kopf und die Parolen »Viva Duce« und »Duce a noi«, bald alles vollgeklebt mit Aufrufen und Anordnungen, bald neue Marmorplatten mit neuen Straßennamen – Via Giovanni Lucio, Via Roma, Calle del Paradiso –, die Wochenzeitung jedes Mal voller Straßenumbenennungsanzeigen, die Nahrungsmittel immer knapper, nicht einmal mehr Polenta, immer größer die Menschentrauben vor den Geschäften, die Einhaltung der Mehl- und Brot- und Fleischrationen von bewaffneten Žandari und Karabinjeri belauert. Diese Arschlöcher! Am Ende fielen die Rollläden, obwohl immer noch Menschen warteten. Die Bewaffneten hetzten die Aufgebrachten auseinander, jagten sie in alle Windrichtungen, um Meutereien zu verhindern.

Woran denkst du, Anuschka?

Ich horche auf den Wind, der durchs Schilf jagt und die Stimmen der Fußgänger in unsere Richtung trägt.

Ich: *Wieso fragst du das immer?*
Sie: *Ich weiß nicht. Irgendwie bist du so mürrisch.*

(O, ihre Unfähigkeit, das Leid der anderen so tapfer zu tragen wie ihr eigenes!)

Wir bohrten immer neue Löcher in unsere Gürtel, Kind. O dite moje! Die mehr und mehr von unseren Hüften abstehenden Gürtelenden schnitten wir ab, kauten daran, kauten auch an den Opanken, damals, als die Mame damit begonnen hat, den Streunern die Hälse umzudrehen, damit sie uns nicht auch noch die letzten Gräten und Flachsen streitig machten – Bidne Beštije! Den alten Duje nannten sie Mangiagatti, nachdem er trotz Ausgangssperre nachts angeblich zwei Katzen aus einer Mülltonne geholt hatte. Ein paar Wochen später lachte keiner mehr über ihn, wir waren – dem inzwischen von den Taljani verhängten Katzentötungsverbot zum Trotz – vielleicht längst alle Mangiagatti, denn es hatte sich herumgesprochen, dass man am Pazar Katzenfleisch als Kaninchenfleisch verkaufte.

Weil er es nicht übers Herz gebracht hatte, unserer alten Hündin den Gnadenschuss zu geben, setzte Pape sie aus. Aber sie kam immer wieder zurück, auch als er sie steinigte. Sie war vor Hunger genauso trotzig und furchtlos geworden wie die Menschen.

Warum?, frage ich und vergesse schon im nächsten Augenblick, was ich wissen wollte.

Was weiß ich … Die Gefängnisse waren überfüllt. Die Taljani führten trotzdem immer mehr Leute ab. Die Unsrigen bepinselten die Wände mit neuen Paro-

len, »Smrt fašizmu – sloboda narodu«, rissen die Anordnungen von den Mauern, bewarfen die Marmorplatten mit den neuen Straßennamen mit Tintenfässern und Plastikbeuteln voller Dispersionsfarbe, zerschnitten Telefonleitungen. Am ersten Mai brannten hundert Feuer, auch auf den umliegenden Inseln, hingen rote Fahnen von den Kirchturmspitzen und von den Kränen der Schiffswerften. Dann Demonstrationen auf der Pijaca.

Die Bora zerrt an den Balken, jagt Blätter und Asche über die Veranda. Nada sagt, ihr sei nicht kalt. *Nie!*, und dann, nach einem schnellen Zug aus ihrer Zigarette: *Was weißt du schon vom Leben, Kind?*

Mehr als dir lieb ist, Nada. Ich hab ja deine Bilder, hab sie längst.

Wie hab ich mich durch die Nächte getragen mit deinem Krieg! Ich hab dein Leben nachgestellt, es am eigenen Leib erfahren, als hätte sich dein Schicksal in mir fortgepflanzt, als säße mir deine Angst in den Knochen, als nagte dein Hunger an mir, als hieltest du mich im Würgegriff deiner Geschichten, der unerzählten auch, denn wo die Worte fehlen, türmt sich der Verdacht. Der Blick muss nur ins Leere gehen, der *Niemandsblick*, der inwendige, der *irre Blick*, wie du ihn nanntest, der Blick, mit dem ich ganz bei mir bin (und wie weit das ist!), der Blick, dem nichts standhält und der sich augenblicks mit deinen Bildern füllt, auch mit den anderen Bildern: das Grab mit dem Kreuz, der Großvater und die Großmutter, Seite an Seite, *Wie ist's uns eng in dieser kalten Erde!*, die Nummer unter seiner

Haut, der eingravierte Fünfzack auf Beppes Grabstein, seine Lungendurchschussnarben, deine armen, fleckigen Beine.

Sonst alles nur vom Hörensagen: die in Bussen und auf Lastwagen Abgeführten, denen nicht einmal genug Zeit blieb, das Nötigste zusammenzupacken, die Spitzel, die sich in den Gräben und auf den Anhöhen des Vaterlands für einige Zeit den Partisanen anschlossen oder in Partisanenkleidung von Haus zu Haus zogen, um die *Sympathisanten der Banditen* ausfindig zu machen. Die Bilder fluten mich, Nada. Und dann, beim Ruf meines Namens oder wenn du vor meinen Augen fuchtelst, wie um eine Angst zu zerstreuen: der Filmriss und die Wut, weil ich nichts anderes sagen kann als die schönen Worte, die nichtssagenden, wenn du mich fragst, woran ich denke.

Ne čini fintu und *Wenn du wüsstest, wie gut du es hast*. Aber warum dann meine Dunkelangst, meine Furcht bei jedem Telegramm, beim Türknallen, beim Läuten des Telefons? Wozu mein Winterhassen, mein leerer Kühlschrank, mein Groll gegen die Satten, mein Hungerleiden bei vollen Tellern? Um mit dir gleichzuziehen? Warum die Mittel gegen die Angst (*Uch, du und deine Ängste!*)? Wie gründlich hast du mich das Fürchten gelehrt! Ich weiß, wie es ist, wenn man mutig wird vor lauter Angst, die Nächte dicht und traumlos, auch wenn ich mich nie auf einen Krieg ausreden, nie ein Held sein durfte, ich, das in Friedenszeiten wie eine Flagge zum Sieg gehisste Kind, das keinen Mangel leiden, sich nicht verletzen durfte, wie doch die Ecken und Kanten mit Decken und Tüchern verkleidet waren, wie doch immer genug Bitterschokolade da war, um dem Hosenschisser das Maul zu stopfen, wenn ohnehin *nichts passiert* war, *gar nichts!*, wenigstens nichts, was dem nachweisbar Leidgeprüften, dem, dem das Leid auch zusteht, als Unglück gilt. *Mein Fieberkind, meine Wange an deiner glühenden Stirn gesunde ich!*

Dein Feind ist in mich gekrochen, verwundet mich, als täte ich es selbst – *U ime oca i sina i duha svetoga, amen!* –, und wenn die Kraft dazu nicht reicht, verbinde ich mir einen unversehrten Körperteil, um mir wenigstens den Anschein einer Verletzung zu geben, denn man soll ruhig sehen, dass du recht behieltst, wie du immer recht behieltst – *Du wirst fallen!*, *Du wirst dich unglücklich machen!* und *Habichsdirnichtgleichgesagt*.

Ich beginne einzusehen, dass ich mehr ertragen kann, als ich mir zumuten wollte, habe keine Angst mehr vor dem Fragenstellen. Ich stelle sie, ohne vorauszuberechnen, ob ich die Antwort ertrüge. Noch sind wir gut in der Zeit.

E*rzähl doch, erzähl, vom Krieg meinetwegen!*
Der zweite Kriegswinter war einer der bittersten, Kind. Im Jänner fiel Schnee, dazu die wütende Bora, tagelang. Wasserleitungen froren und barsten. Die Bauern aus den umliegenden Dörfern zogen in Heerscharen in die Stadt, brachten Mehl, Gemüse, Kukuruz, verkauften zu ungeheuren Preisen, wollten immer öfter Goldschmuck statt Geld, hielten einem ein Säckchen Polenta unter die Nase, riefen dabei »Gelb für Gelb!« Als die Karabinjeri selbst das bisschen Gemüse, das auf

den Pazar gebracht worden war, aufgekauft hatten, versammelten sich ein paar Frauen, viele mit ihren hungernden Kindern, riefen »Dajte kruha!« – »Gebt uns Brot«, riefen auch »Van s fašistima!« – »Raus mit den Faschisten!« Die Bewaffneten schlugen auf die Frauen ein, zerrten sie an den Haaren vom Marktplatz, nahmen einige mit.

Sie zieht die kühn geschwungene Braue hoch, betrachtet mich aus dem Augenwinkel, nimmt einen Zug von ihrer Zigarette, atmet den Rauch geräuschvoll aus. Irgendwann tötet sie die Zigarette aus, verschränkt die Arme vor der Brust, hebt trotzig das Kinn, blickt zum Fernseher. *Was denkst du?*, erkundigt sie sich wieder. Siehst du sie nicht, die Verstümmelungen, Nada, und auf dem Plastiktischtuch: das Stück Brotrinde, Rinde von frischem Brot – übriggelassen von den Urenkeln, den nie Hungriggewesenen?

Ich denke nichts, erzähl ruhig weiter.

Vesela und ich bekamen eine Anstellung in der Schreibstube eines Gemeindepostens. Wir merkten rasch, dass das Fälschen von Ausweispapieren dringlicher war als alles andere, wofür man einen Amtsstempel brauchte, ein Gefallen auf Leben und Tod, auch wenn man dabei sein eigenes Leben riskierte. Zuerst machten wir es nur für Jakov und Xenia, dann auch für Hunderte von denen, die zu Tausenden aus den deutsch besetzten Landesteilen ins Küstengebiet geflohen waren, in der Hoffnung, bei den Taljani wenigstens mit dem Leben davonzukommen. Längst schliefen sie auch hier auf gepackten Koffern. Zuerst eine Handvoll Dokumente, dann immer mehr. Das wird bald zum Spiel, Kind, geht bald leicht von der Hand, wenn das Unrecht schrecklicher ist als die Ungesetzlichkeit.

Die Besatzer fackelten nicht lange. Verräter und Widerständler verschwanden ohne Spur. Dinka und die jüngeren Geschwister gingen zu den Partisanen, auch der kleine Miroslav mit seinen vierzehn Jahren, als Kurier. Dann meinte irgendwer, dass man ein Auge auf Vesela und mich habe. »Sie kriegen uns, alle!«, flüsterte er. Wir versuchten, es auf die leichte Schulter zu nehmen, doch schon am übernächsten Tag, als auch der Informant verschwunden war, nahm die Angst überhand. Wir ließen alles liegen und stehen, die Schreibtische unaufgeräumt.

In der Morgendämmerung, Kind, machten wir uns auf, zu den Ausläufern des Mosor im Norden der Stadt, stießen dort auf eine kleine Kolonne. Man drückte uns Pistolen in die Hand, feste Stiefel, auch ein paar Schuss Munition. Manche dort hatten wenig zu verlieren – wenig oder gar nichts. Es waren solche, die den gelben gegen den roten Stern getauscht hatten, Arbeiter, Meuterer, Dissidenten. Andere hatten viel zu verlieren: eine Heimat, die sie nicht in Feindeshand verlorengeben wollten, sodass sie lieber ihre gestohlenen Berettas und Mistgabeln packten und ihre Maulesel mit dem Notwendigsten beluden, um in den Kampf zu ziehen. Man fragte nicht.

Sie drückt ihre Zigarette aus. Schweigt.

Ich: *Und dann?*

Sie: *Wieso interessiert dich das?*

Ich: *Nur so.*

Wir hatten Wind davon bekommen, dass die Taljani kapitulierten. In den Rückzugsgefechten zündeten sie Häuser an, eins nach dem anderen, mit Stroh und Benzin. Dann kamen die Fritzen. Tagelang Bomben auf Split. Der Hafen voller gekenterter Schiffe. In diesen Tagen hingen die ersten Widersacher an Straßenlaternen und eilends gezimmerten Galgen. Mitten auf der Riva. Am helllichten Tag. Die Kuriere erzählten uns davon: Einen jungen Burschen schaffte man bei Sonnenaufgang auf einem Pritschenwagen liegend herbei, die Hände auf dem Rücken zusammengebunden. Sie stießen ihn zum Balken hin, befahlen ihm, sich auf das Bänkchen zu stellen, zogen ihm den Strick über den Kopf, zurrten ihn an, traten das Bänkchen unter seinen Füßen weg. Sein Körper schlug auf dem Boden auf, weil der Strick nicht recht befestigt war. Dann begann alles von vorne. Diesmal hielt der Strick. Der Bursche zuckte noch mit den Beinen, ein paar Augenblicke lang, dann war er ruhig, den Kopf zur Seite geneigt, die bloßen Füße nur einen halben Meter über dem Boden baumelnd. Tagelang hing er da, direkt vor der Kavana Bellevue, mit seiner blauen herausgestreckten Zunge – ausgerechnet zur Kirche hin, als wolle er Gott verhöhnen, an den ohnehin keiner mehr glaubte. Tage später hieß es, der Bub habe ein Telefonkabel durchtrennt.

Was ist mit dir, Anuschka?
Nichts. Erzähl weiter!

Frauen aus Split und Solin versorgten uns mit Nahrung und Verbandszeug, kamen in kleinen Karawanen, auch zu den Einheiten am Kozjak. Die Unterstützung der

Landbevölkerung wurde immer bescheidener, eingeschüchtert auch sie, denn wer uns Kämpfern einen Dienst erwies, wurde vom Feind getötet. Wer wusste schon, ob uns die Bauern ausliefern würden. Da und dort sah man gepfählte Köpfe, Frauen mit von Gewehrläufen eingeschlagenen Zähnen, Frauen mit Hakenkreuznarben an Wangen, Stirnen und Brüsten. Manchen waren die Male so tief eingeritzt, dass man sie selbst an den entfleischten Totenschädeln erkennen konnte, die wie liegengelassene Fußbälle an den Wegrändern und querfeldein lagen. Und stell dir vor: Einem haben sie Arme und Beine abgeschnitten, die Gliedmaßen einzeln in die Brandkuhle geworfen, den entkleideten Rumpf, aus dem das Gedärm hing, gleich dazu. Sein Geschlecht war abgetrennt worden. Die Fleischstücke schmolzen in der Hitze, Fett rann aus, die Glut zischte. Ich schämte mich, als mir beim Geruch des gebratenen Fleisches das Wasser im Mund zusammenlief.

Dann war da noch der kleine Kurier, keine vierzehn Jahre alt, wie Miroslav, ich hab ihn selbst gesehen, Anuschka: winselnd, zitternd, sich anpissend, die Hände zum Himmel erhoben, als ihm der Nijemac befahl, sich auf den Boden zu legen. Der Kleine fragte nur: »Auf den Rücken? Auf den Bauch?« Schüsse als Antwort. Ich hörte auch von einem jungen Offizier, der, als sein Gefährte nach einem Kugelhagel das Leben ließ, und nicht, indem er es aushauchte, sondern indem er es mit seinem Blut auswarf, zuerst völlig außer sich zu brüllen begann und dann zu ihm hin kroch, ihn wie von Sinnen aufzurichten suchte, ihn küsste, beatmete und mit blutverschmiertem Mund anschrie und wieder küsste und umschlang und sich zuletzt den Ziehverschluss aufriss und dem Leichnam mit der ganzen Kraft seiner Lenden in die Bauchschusswunde drang, als erwecke ihn sein Samen zu neuem Leben.

Ich: *Ist es wahr, dass Dinka in Koprivnica Gitarre spielte, während die Kameraden zwölf Männer der Schwarzen Legion am Spieß grillten?*
Sie: *Wer hat dir denn so etwas erzählt?*
Ich: *Ich hab es in einem Internetforum gelesen.*
Sie: *Uch! Internet!*

Auf der Rückseite des großen Frauenaktes über der Vitrine stünde jetzt mein Name, *Mojoj Ani*, sagt sie beiläufig. Ich lasse nichts unversucht, der Rührung zu entgehen, sage nichts, betrachte sie von der Seite, betrachte ihr entblößtes Schlüsselbein. Bei der Kennmelodie der brasilianischen Telenovela hat sie sich dem Fernseher zugewandt, das Gespräch jäh abgebrochen, alles liegen und stehen gelassen, sogar die angerauchte Zigarette, die nun vor sich hin glost. Für eine Dreiviertelstunde verlässt Nada diese Welt, blickt konzentriert auf den Bildschirm, vornübergebeugt, um die Untertitel besser lesen zu können, bewegt dabei kaum merklich die Lippen.

Das eine Auge ist vor zwei Jahren erloschen – von einem Tag auf den anderen war sie daran erblindet, ohne sich auch nur ein einziges Mal über den Verlust des Augenlichts zu beklagen. Seither beunruhigt es mich, wenn sie mich *ihr Augenlicht* nennt – *Moje oko* –, wie es mich seit ihrer *schweren Operation*, die sie mir von Zeit zu Zeit immer noch als Bagatelle verkaufen will, mit Entsetzen erfüllt, wenn sie mich *ihr Herz* nennt – *Moje srce*.

Die Brille hat sie wieder verlegt, genau wie das Hörgerät. Ihr Keuchen macht mir Angst, ihr Ringen mit der Atemlosigkeit, ihre Auflehnung gegen den unsichtbaren Würger, der ihr den Hals zusammendrückt, ihr trotziges Luftholen. Ich blicke zum verstaubten Blasebalg am rußschwarzen Kaminsims, male mir aus, wie ich ihr das fingerdicke kupferne Mundstück zwischen die Lippen schiebe, um ihre eingefallenen Luftsäcke aufzublasen, um ihr Erleichterung zu verschaffen und mich zugleich an ihr zu rächen, weil sie mir ihr Leid antut. Mein Blick fällt wieder auf ihren alten Rippenkorb, der sich in schnellen, kurzen Stößen auf und ab bewegt. Was, wenn sie tot umfällt, hier und jetzt? *Hoilalila-hoilala!*

Den Krebs ausräuchern? Dassichnichtlache! Natürlich! Was glaubst du denn, warum ich keinen Krebs habe?

Schelmisch blitzen ihre Augen unter den schweren Lidern hervor, ungetrübt auch das blinde, dem man das Blindsein nicht ansieht. Nie hatten sie den Mehltaublick der Alten, überdauerten als lebhafte flaschengrüne Glasperlen in einem bleiernen Angesicht, ein unbeschädigtes Funkeln inmitten der Spuren unfassbarer Schönheit, inmitten eines Trümmerfelds aus Furchen und Fugen. Jetzt lacht aus ihr das Leben und lacht aus ihr der Tod. Manchmal wundere ich mich, wie man es zusammenbringt, in einem einzigen Leben so viel zu sein, so ein Ausbund von Gewalt und Kraft. Wird sie die Welt besser verlassen, als sie sie vorgefunden hatte?

Wie liebte ich sie dafür, dass sie ihren Verfall wenigstens vor den anderen so lange zu verbergen wusste, mit ihren Ölen und Gurkenmasken, mit ihrer kindlichen Grandezza, der Art, wie sie ihr Karamellhaar trug, das nach Rauch roch, nach Kartoffelteig, nach dem frischen Weißbrot, das mir verwehrt blieb, bis das alte aufgegessen war, und wie sie all ihren Liebreiz für die anderen aufgespart hat, auch das unergründliche, aufgesetzte Lächeln, das sie trug, wenn sie mit ihren kranken Beinen auf der *Riva* dahinstolzierte oder für eine kurze *Čakula na šentadi* stehen blieb, und wie schön sie war mit ihrem feinen Gewand und ihrem filigranen Schmuck, den Korallen- und Edelsteinketten, nie ohne Lippenstift und Augenschminke, wenn sie darauf rechnete, jemand *Wichtigem* über den Weg zu laufen.

Wie liebte ich sie auch für ihre selbsterfundenen Geschichten von *Rundov-Brundov*, halb Mensch, halb Hund, ein Komischer jedenfalls und übermütig bis zum Gehtnichtmehr, Geschichten auch vom *Doktor Finterfanter* und *Šlinšlon Lukatoš* und für ihre seltene Gabe, sich täuschend echt zu verstellen, uns Kinder zu verblüffen, von diesem und jenem abzulenken, uns so bei Laune zu halten, dass wir danach ganz matt und schlaflos waren vor lauter Furcht und Glück!

Wie liebte ich sie für die Ausgelassenheit, mit der sie sich auch in Anwesenheit der betretenen Mütter, Väter und Tetas – *Ko s dicon liže, popišan se diže!* – mit uns am Boden wälzte, sich verrenkte und hochschraubte und dabei paffte und äscherte und prustete oder auf allen vieren kroch und posierte, einmal als Reitpferd, einmal als sich aufwerfendes, tobendes Ungetüm, und dazu unmenschliche, gespenstische Laute, ein Brüllen, Miauen, Grölen.

Wie liebte ich sie dafür, wie sie mit Teta Franka sprach, ohne Vorwurf oder Lieblichkeit, geheimnisvoll, klug und lustig, bis Teta Franka auf der Suche nach ihrer verstorbenen Mame für immer verschwand, oder, wie andere sagen, an einem Bonbon erstickte, weil sie das Schlucken vergaß. Und wie liebte ich sie viele Jahre später für den Admiral, dafür, dass sie sich vom Leben nahm, was es ihr bot, für mein Ergötzen und Gesunden an dem, was man die Sünde nennen mochte und doch nicht lassen konnte, das Menschsein in all seinen aberwitzigen Figuren und Abschattungen; denn was am Leben ist wahrhaftiger als das, wofür man sich am meisten schämt? *Tu alles, wonach dir ist, mein Kind. Denn man bereut nicht, was man getan hat, sondern was man nicht getan hat im Leben.* Ich rechne ihr den Admiral hoch an.

Ich sage Nada nicht, dass ich sie jetzt schon vermisse. Stattdessen wieder:

Papilova, dein Cigaretšpic, reine Geldverschwendung.
Dann würden sie es nicht herstellen.
Was glaubst du, was die alles herstellen, was völlig wirkungslos ist.
Uch!

Der Fernseher bleibt an, bleibt so laut, dass wir einander anbrüllen müssen. Donna Anna: *Die Liebe kann man nicht abstreifen wie einen Ehering, Felipe!* Felipe: *Ich weiß!* (Er wirft sich Donna Anna an die Brust, hält sie mit verkrampften Fingern an den fülligen Oberarmen, tritt rasch zwei Schritte zurück, lässt seine Arme fallen, sieht Donna Anna mit gläsernen Augen an, tritt aus dem Bild. Türknallen. Donna Anna schließt die Augen. Zoom: Halbnahe zu Close-up, Geigencrescendo.)

Alles schläft, nur noch wir beide hier.

Sie: *Das Hörgerät wirst du mir morgen suchen.* Ich kann es nicht ausstehen, wenn sie etwas verlangt, ohne zu bitten, aber ich erwidere nichts, um ihr keinen Anlass zu geben, mich der Engherzigkeit zu bezichtigen, die sie doch wieder nur meiner anderen Seite zuschriebe, der anderen Abkunft und Prägung. Sie hustet, keucht, ringt trotzig nach Luft, dreht ihre Zigarette schlampig in den marokkanischen Aschenbecher, drückt den Zigarettenstumpf mit dem roten Stempel ihres Munds fester hinein, zündet sich eine neue an.

Und dass du hustest, liegt wohl auch nicht an den Zigaretten?
Nein, irgendetwas steckt mir im Hals. Sie greift sich nach der Kehle.
Morgen bringe ich dich zum Arzt.
U ime oca i sina i duha svetoga! Du und deine Ärzte. Was hilft mir ein Arzt?
Ich will es nicht mehr hören. Ich bringe nachts kaum ein Auge zu, weil du so hustest.
Uch! Du kannst nicht schlafen. Ich bitte dich!
Ich mache mir Sorgen.
Immer machst du dir irgendwelche Sorgen. Schau mich an: Ich habe vor nichts Angst.

Vorletztes Jahr unternahm Nada zum letzten Mal einen Ausflug nach Split, mit dem Siebenuhrkatamaran, auf eigene Faust. Bei ihrer Rückkehr mit dem Abendkatamaran hatte sie sechs Pfirsiche, vier Makrelen, drei Stangen Ronhill Super Lights und eine Stange Walter Wolf in ihrer *Karijola*.

Dann ging ihr die Kraft verloren – und mit ihr der Mut, für den ich sie immer bewundert habe. Bis dahin war sie hier am äußersten Dorfrand in der Vorsaison wochenlang die einzige Menschenseele, völlig abgeschieden, weil sie es sich auch nach Beppes Tod nicht nehmen ließ, das Inselleben auszukosten, da zu sein, wo ihr das Atmen leichter war als anderswo, lange bevor die Nachbarn die Fensterläden ihrer *Vikendicas* und Apartmenthäuser aufklappten und die ersten Feriengäste ihre Spaziergänge auf der *Aleja* unternahmen. Meist blieb sie bis zu Allerheiligen, als es die Oliven zu ernten und die Zitronen und Granatäpfel in Kisten zu schichten galt und die umliegenden Häuser längst wieder winterfest gemacht worden waren. Das wenige, was sie zum Leben brauchte – ein paar Fischkonserven, Krašneapolitaner, Zigaretten, die Tageszeitung, die neuesten Gerüchte aus dem Dorf – brachte ihr der steinalte Duje, dem sie es im Gegenzug gestattete, all das bei ihr zu verwahren, was er vor seiner blutjungen, um Ansehen und Gesundheit besorgten Ehefrau zu verbergen hatte: die *Travarica* und den Pflaumenschnaps im Getränkefach des *Frižider*, die Walter-Wolf-Zigaretten vom Schwarzmarkt in der mittleren Lade der Kommode gegenüber dem Spiegel.

All die Jahre war Nada überzeugt, das Anwesen gegen Diebe bewachen zu müssen. Sie hielt sich dazu durchaus in der Lage – schwerhörig, halbblind, hinkend, aber mit dem Schneid einer Megäre. *Alleine* sei sie gewesen, das ja, *aber niemals einsam*, sagte sie einmal – *Ja se nikad nisam osjećala usamljena* –, während ich mir ausmalte, wie sie mutterseelenallein im Halbdunkel auf der Veranda saß und las – *Du machst dir auch noch das eine Auge kaputt* (doch was, wenn sie bald stürbe und das gesunde Auge ganz umsonst geschont hätte?) – oder halbblind umhertappte, dann und wann über ihre nur noch schlampig gezupften Teppichfransen stolpernd – *Das Licht tut mir in den Augen weh.* Oder wie sie sich an den stillen Herbstabenden, da die Verwandten und Fremden längst abgereist waren und die eisigen Böen der Bora die Dörfler in die Häuser drängten, in das holzvertäfelte Wohnzimmer zurückzog und der Kunstledercouch immer neue Brandschrunden zufügte.

Nach drei Stunden im überfüllten Wartezimmer der Ambulanz und einer kurzen Untersuchung schlurft Nada gutgelaunt aus dem Untersuchungsraum. Ich springe vom Sessel auf:

Was hat der Arzt gesagt?
Nichts!
Nichts?
Mir fehlt nichts!

Ich stelle den Arzt zur Rede. *Was wollen Sie denn? Ihre Großmutter raucht wie ein Schlot*, erwidert er gelassen. Triumphierend und keuchend erhebt sie sich vom Sessel, *Ichhabeesdirgleichgesagt!*, bleibt kleiner als ich. Ich bin ihr nie über den Kopf gewachsen: Bis vor kurzem war sie trotz ihres Schrumpfens größer. Seitdem sie es nicht mehr ist, mache ich mich jedes Mal, wenn ich neben ihr stehe, kleiner, damit sie es nicht bemerkt. Ich will, dass ihre Welt in Ordnung bleibt.

Das Hörgerät: unauffindbar. Immer wieder fragt sie danach. Ein paar zusammengebundene Oleanderzweige liegen auf dem Tisch.

Ich zünde mir eine Zigarette an, wieder Asche, wieder das Schweigen, wieder die Zwiesprache im Geheimen, mein Wundern über dieses Wort: *Zwie*sprache! *Erzähl, erzähl!* Die Erinnerung so lückenhaft, dass ich sie mit allen Einzelheiten einrichten will, derer sich Nada noch zu entsinnen vermag – und *entsinnen*, welch ein Wort! *Erzähl doch, erzähl!* Zeitlebens nur auf taube Ohren gestoßen mit den sachte angedeuteten Begebenheiten, mit dem Unerhörten, das nicht mitzuteilen war, allenfalls bezähmt, als Abenteuergeschichte oder witzige Anekdote und deshalb lieber still verwahrt und insgeheim, *Čiri-biri-bella, Mare moja.* Wenn doch einmal etwas aus ihr herausplatzte, ging der Blick der Kinder schnell ins Leere, weil sie die Geschichten nicht anrührten, sie vielmehr langweilten, oder sie rissen die Münder auf und machten Handbewegungen, die einen Speistrahl andeuteten, und dann *Erzähl uns lieber von Rundov-Brundov oder Šlinšlon Lukatoš!* Einmal nur ein Aufhorchen, als sie von den armen Maultieren sprach, die man, damit sie dem Feind nicht in die Hände fielen, beim Verlassen der Insel erschoss.

Jetzt die Neugier, die Horcher spitz auf alles, aus Angst vor dem unwiderruflichen Verlust der Geschichten, die man immer so zum Abwinken, so Schnee von gestern, so zum Lachen und Übertönen fand, vielleicht weil sie ohnehin stillschweigend in allem wirkten, um Nada herumschwirrten wie Spukschatten, die man nicht benannt haben wollte, um sie nicht noch wirklicher zu machen, nicht ahnend, dass das Unbenannte das Wirklichste ist.

Jetzt alles schnell hervorholen, Nada zuhören, die Stimme des Gewissens ersticken mit der ihren, als gönnte man der Alten kein Geheimnis, als könnte man nicht zulassen, dass irgendwas für immer im Dunkel bleibt, als ginge es nicht an, dass Nada die Geschichten mit ins Grab nimmt, *gottbehüte!*, als gälte es plötzlich zu bewahren, was nun, durch die drohende Endgültigkeit, an Gültigkeit gewinnt.

Ich darf sie nicht strapazieren. Manchmal winkt sie einfach ab, bewegt den Kopf, als erschöpfe sie das Denken, wird ärgerlich. Dann reißt sie sich zusammen, weil ihr die Idee, man halte sie für altersschwach, unerträglich ist – *Vi mislite, da sam ja inšempjana, da sam otišla u kvasinu.* Und dann: *Das Hörgerät wirst du mir morgen suchen.* Aus der Ferne liebt es sich leichter.

Und dann?, frage ich.
Sie: *Was dann?*
Ich: *Na, der Krieg.*

Nona je svašta prošla! So vieles hab ich gesehen, Kind! Eines Nachts weckten uns Schreie. Eine Partisanin, die ihre Schwangerschaft vor der Einheit verheimlicht hatte, lag in den Wehen, während nebenan ein jugendlicher Soldat vor sich hinstarb, bei lebendigem Leib verwesend. Die Gangrän brannte sich in sein Gewebe, es stank, die

Wunde warf Blasen, gärte. Er schrie, bis der Komandant die Nerven verlor und ihn abknallte. Ich weiß nicht mehr, was mit der Partisanin geschah. Man wird sie zurückgelassen haben, wie Jelena, tot oder lebendig.

Da! Nimm noch eine Zigarette. Sie hält mir die Packung hin.
Danke.
Schon wieder danke!
Hast du jemanden getötet, Nada?
Was weiß ich! Man sieht ja nicht, ob einer zu Boden geht, wenn man schießt.

Kein Tag verging, ohne Opfer zu sein, keiner verging, ohne sich schuldig zu machen, so oder so, schuldig vor jenem Gott, den einem die Eigenen ausredeten und den man doch insgeheim anrief in den Schützengräben und auf den Karsthöhen. Immer wieder wurden verwundete Kameraden zum Schweigen gebracht, weil einer den Anblick nicht ertrug oder damit sie die anderen nicht durch ihr Brüllen verrieten. Man hetzte uns wie Tiere! Wir wurden in Gruppen zersprengt. Unsere Nerven lagen blank, dass wir vor dem eigenen Schatten erschraken, das Brackwasser so schlammig, dass man es durch ein Windeltuch seihen musste, wollte man davon trinken. Wir haben den Schnee von den Hausdächern geschmolzen, es waren Strohdächer, er schmeckte bitter, vom Ruß der Feuerstellen oder von was weiß ich. Ganz bitter. (Sie zieht ein Gesicht.)

Die Zeit wurde uns lang: sieben Tage ohne Nahrung, singen, um Hunger, Schmerz und Angst zu vergessen, niemand weit und breit, dessen Ausrüstung und Klei-

dung man erbeuten konnte. Der Körper heizt auf vierzig Grad, die Beine erfrieren, so hoch stand der Schnee damals, so hoch! (Sie deutet auf ihr Knie.) *Und schneeblind wurde man, bis da kein Unten und kein Oben war, kein Vor und kein Zurück. Du machst dir die Augen kaputt. Minus zwanzig Grad, die sich in die Unterhaut fraßen und in die Augen, wie man sich durch die Winterhölle schleppte, im Typhusfieber, in den Schneestürmen, im Delirium, die Donnergeschütze zuerst nur am Trommelfell, später als ständiges Dröhnen im Kopf, ein Sturmlaufen gegen die Schärfe des Frosts, gegen das Aufgeben der schneeverwehten Schanzgräben, gegen das Zurücklassen der verendenden Zugtiere. So viel Schnee habe ich in den zwanzig Jahren meines Lebens nicht gesehen, und damals eigentlich auch nicht, mit diesen beschlagenen Augen, in die nur noch der Feuerschein der brennenden Dörfer drang – eher gespürt und geschmeckt und gerochen habe ich ihn und dann nicht einmal mehr das, nicht einmal mehr Hunger, und irgendwann nicht einmal mehr die Kälte, die sich plötzlich wie eine Erwärmung anfühlte, ein Farbensehen mit geschlossenen Augen, und während des endlosen Marsches die eine Hand in den Schweif des Maultiers gekrampft, Čuš tovare!, die andere immer wieder abwechselnd auf die Puška und in die Manteltasche, als sei es einem gegönnt, gleich einen Mundvorrat daraus hervorzuziehen. Natürlich blieb sie leer.*

Irgendwo ein Bauernhof. Dort die Stiefel eingetauscht für ein Stück Brot. Im Fieberwahn. Im Hungerwahn. Für das Amulett der Mame bot die Bäuerin einen ganzen Laib, bleckte ihre Goldzähne, als ich widerstand, hob zu einem Kichern an, hielt selbst den Mehl-

brei zurück, den sie angerührt hatte. Nur über meine Leiche das Amulett der Mame! Lieber die Ohrringe für einen Kolben Mais. Roh haben wir ihn gekaut, der Hunger ließ es nicht zu, abzuwarten, dass ihn die Bäuerin kochte. Ich nahm die Körner zwischen die Zähne, presste die Kiefer mit den Händen aufeinander, um sie zerkauen zu können (sie greift sich mit einer Hand auf den Scheitel, mit der anderen unter das Kinn, drückt die Kieferknochen aneinander). *Der Aufbruch nur in Wollsocken, die Füße und Unterschenkel schon nach Stunden voller Beulen, Quaddeln, Nadelstiche, und tags darauf, in den viel zu großen Stiefeln, die ich dem toten Nijemac ausgezogen hatte, längst schon taub.*

Die Wochen vergingen. Die Haare fielen mir aus. Ausgerechnet da ist er mir zum ersten Mal begegnet, 1944 in Drniš, in diesem Feldlazarett. Als ich wieder auf den Beinen war, half ich dort als Pflegerin, immer noch zu geschwächt, um weiterzukämpfen. Wir hatten alle Hände voll zu tun mit den Verwundeten, Verstümmelten, den Ausgezehrten, den Halbtoten. Wir schälten sie aus ihren hartgefrorenen Soldatenmänteln und aus den vollgeschissenen Hosen, schütteten Alkohol in Blutlöcher und dottrige Eiterwunden, auf Abszesse und Frostbeulen, drückten äthergetränkte Putzlappen auf die Gesichter, während die Doktoren schwarz gewordene und zerfetzte Glieder mit Fuchsschwänzen und Hacken amputierten. Sterbende riefen nach ihren Müttern, vor Schmerz Verrückte kicherten, kreischten, erbrachen sich, jaulten wie räudige Hunde, manche rieben an ihren Schwänzen, andere warfen die Arme wie zum Himmel hoch, warfen mit Nachttöpfen voller Exkremente und Blut, stießen die Operationstabletts mit den

Skalpellen und Wundhaken von den Beistelltischen, rissen sich Infusionsschläuche und Penicillinspritzen aus den Armbeugen und die Verbände von den Wunden, kratzten und bissen sich blutig, weil sie an Läusen litten, an der Krätze, an Flechten, murmelten Bittgebete und Flüche, die unter dem Zeltdach in jenem schamlosen Chor der Winselnden und Brüllenden aufgingen, dass mancher Schwester die Milch in die Brüste schoss, während sie, den fauligen Geruch von Geschwüren und Formaldehyd, Karbol und Äther in der Nase, die Wunden und Ärsche der Bettlägerigen säuberte und das Fieber maß und die steifen Zapfen der wahnsinnig Gewordenen wegdachte, die man zuweilen an den Betten und Pfosten festgurten musste, um weiteres Blutvergießen zu verhindern, um nicht selbst Gefahr zu laufen.

Da sah ich ihn. Er saß auf einer der dreckigen Wolldecken, hielt mir mit verschmitztem Blick die blutende Hand entgegen, sagte nichts, zuckte nicht mit der Wimper, als ich Phenol in die klaffende Wunde goss, fragte nur nach meinem Namen, scherzte, als ich ihn schiente und bandagierte, die Gaze langsamer abrollend als sonst, mehr Gaze als nötig, viel mehr, obwohl es daran zu sparen galt. Als ich zwischen Hunderten von Sterbeurkunden nach einem Formblatt kramte, um seine Verletzungen zu dokumentieren, sagte ich »Ti si moj«, sagte es mehr zu mir selbst, dachte es vielleicht nur – O partigiano, portami via –, »Du gehörst mir!«, doch als ich wiederkam, war er schon auf und davon. So war er, immer schon. Es gibt Menschen, die einem nie gehören, selbst wenn sie da sind, spürst du noch ein Sehnen.

Nada lacht verlegen, schüttelt den Kopf, greift sich an die Stirn.

Ich hab ihn nicht vergessen, obwohl es immer öfter galt, die Doktoren zu bestärken, aufzurichten, damit sie nicht durchdrehten, wenn sie stundenlang mit ihren blutbespritzten Kutten, mit ihren Aderlassschnäppern und Stethoskopen und Amputationssägen, mit ihren unnützen Kugelschreibern und Fieberthermometern und Spritzen in den Brusttaschen zwischen den Metallbetten umhergestiegen waren und sich keinen Rat mehr wussten, und nur noch alberne Abzählreime vor sich her sagten, »Kugel-Kugel-rot«, weil in jeder Ecke einer starb, einnässte, sich anschiss, blutete, »Ene-mene-muh«, und das Sterben nicht aufzuhalten war und in jeder Ecke einer flennte oder schrie, ein jeder unheilbar auf seine Art. Die Doktoren, unter ihnen Studenten und Veterinäre, zischten Flüche und Segenssprüche, wenn das Quecksilber zu hoch schoss oder unbeweglich blieb und wenn sie wieder einem die Lider hochzogen und sie dieser dämliche Todesblick traf.

Aber die Stoßseufzer besiegelten nur die Ohnmacht gegen den Tod, vor dem auch an den Latrinen kein Entkommen war, wo schon andere Flüchtige hockten und sich in den Gestank hüllten und ihre Hirne auswrangen, bevor sie den Unrettbaren wieder beim Sterben zuschauen mussten; und nur kurz die Zerstreuung, wenn einem die Pflegerin gefolgt war, dass man ihr rasch den Kittel hochriss und sie so nervös anstieß, dass ihre Jauchzer die Schmerzensschreie der Elenden für Momente übertönten und den Latrinengestank vergessen machten und man sich wohl einbilden konnte, im Frauenschoß sei ein Entrinnen.

Wieder lacht Nada.

Ich solle mir unbedingt den Film ansehen *Bitka na neretvi*, denn genau so sei es gewesen. Als Kind habe ich beobachtet, dass sie fast unmerklich mit dem Kopf nickte, wenn sie sich solche Filme ansah.

Und dann?

Sie schweigt.

Ich kenne die Fortsetzung ohnehin: Der Tod spielte ein Versteckspiel, lachte sich ins Fäustchen, lachte laut, als Vesela ins vom Maestral gebürstete Gras biss, schwieg erst, als sie den Atem beugte – ein Tropfen Blut auf nacktem Stein für die, die er nicht anging. Ausgerechnet Vesela!

Bei einer Versammlung hat man Nada die Nachricht zugeflüstert. Und sie? *Nur die Lippen zum Strich gepresst und die Zähne zusammengebissen und nicht mit der Wimper gezuckt,* denn bestimmt sei alles ein Irrtum. Tausend Tode war sie schon gestorben, um die geliebte Schwester – einen weiteren täte ihr Gott gewiss nicht an, nicht nach dem Schwur bei ihrem letzten Abschied. Hoch und heilig hatten sie es sich versprochen: Bald würden sie einander wieder in die Arme schließen, *bald!*, sich nach diesem verfluchten Krieg nie wieder aus den Augen verlieren, dann alles nachholen, auch das Tanzengehen. Immerzu die Hoffnung, dass sie schon bald vor ihr stünde in ihrer viel zu weiten Pumphose, in ihren viel zu schweren Stiefeln, die Hoffnung, die man mit aller Kraft zur sturen Gewissheit dreht, auch wenn einem schon die Knie zittern und der Atem kurz wird und das Herz zu zerspringen droht. Das Mitsterben dann, Stück für Stück: Man hält sich Arme und Hände vor den Kopf, als gingen tausend Schläge auf ihn nieder. Man weiß, dass es aufhören wird, dass jeder Schmerzmoment ein Ende hat. Es kann ja schnell vorbei sein. Ein Schreien, halb wie im Spiel, dann wie um sein Leben. Die Zeit scheint stillzustehen. Alles scheint stillzustehen, so wie ein Kreisel am Punkt seiner schnellsten Drehung stillzustehen scheint. Seither die Angst um alles, was ihr lieb ist, seither die Furcht vor jedem Telefonläuten, jedem Telegramm, jedem plötzlichen Geräusch – seither der Mut, um den ich sie immer beneidet habe.

Wie viel Verzweiflung braucht der Mut?

Was war mit Beppe?, frage ich.

Wir hatten uns verrechnet; aus den ungeborgenen Zeiten wurden Fürchterjahre. Aber alles geht vorüber, und dann das Glücksgefühl beim Duft der verhassten Polenta, bei jedem Schluck vom schweren Wein. Seltsam, wenn einen der Blick eines der jungen Männer traf, die zu viel gesehen hatten, in drei Jahren so viel, dass es für zwei Leben gereicht hätte, über Nacht gealterte Burschen, deren Leidenschaft von einem Moment auf den anderen in Nötigung umschlagen konnte. Aber es gab auch die Liebe, kurz und zaghaft. Für eine lange Liebe war es noch zu früh.

Ein Jahr später traf ich ihn wieder, in Split, mitten auf der Riva. Es roch noch nach Krieg. Meine Beine taten weh. Er trug einen Gipsverband am linken Schenkel, Gott weiß, warum, humpelte neben seiner Mame die Mole entlang. Er hätte in diesen Minuten durchaus in das kleine Hafencafé gehen oder kurz auf einem der Poller rasten können, dann wäre er mir ebenso wenig begegnet, wie wenn ich dem Drängen der Mame nachgegeben hätte, auf einen weiteren Kaffee zu bleiben. Das Schicksal muss es gewollt haben, denn er ruhte sich nicht aus und wich auch nicht aus jener wie mit dem Lineal gezogenen Luftlinie, in der ich ihm entgegenkam, und dennoch wäre es fast um die Begegnung geschehen, hätte er mich beinahe nicht erkannt, aber vielleicht spielte es keine Rolle, weil er bei den jungen Frauen auch ohne Grund gern stehen blieb, wie er es auch damals tat, reglos und die wenigen Schritte abwartend, die ich brauchte, um ebenfalls stehen zu bleiben, um endlich zu begreifen. Und dann der Moment des Anschauens und Verstehens und nur kurz jener Augenblick, da man sich fast dazu entschließt, nach einem kurzen Gruß weiterzugehen, denn was für ein Zufall, an den man nicht mehr glauben mochte, und welche Freude, die man sich nach dem Gelittenen nicht versagen wollte. Wie auch immer – Kako je da je.

Wo bin ich stehengeblieben, fragt sie, wenn ihre Erzählungen ins Stocken geraten. *Du bist niemals stehengeblieben*, will ich entgegnen, aber ich frage nur:

Was war in Bleiburg?
Wir wussten es nicht.
Nichts?
Es war Krieg – Bio je rat.

Dann kam der Sommer, in dem sie nicht mehr kam. *In meinem Alter bleibt man besser in der Nähe eines Krankenhauses*, sagte sie am Telefon, und ich legte wütend auf und warf das Telefon gegen die Wand und heulte laut auf, weil ich begriff, dass unser Flecken Erde unbeseelt bliebe, dieser Flecken Erde, dem sie wie durch einen über ihre leibliche Dimension hinausgewucherten Kreislauf, ein eingewurzeltes, sich in Mauern und Erdstaub drängendes Adergeflecht, eingefleischt war. Der endgültige Auszug aus ihrem Weltenteil erschien mir wie ein unfertiges Sterben. Ich war trostlos. Und erleichtert. Zum ersten Mal die Aussicht auf einen Sommer ohne Todesangst und Krieg.

In diesem Sommer spielte das Wetter verrückt. Nach zahllosen Tropentagen kühlte es ab, verstummten die Zikaden, regnete es in Strömen, plätscherte und gurgelte es in den Dachrinnen und Abflüssen und Zisternen – ein launenhaftes Konzert der Schlag- und Rieselinstrumente, ein Tröpfeln, Murmeln, dann ein Brausen, Stürzen und Drängen wie tosender Applaus. Die Erde duftete, atmete, brachte ihre winzigen Geschöpfe ans Licht, ein Festmahl für Echsen und Amseln, Wildtauben und Spatzen, die es mit hingebungsvollen, die Klangkulisse des Prasselregens zart durchbebenden Gesängen dankten, spitzen Pfiffen, einem Rufen und Gurren, immer, wie man so sagt, *con spirito*.

Der erhitzte Boden dampfte, dass sich dichte Nebel über den Landstrich legten, und in der feuchten, warmen Luft lag ein Keimen, ein ungezügeltes Austreiben, Knospen und Erblühen, ein Zusichkommen, gerade so, als habe die Schöpfung nach einem Fieberwahn das Bewusstsein für ihre Bestimmung wiedererlangt.

Nur für die Blumen in den Trögen auf der Veranda und auf den Terrassen kamen Regen und Abkühlung zu spät. Sie waren verdorrt, die *armen*, deren Empfindsamkeit gegen Sonne und Hitze Nadas Beharrlichkeit und Trotz erst recht heraufbeschworen hatte – und *usahnuti*: ein so trostloses Wort für das Sterben, dass man nicht anders konnte, als sich gegen alle Lebensgesetze aufzulehnen, und ginge es auch nur um ein paar schwächliche Pflänzchen, die man sich ihrer Schönheit wegen in den Kopf gesetzt hatte, und koste es auch das von Mund und Balg abgesparte Wasser.

Nicht einmal das Haus ist von Bestand. Die Ameisen und Termiten höhlen die Stehbalken der Laube und den Handlauf des schmiedeeisernen Geländers weiter aus, bringen in unaufhörlichen Arbeitskolonnen Holzmehl daraus hervor, häufen es in einer Ecke der Veranda zu kleinen Hügeln auf.

Im Schein meiner Zigarettenglut leuchte ich die toten Winkel der Erinnerung aus, sehe ich Nada den verwitterten Handlauf streichen, auch die Stehbalken und Fensterläden, Farbspritzer auf der Hausmauer, Farbspritzer auf dem weißen Marmorboden, Schweißperlen auf ihrer Stirn. Immer sehe ich sie bei der Arbeit, im Widerstand gegen den Zahn der Zeit und den Wildwuchs der Gräser. Und doch: Wie sich das Meer in den stürmischen Wintern die Strände holt, holt sich der Zerfall wie über Nacht alles Hab und Gut. Der Garten flicht sein Halm- und Blätterwerk um ihre Mühen. Das verdorrende Lustgefilde, die vor Hitze sich ringelnden Zungen. *Da barem kiša padne! – Wenn es doch nur regnete!* Irgendwer hat sie erhört.

Wie muss ihr zumute gewesen sein! Sie brauchte dem Garten nur den Rücken zu kehren, nur für einen Tag unaufmerksam sein, dann fuhr er seine Sporne aus und hielt alles zurück, wofür sie sich geschunden hatte. Schon wuchs ein Kräutlein, wo gestern erst gerupft worden war, schon schlang sich Efeu um den Mandelbaum, schon waren die Aschereste von der Feuerstelle über den Boden verstreut, wo sie eben noch gekehrt hatte.

Sie reißt und zupft mit bloßen Händen, mit den Fingern, den bis aufs Blut geschundenen, die Ranken und Kräuter, einsam stöhnend unter Gelsenstichen und Distelstichen, die Zigarette im Mundwinkel, Stoßgebete wie Flüche zischend, sich den Schweiß schon frühmorgens mit dem erdigen Handrücken von der Stirne wischend – Erde unter den Fingernägeln, Speile in den Sohlen der Schlappen, und alles Widrige in den henkellosen Plastikeimer, den sie, wenn sie sich unbeobachtet fühlt, in den Nachbargarten entleert.

Und wer weiß, vielleicht schlichen sich die Manen längst auch an sie heran, belauerten sie rücklings, hauchten ihr leise über die Frisur, wenn sie sich bückte und jätete und paffte und die Asche zu Boden fiel, *Zu Staub sollst auch du werden*, vielleicht in jenen Momenten, da ihr die Luft knapp wurde und sie missmutig zu uns herübersah, weil wir nicht behilflich waren, obwohl ihr alles über den Kopf wuchs.

Die Mutter, die Teta und ich waren nicht in der Lage, Nadas zähes Ringen gegen Austrocknung und Wildwuchs, diese Auflehnung gegen Gottes Plan fortzuführen. All die Jahre hatten wir ihr vorgehalten, sich in Haus und Hof zu viel anzutun, auch um unsere Bequemlichkeit zu tarnen, die vielleicht mehr ein Sträuben war, weil alles in Nadas Sinn zu geschehen hatte, weil sie alles an sich riss, während sie immer vorgab, alles nur für uns zu tun, nur für uns zu schuften und zu leiden, für die Kinder. Hat sie mich je gefragt? O, Hochherzigkeit und Güte: den letzten Bissen Gesternbrot, das Mutterblut, den Schmerz, alles für uns, als wäre ihr Schmerz nicht immer auch der unsrige gewesen. Du hast nicht für mich gelitten, Nada, sondern gegen mich! Nicht mir zuliebe, sondern mir zuleide.

Nun machte sich eine Trägheit breit, wie um einander zu beweisen, dass wir gegen Nada recht behielten. Wir vernachlässigten die kümmerlichen Blütengewächse, ließen den Lavendel verstrauchen, rechtfertigten das Liegenlassen des Laubs damit, dass der Garten ohnehin einer Humusschicht bedürfe. Als der Regen nach Tagen endlich nachließ, sägten wir stümperhaft an den tief über dem Gartenweg hängenden Olivenzweigen, die uns Jahr für Jahr die Gesichter zerkratzt und die Frisuren zerzaust hatten – und welche Liebkosung, das Kratzen.

Nach Wochen der Lethargie erfasste Mutter und Teta eine seltsame Betriebsamkeit. Sie übertrafen sich darin, diesen und jenen Unrat, an dem Nada bis zuletzt stur festgehalten hatte, zu entsorgen, taten wie Kinder, die sich in Abwesenheit einer unduldsamen Aufseherin heimlich einen Spaß daraus machten, alles auf den Kopf zu stellen. Niemand schlurfte ihnen jetzt mehr nach, niemand schlug die Hände über dem Kopf zusammen. Sie hatten endlich freie Hand. Mit großem Eifer stopften sie die mit Mehl, Zucker, Linsen, Gewürzen und Marmeladen befüllten, teigverklebten Gurkengläser und Hunderte leere Joghurtbecher in schwarze Plastiksäcke, dazu Pfannen und Töpfe in allen Größen, Fischkonserven aus den Neunzigerjahren und schließlich auch das kaputte Gemüsefach des endlich ausrangierten *Obodin-*

deluxe-Frižiders und den Standventilator, der den Geist aufgegeben hatte. Aber niemand brachte es übers Herz, auch nur einen der Gartenzwerge fortzuschaffen, die wir Kinder, froh über Nadas Genügsamkeit und doch nicht ohne altklug über ihren Hang zum Kitsch zu höhnen, für sie besorgt hatten; wie hätten wir ihn ihr auch ausschlagen sollen, den Mädchentraum, für den sie sich genierte und auf dem sie doch trotzig bestand?

Es waren unergiebige Tage. Die Feigen waren zu ernten, wir ließen sie verdorren, das Unkraut war zu jäten, es nahm überhand. Nada fehlte und fehlte, fehlte in allen Zimmern und Winkeln, in jedem Zwischenraum, in jeder Pflanze, jedem Stein dieses verwildernden Gartens, sogar in den Schmetterlingsflügeln und Käferlarven, in den Spiralen der leeren Schneckenhäuser, die mir einst Fundstücke waren. *Eines Tages, wenn ich nicht mehr bin, wirst du sehen, wie gut du es hattest.*

Manchmal sehe ich sie wortlos an mir vorübergehen. Sie blickt durch mich hindurch. Ich traue mich nicht, sie anzusprechen. Ich reibe mir die Augen, und sie ist immer noch da. Ich lasse mir kaltes Wasser übers Gesicht laufen, aber das Bild kehrt immer wieder. Den Augen ist ja nicht zu trauen. Dann wieder ist mir, als hörte ich sie: das Zischen des Reisigbesens, das Plätschern des Gartenschlauchs, das Plätschern auch, wenn sie nachts mit offener Türe auf dem Abort saß und man sich sorgen musste, ob sie ihr Gleichgewicht finden würde, wenn sie sich erhob und schlaftrunken zurück in ihr Bett schlurfte, die knackenden Kakerlakenpanzer unter ihren Paputschen, an denen noch das Menschenblut der erschlagenen Stechmücken klebte; am späten Vormittag das Geschirrpoltern, das Zischen des *Fajerzeigs* und der Zündköpfe, das Knacksen des Weidenrutengeflechts ihres alten Korbsessels, der *Katriga*, morgens, mittags, abends das Knistern der Pillenschieber und Tablettenblister, *Popila sam Apaurin!*, das Zischen der Bügelmaschine, das Zischen des Nitroglyzerinsprays, ihr Husten und Keuchen, das Kratzen an den Brandwunden des Tischtuchs. Ich lausche angespannt, mit flachem Atem, und nehme doch wieder nichts wahr als jene gespenstische Stille, die sich wie ein Essigtuch um meinen Kopf schlingt und mich schnell betäubt.

Zuweilen kommt Nada auch anders heran, als Zigarettenrauch, der mir in die Nase tritt und die Augen tränen lässt. Er steigt hinter weißen Leintüchern auf, sie zittern an den zwischen den Olivenbäumen gespannten Schnüren, schneeweiße Segel, leise bewegt vom Maestral.

Ich suche Nada in allem, will sie aufspüren, stiere, schnüffle, horche, irre durch die Räume, als trieben wir ein finsteres Versteckspiel. Ich finde ihren uralten Reisigbesen, kehre jede Ecke, jeden Winkel des Hauses, finde Spuren ihrer Asche in den Spinnweben, die sie nicht mehr gesehen hat, striegle die Teppichfransen, die Mutter als Kind einst in einem Anfall irrer Verzweiflung mit der Schere abzuschneiden versucht hat, um sie nie mehr geradezupfen zu müssen.

Unter der Kommode gegenüber dem Spiegel entdecke ich eine Mausefalle, darin ein kleiner grauer Pelz, der sich beim Näherkommen als verschimmelter Rückstand einer Lockspeise entpuppt, die Nada, auf einem Auge blind, auf dem anderen schwachsichtig, vor Jahren unter den Schnappbügel gespannt haben musste. Ein Stück Speck vielleicht. Ich öffne die Schubfächer, finde Feilen, eingerostete Zangen und Scheren, finde Nadeln und Garne, eingetrocknete Schuhpasten, immer so sparsam verwendet, dass sie eines Tages unbrauchbar geworden waren, Lippenstifte in allen Feuerfarben, abgebrochenen Kajal, vertrocknete Mascara.

Ich ziehe an den Knäufen der Laden, atme begierig den Duft von Werkzeug, Öl und Medizin, finde einen Stapel Papier – derselbe, von dem ich als Kind immer wieder klammheimlich ein Blatt entnommen habe, um schreiben zu können, ohne Nada ein Ergebnis zu schulden –, finde die uralte Gazebinde, mit der ich mir einst die wachsende Brust einschnürte, finde eine halbe Stange Ronhill Super Lights, finde Nadas Buchkalender, *1989*, auf den ersten beiden Seiten Telefonnummern und Adressen in Schönschrift, ganz oben die ärztliche Ambulanz, alle anderen Seiten leer, finde ihr Notizbuch mit den Sprichwörtern und Leitsätzen, die sie irgendwo aufgelesen und dann immer wieder vor sich hin gesagt hat, um Eindruck zu schinden, um sich das Leben begreiflich zu machen: *Der Kluge lernt aus seinen Fehlern, der Weise lernt aus den Fehlern der anderen.*

Jeden Augenblick rechne ich damit, dass sie hinter mir erscheint wie aus dem Nichts, mich belauert, mir das Notizbuch aus der Hand nimmt, die Laden der Kommode zustößt, sich erkundigt, was ich da zu schaffen hätte, so wie sie es immer tat, auf Schritt und Tritt. Aus der obersten Lade hole ich die Elixiere und Zauber- und Allheilmittel hervor, die sie in ihrem blindgläubigen Zutrauen in pharmakologische Fabrikate über die Jahre angehäuft hat. Das Heil kam aus dem Vaterland: Auf jeder der deutsch beschrifteten Medikamentenpackungen, die ihr die Mutter aus Österreich mitgebracht hat, steht in Nadas schöner, krakeliger Handschrift, wozu die Arznei taugt – *Protiv bolova* – *Gegen Schmerzen*, *Za srce* – *Fürs Herz*, *Za spavati* – *Zum Schlafen* oder *Protiv straha* – *Gegen die Angst.* Und wenn auch gegen jedes Weh und jede Scheißangst und gegen alles außer gegen das Sterben – *Protiv umiranja* – ein Kraut gewachsen war, blieben ihr die Heilversprechen auf den Beipackzetteln in der Mördersprache doch unverständlich.

Ich finde mehrere Tablettenblister Apaurin, muss daran denken, wie ich einst die Tabletten aus Nadas weißer Straußenledertasche gestohlen habe, auch die Zigaretten – Hanin zuliebe.

Die Bora hat das Laub von den Bäumen gerissen und über den Gartenweg verstreut. Es blieb dort liegen. Tagelang. Den Karton mit der Aufschrift *Zimmer frei*, von Nada noch im letzten Jahr an der hinteren Gartentür angebracht, war von Regen und Wind aufgeweicht worden. Niemand machte sich die Mühe, die Reste des Klebebandes zu entfernen, mit dem sie die Pappe notdürftig fixiert hatte, die ungeliebten Fremden anzulocken. Ich kehre den Weg zur *Aleja*, ziehe jedes Blatt aus den wackelig gewordenen Kopfsteinen. Ins Zikadenschreien mischt sich manchmal das Piepen ihres elektronischen Blutdruckmessgeräts. Weit sind wir nicht gekommen, Nada, auf der Suche nach den kleinen Fluchten: bis in den Garten – immerhin!

Auf dem Potpourri von Blättern, Steinen und Gräsern entdecke ich Granatapfelkerne und Oliven, vereinzelt auch Schrauben, Kippen, Plastikfilter – *Imam cigaretšpic!* –, manches Mundstück noch rot und fett vom Lippenstift. *Wirst du um mich weinen, traurig sein, mein Kind?*

Die Gartenzwerge sind verblasst, *verletzt*, wie Nada immer sagte, ein jeder von der Bora schon vielmals zu Fall gebracht und von Nada wieder aufgerichtet, selbst der, dem beim Sturz der Schädel abgetrennt worden war. Sie hat ihm den abgeschlagenen, gesprungenen Hohlkopf einfach auf die Schultern gesetzt. Die kleinen Urenkel haben sich bei seinem Anblick anfangs noch erschreckt. Dann haben sie sich an ihn gewöhnt, wie einem alles zur Gewohnheit wird. Im Gartenzwerg mit dem zerbrochenen Kopf ist ein Bewegungsmelder eingebaut. Im ersten Jahr pfiff er noch, wenn man sich dem Haus näherte, pfiff mit demoliertem Schädel (niemand hat daran gedacht, die leeren Batterien auszutauschen).

Das Scheußliche, an dem sie hing und immer noch hängt und ewig hängen wird – tot oder lebendig –, ist mein schwerstes Erbe. Jetzt hängt sich mein eigenes Herz daran, verschließt sich dem Neuen. Schon schleppen sie neuen Plunder an, die Kinder, die Mutter, die Teta, Praktisches, wie es heißt: ein Luftfeuchtigkeitsmessgerät mit integriertem Thermometer, Kunststoffstühle und einen Servierwagen aus weißem Plastik – *Tanti piccoli fa un grande.* Die Gegenstände bedrängen mich, der Flitter und Tand, die Gewalt, mit der die neuen Herrscherinnen emporkommen, Schößlinge, die von den Resten des morschen Mutterholzes zehren. Sie rücken meinem Zufluchtsort zu Leibe, löschen mir wie feierliche Kerzenaustöterinnen die Gerüche, die Klänge, den Nachgeschmack. Ich kann nichts tun gegen das

Zerstörungswerk, das ihnen als Verbesserung gilt. Die Worte sagen alles: Sie sagen nichts. Ich bleibe still. Sie sind an der Reihe, nicht ich.

In manchen Nächten erscheint mir Nada im Traum, legt ihre Fallen aus, streut Ameisengift auf die Veranda. Asche am Kelim, in den Teppichfransen, in den Nasenlöchern, auf meiner Zunge.

An einem dieser Nachmittage ruft sie an. *Geht es dir gut?* Was sonst! Gleich erkundigt sie sich, ob wir den Garten gießen, ob Gäste da sind, ob alles beim Alten ist und also alles gut. Gleich fragt sie nach den Teppichfransen. Ich zucke zusammen. Sie fragt nicht. Vielleicht weil sie sich nicht mehr darauf verlässt, dass ich die Wahrheit vom Unerfreulichen säubern würde, um sie zu schonen. Vielleicht weil sie vergisst, mich darum anzugehen. Vielleicht weil sie darauf scheißt. Sie erkundigt sich, ob ich auf dem Flohmarkt gewesen sei. Ich frage erst gar nicht, welchen Flohmarkt sie meint und wann er gewesen sein soll. Ich lege ihr sorgsam jeden Satz auf, damit sie sich an nichts stößt, nirgendwo aneckt, ihres Irrtums nicht gewahr wird, nicht merkt, dass ich ihr über den Kopf gewachsen bin. *Alle Ecken im Haus haben wir mit Tüchern verkleidet, damit du dich nicht stößt.*

Sie habe sich das Haar gefärbt, sagt sie, genieße den Sommertag auf der Terrasse, gehe jeden Tag einmal um ihr Zagreber Haus – *Oko mog svijeta, Um meine Welt*, wie sie sagt. Und sie werde *vom Himmel aus, sa neba*, stolz auf mich sein, wenn ich eines Tages neunzig Jahre alt sein werde. Als Kind, lange bevor ich mich mit Gott aufs Kreuz gelegt hatte, wollte sie mich glauben machen, dass es dort oben nichts gebe als Wolken und Luft. Vom Flugzeug aus habe sie sich mit eigenen Augen vergewissert: keine Engel, kein Gott, nichts. Vielleicht, so dachte ich damals, war ihr Himmel nur nicht schön genug, um Gott zu halten.

Wenn die Kälte kommt, fährt sie ihr in die Knochen, und wenn die Tage kürzer werden, kommt die Angst. Sie werde sich vielleicht doch das jüdische Altersheim ansehen, das die Teta empfohlen hat. *Altersheim*, denke ich. Ich muss schlucken. Ich kann nicht schlucken.

Ich erzähle Nada nicht, dass Mutter und Teta Öl und Teebeutel nur einmal verwenden, dass sie einen Geschirrspüler herbeigeschafft haben, dass sie das Brot von gestern wegwerfen und den Enkelkindern, den nie hungrig gewesenen, sogar die zurückgewiesene Rinde vom frischen Brot wegschneiden. Ich erzähle ihr nicht, dass man das elektrische Licht anlässt, auch wenn man für Stunden ins Dorf geht: *Festtagsbeleuchtung!*

Da barem kiša padne! Nada, es hat geregnet, wie aus Kübeln geregnet! Ausgerechnet jetzt! Ich trete auf die Veranda hinaus, werfe wilde Flüche gegen den Südwind. *Warum erst jetzt?* Das Schweigen löst sich auf. Irgendetwas macht mich vergeben, Gott und ihr. Eine ausgezehrte Katze kreuzt auf, erschrickt und duckt sich, als sie mich erblickt, kommt dann doch heran, schmiegt sich schnurrend an mein Bein und ich weine wie ein Kind.

Warst du mir je so lieb und nah, wie du es jetzt bist, da du fehlst?

Geh zum Meer, sagte sie, vielleicht als Vorwand, das Telefongespräch zu beenden, *Idi na more*. Ganz ohne

Schwermut hat sie es gesagt, nicht wie eine, die ihr Meer nie wieder sehen, hören, atmen wird, sondern so, als folge sie bald nach, und wie seit jeher so fröhlich dahingesagt, dass es wie ein einziges Wort klang: *Idinamore*, weil doch die Annäherung ans Meer nur ein einziges geheiligtes Wort sein konnte, ein Aufruf, das Leben zu umarmen – *Idinamore*.

Ich folge ihr, wie ich ihr immer folgte: stürze los wie ein von der Kette gelassener Hund, wische mir die Tagesreste aus den Augen, richte sie ins Innerste, sehe uns beide am Strand, ein Herz und eine Seele, sehe uns lachen und streiten und gegeneinander antrotzen – zwei unbeugsame Gegenfiguren, ich ein bisschen beugsamer als sie. Ich sehe uns Rauch inhalieren, ihn wütend aushauchen, sehe sie mit mehlverklebten Fingern das neue Kind aus der Wiege heben, *mein* Kind, das blonde, das blauäugige, das Mörderzünglein, dessen Namen sie so mag, weil er nicht vaterländisch klingt: *Rahel*.

Hustenanfälle, Lachsalven, bebende Schultern. Der trockene Tang zittert im Wind, *Lažina* sagen die Alten. Es scheint, als bewegte sich der Strand unter dem Zucken abertausender kleiner Lebewesen. Kleine Krabben eilen zum Meer, als ich mich nähere. Wogen kommen angekrochen, spucken Salz und Schaum. Das Zittern, ich kann es hören, denke an die ungezählten Stunden, da ich neben ihr herging, sehe uns Hand in Hand, ein Wunderschauen, ein Nahen und Fliehen, und dann? *Schau auf deine Füße beim Gehen!* und dann? Nackte Kinderfüße auf heißem Sand: auf Zehenspitzen, balancierend. Und dann? Zerfällt ihre Hand zu Asche, weil ich sie zu fest drückte.

Ich sehe welke Frauen in schwarzen Stümpfen, die den

Enkeltöchtern nach dem Fels der *Baba Roga* deuten. Halbwüchsige Mädchen sind es, mit verschränkten Armen vor den splitternackten Knospen, frischrosa wie die Schnäuzchen neugeborener Katzen. Sie zählen die Tage, nicht ahnend, dass ihnen die Kupplerinnen und Spielverderberinnen die Tage der Blüte durchkreuzen werden, ob sie treu sein werden oder schön, denn alles Wünschen wird einmal Verzicht. Nachts scheuern die Alten befleckte Laken und flechten sich Dornen ins Haar und warnen die Jungfrauen, blutend ins Meer zu gehen, um nicht Gefahr zu laufen, den Samen des Meergotts zu empfangen.

Die Mädchen haschen nach Libellen, lassen Papierdrachen steigen, beladen Papierschiffchen, bis sie kentern, tauchen den Freund unter Wasser, bis er sich nicht mehr regt, ziehen ihn an den Strand, schmücken ihn mit Muscheln. Ich beuge mich über den ertrunkenen Knaben, sehe Hanins Gesicht.

Idinamore hat sie gesagt, und ich habe zum Abschied meine Lippen auf das Telefon gedrückt, sie auf die verschwitzte Stirn geküsst, den Geruch ihres Haars inhaliert, gefühlt wie damals, als sie nachts davongeschlichen war und ich so getan habe, als würde ich schlafen. Wieder ein Abschied wie für immer, denn bestimmt breitet der Todesengel seine Schwingen schon über ihr aus, doch sie feilscht noch um die Frist, weigert sich, so einfach mitzugehen.

Am Vorabend meiner Abreise gehe ich zum Friedhof, beobachte das Wechselspiel von Ebbe und Flut, den Himmel, der sich zu meinen Füßen spiegelt. Ab und zu durchbricht etwas die Oberfläche, schnappt nach Fressbarem oder Luft, taucht unter, noch ehe man erkannt hat, was es ist. *Tauchst du auch nur den kleinen Finger ins Meer, bist du mit allen Weltmeeren verbunden.* Da bin ich stehen geblieben – an Nadas Hand, in den Bammelträumen, die ihre Gültigkeit ans erste falbe Licht verloren und sich ins Gegenteil verkehrten, denn in den frühen Tagesstunden, da einem die Luft noch ergiebig war, galt nichts von all dem Schrecken und der Tag ging über einem auf wie ein Pfauenrad. *Wirst du traurig sein, mein Kind?*

Hier, auf dem Friedhof, hat man einander auf sonderbare Art. Ich knie vor Beppes Urnentafel, streiche über den kleinen, in die Marmorplatte gemeißelten Fünfzack, Nadas Fixstern, Stern eines Himmels, der nicht einmal zum Wettermachen taugt, wenn man sich Regen wünscht.

Ich lege einen Oleanderzweig auf Teta Frankas Gruft, wische Kiefernnadeln, verdorrte Wildblumen und die knisterharten Reste der Feuerlilien und Chrysanthemen von den rauen Grabplatten mit den kindsfaustgroßen Metallringen und den eingemeißelten Namen: *Pjero*, *Frane*, *Lucija*, *Lodina*, auch dem Namen der anderen Cousine, der mit den schönen Augen und dem Inzuchtbalg, auch die Namen der Halsabschneider und Engelmacherinnen und Teufelmacherinnen und längst auch die der schwarzen Witwen von einst, die sich in ihrer Trauer um die Toten zu übertrumpfen suchten, das Glück der anderen neidend und schnell den Finger auf die Lippen, sobald sich einer zur Heiterkeit verstieg, damit sie nicht in Verdacht gerieten, sich ein Entzücken zu gestatten oder einer Laune zu erliegen, auch wenn sie ihren Männern am liebsten ins Grab nachgespuckt hätten, weil die müd gewordenen Helden bald zu nichts anderem mehr gut waren, als am Zahltag ihre Portemonnaies zu zücken und die Kinder dann und wann vor ihnen in Schutz zu nehmen.

Als Kind fragte ich mich, ob es mir gelänge, eine der Platten zu heben – und welcher Anblick dann? Verwest da gerade ein Kind, die Augen glotzend aufgerissen? Manchmal legte ich ein Ohr auf, um das Flüstern der toten Kinder zu vernehmen, um mich zu fürchten, denn die Angst war ja mein eigenstes Gefühl, meine Zuflucht, mein Asyl. Vielleicht hat man die Münder der Kleinen mit Steinen und Erdstaub gestopft, damit sie nicht klagen konnten über all die *ausgerutschten* Hände, die doch nur ein Zeichen der Liebe waren, wie alles im Namen der Liebe geschah, und *Wer die Rute schont, verdirbt das Kind*. Ein Zeichen der Liebe auch der Judaskuss der Mütter, denn die traurigen Mütter sind das Maß aller Dinge – und traurig auch die, deren Kinder zu klein waren für ein steinernes Andenken, die Fehlgeborenen und Selbstentfernten, die man im Schutz der Dunkelheit unter Bäumen verscharrt oder in Plastiksäcke hineingeboren und ins Meer geworfen hat, schweren Herzens die Söhne, leichteren Herzens die Töchter. Und wehe den Müttern, wenn das Meer die Säcke an den Strand spuckte und die Kinder sie nicht öffnen durften, denn was, wenn Kätzchen darin wären? Auch diese Winzigkleinen borgten sich nachts die Stimmen der Streuner, und wenn die Katzen im Dunkel verschwanden, wurden ihre Schreie zu Kinderschreien.

Zuweilen ist mir, als mische sich Nadas Stimme ins Tosen der Brecher – *Schau die Toten nicht so lange an! Du prägst dir den Tod noch ein!* Und, wie damals, wenn wir vom Friedhof zurückschlenderten: *Was machst du denn für ein Gesicht?*

Das Land ist kein wiederfindbares Paradies. Es war vielleicht nie eins. Die Engelmacherin, die keinem Fisch je was zuleide tat, sitzt abends an der *Riva*, fertigt Spitzendeckchen, verkauft sie an die Fremden. Der Häkelnadel sieht man das Blut nicht mehr an – *Gebenedeit die Frucht deines Leibes*. Das Kinderferienlager ist ein Flüchtlingslager. Die Blumen auf den Gräbern krümmen sich in der Hitze und schlängeln sich fort. Das Schreien der Schwalbenbrut schneidet ins Plätschern der tröpfelnden Klimaanlagen, die wie Geschwüre an den Fassaden hängen.

Das Land kann nichts für die Satellitenschüsseln und bunt flatternden Wäschestücke auf den Balkonen, nichts für die immer größeren Menschentrauben vor den Kirchen, das Schlangestehen vor den Beichtstühlen, die leerstehenden oder besetzten Häuser der einstigen Brüder, die zu Feinden geworden waren – *Oče naš, otpusti nam duge naše!*, doch wer den Bruder verflucht, kommt nicht in den Himmel. Es kann nichts für die neuen Gesichter der Gestrandeten aus den Landesteilen, die zu Krisenherden und Kampfzonen geworden waren, nichts für die Schachbrett-Flagge, nichts für die ins Land geholten Kriegsverlierer von einst, die man jetzt in Amt und Würden hebt, nichts für die Beschädigung und Zerstörung der Mahn- und Denkmäler für den antifaschistischen Kampf und die ermordeten Opfer, nichts für die neuen Straßennamen, die ich nicht übersetzen will, wie ich noch nie etwas übersetzen wollte, weil Begriffe nur an ihren Orten gültig sind, wenn sie es überhaupt sind. Es kann nichts für die *Ulica domovinskog rata*, die nicht Nadas Krieg meint, sondern den Bruderkrieg, der hier keine Ruinen hinterlassen hat, sondern neue Häuser mit Dächern aus Welleternit.

Ich grüße die Menschen im Dorf nicht, und sie grüßen mich nicht, aber manchmal stelle ich mich zu den wildfremden, die mir ähnlich sehen. Unser Land ist ein brennender Zeppelin, der im Meer versinkt. Nur noch sein Schatten auf den Wasserspiegeln. Es gibt keine Ortszeit. Es gibt keine Echtzeit. Alles wird gut. Wenn es soweit ist, wird Nada hierher zurückkehren. Als letzte Asche, immerhin.

Bei meinem Besuch im jüdischen Altersheim in Zagreb fuhr ich sie im Rollstuhl in den Maximirpark, schob ihr eine Ronhill Super Light zwischen die schlaffen Lippen, Nikotin 0,4 mg, Katran 4 mg, schob sie ganz nah an den großen Teich heran, deutete auf die Enten, Reiher und Wasserschildkröten, die sich darin tummelten, *Schau doch, schau!*, war gerührt, als sie besorgt die Bremsen ihres Rollstuhls prüfte, schob sie noch näher zum Wasser hin, bis sie aufschrie und mich schalt. Hast du nicht gesagt, du fürchtest dich nicht vor dem Tod? Los, zeig, dass du leben willst!

Ich zähle die Abschiede. Bei unserem letzten dachte ich schon, die Antwort auf die Frage nach ihrem Befinden könnte mich beunruhigen. Ich werde nicht mehr danach fragen. Du hast dich nicht an die Regeln gehalten, Nada, du sagtest, du wolltest sterben. Es war schon zweimal wie für immer. Die Münze ist gefallen, aber nichts passiert.

Die Grenze ist gefallen, sagte ich.
Nada sah mich gespannt an.
Ja, jetzt sind wir vereint. Irgendwie alles ein großes Land. Ein großes Wir: Europa. Was sagst du dazu?
Ja, die Grenze, murmelte sie und nickte.

Im Maximirpark reichte ich Nada eine Packung Neapolitaner. Sie zerbröselte sie zwischen den Fingern. Ein Spatzenschwarm ließ sich neben uns nieder, verschwand Sekunden später als Wolke in einem der Haselbüsche. *Die Bäume hier sind alt*, sagte ich. *Man sieht es ihnen an*, sagte sie. Ich küsste ihre Fingerspitzen. Sie rochen nach Rauch. Ihre Finger waren noch voller Ringe, man wird sie damit begraben oder das Brecheisen muss her. Als wir ein fernes Donnergrollen vernahmen, hob sie zu singen an – *Grmi sijeva, oluja se sprema, a ciganke varošanke još iz sela nema.* Ich fand ein leeres Schneckenhaus, legte es ihr auf den Schoß – und sie: *Pužu, mužu, vadi roge van, da ti kuću ne prodam staroj babi za duhan.*

Mit keinem Wort habe ich erwähnt, dass ich kurz zuvor in ihrem Zagreber Haus war, in das sie nicht mehr zurückkehren wird. Ich erzählte ihr nichts vom Kindheitsduft, der mich am Eingang empfing wie ein alter Freund, dem man nach langer Abwesenheit in die Arme fällt und den man nicht mehr loslassen will. Stillgestanden, Zeit! Den alten Bösendorferflügel hat die Teta an die Wand gerückt, ein Fuß ganz schief, die Vorhänge aus schwerem altrosa Samt zur Reinigung gebracht. An der Wand im Flur immer noch der riesige ungerahmte Spiegel, in dem mein Abbild immer höher wuchs. Auf dem Flügel noch die Bilder: gerahmte Fotos in mehreren Reihen – von den Kindern, den kleinen Cousins, dem Bruder und mir, den Urenkeln, Rahel, Ivo, Ana, den Schwiegereltern im Flüchtlingslager von El Shat.

Ich wollte mir eines der Bilder genauer ansehen, nahm den versilberten Stehrahmen vom Bösendorfer, bemerkte, dass etwas aus dem Rahmen und zu Boden gefallen war: ein Schwarzweißporträt des Admirals, das sie hinter meinem Kindheitsfoto versteckt hatte, vielleicht um es sich in den Andachtsstunden heimlich anzusehen oder nur um zu wissen, dass er da war, unter all den anderen Geliebten, inmitten der kleinen und größeren Skulpturen, angefertigt von befreundeten Bildhauern, inmitten der Porzellanvasen mit den Spinnwebrissen und inmitten der kristallenen Aschenbecher. *O partigiano, portami via!*

In der Vitrine immer noch Bücher, Auszeichnungen, Abzeichen, dazwischen die tönernen Figuren, die ich ihr als Kind schenkte und die sie ebenso liebte wie ihre Tapferkeitsorden. Man wird sie wegwerfen, sie taugen nicht für den Flohmarkt.

Ich setzte mich an den alten Bösendorfer, unter dem jetzt Kisten und Kartons stehen – *Spiel doch, spiel!* –, griff den Anfangsakkord der tausendmal gespielten Pathétique, schaffte nicht einmal den ersten Takt. *Denk nur, all das viele Geld für den Klavierunterricht!*

Ich bin immer noch der Kindskopf, der zu hoch geschossen ist, bis zum Rand des Spiegels – und jetzt: die Vitrine nicht mehr in Augenhöhe, sondern brusthoch, ganz am Atem. In den Laden der altdeutschen Anrichte Tafelsilber, Serviettenhalter, ein uraltes Osterei. Im Badezimmer vertrocknete Hotelseifen, die ihr Teta Svetlana einst von ihren Kuraufenthalten in Abano und Montegrotto mitgebracht hatte, zwischendurch ein altes Krašbonbon, eine Wimperntusche mit österreichischem *Konsum*-Preisschild.

Eine kleine Marienfigur steht jetzt neben der krautkopfgroßen Büste des Marschalls. Ob ich die Büste nicht mitnehmen wolle, hat sie gefragt, als ich sie zuletzt in ihrem Haus besuchte und wir eingehüllt in schwere Rauchschwaden im schlecht beheizten Salon bei einem Glas Likör zusammensaßen – *Mir ist nicht kalt. Nie!* Nicht seit jenem bosnischen Winter. *Ich lebe in Kärnten,* gab ich zur Antwort. Sie schien sofort zu begreifen, schaute drein, als würde sie kurz überlegen, wie wir es trotzdem anstellen könnten, klein und hinfällig und doch aufrecht und trotzig mit ihrem unaufhörlichen Mädchenblick. *Uch!,* rief sie dann, als gehörte uns die Welt, und hob dabei die Schultern. *Wohin soll ich sie stellen?,* fragte ich kleinlaut. Am nächsten Tag vergaß ich sie doch.

Ich werde Nada nicht sagen, dass ich mich, wenn es soweit ist, jenes Sommertages entsinnen werde, an dem sie sich nicht zum ersten und nicht zum letzten Mal zum Sterben hinlegte und meine Angst zu lindern suchte, indem sie mich beschwor, nicht zu trauern. Nein, sie fürchte den Tod nicht, denn solange sie lebe, sei er noch nicht da, und wenn er komme, sei sie nicht mehr da. Nur nicht trauern. Denn sie habe ein erfülltes, ein reiches Leben gehabt, und der Tod sei doch zum Lachen. Ich halte für sie den Atem an, erzähle ihr nichts von den reifen Feigen und Zitronen, aus Angst, es könnte sie rühren, ihre Sehnsucht schüren. Nichts davon, dass man den alten Mandelbaum abgeholzt hat.

Die Bougainvillea, die ich ihr von der Insel mitgebracht habe, hab ich in die Mülltonne des Altenheims geworfen.

Niemand winkt, niemand folgt dem sich immer schneller entfernenden Wagen, niemand reicht mir noch schnell den Plastiksack mit der Wegzehrung, keine Tränen, nichts von all dem, was mir vorzeiten die Kehle zudrückte – *Wirst du traurig sein, mein Kind?* Sollte ich?

Sretan put!, steht auf dem Schild an der Inselortsausfahrt, *Glückliche Reise*. Hinter dem Fährschiff sprudelt und schäumt das Meer, zum Horizont hin Lichtreflexe, Katzensilber. Am *Pazar* von Split kaufe ich ein paar Pfirsiche für die Weiterfahrt, komme an einem Verkaufsstand mit bestickten Zierpölstern vorbei. *Call your mother – she worries* steht auf einem. Schnell hole ich mein Mobiltelefon aus der Reisetasche, wähle Nadas Nummer, will nur hören, dass sie lebt, verdrängen, dass es zuletzt auch schlechte Tage gab, solche, da selbst sie, die *Junakinja*, ans Aufgeben dachte. Doch ihr Lebensfunke ist eine mit jedem Atem- und Zigarettenzug angefachte Höllenglut. *Hoilalila-hoilala, umro miko hoilala* – ich sehe mich schon in einem irren Drehtanz durchs Aufbahrungszimmer taumeln, besinnungslos. Entschärfe die Ecken und Kanten im Haus, damit ich mich nicht daran stoße, wie ich mich an deiner Liebe gestoßen habe!

Ich will dich nicht so sehen, die blutlosen Ohren, die schwere Zunge, das Haar, das dir keiner mehr blondiert, sodass du jedes Mal erschrickst, wenn ich dich im Rollstuhl am Spiegel des langen Flurs im Altersheim vorbeischiebe. Nichts wird dich diesmal retten, Nada, kein Schützengraben, kein Versteck. Auch nicht die Mutter. *Bald kommt sie, hab ich zu dir gesagt* – immer noch und in Ewigkeit: *bald*. Ich habe Angst um dich. Stirb, dann hab ich's endlich hinter mir! Huste dein Leben aus, spuck es aus! Du hast nichts versäumt. Außer vielleicht Rom. Mein Gott, Rom! Ich schlage den Besen kurz und klein, falle auf die Knie, krieche auf allen vieren, beiße die Teppichfransen ab, spucke sie dir vor die Füße, zertrete die Blumenrabatte, schmeiße das kartoffelteigverklebte Nudelholz gegen den alten Spiegel, dass er in tausend Splitter birst, rolle den Kelim zu einer Zigarre, zünde das dicke Ende an. Die Flammen fressen sich in sein Gewebe, bis er zu Asche zerfällt. *Hoilalila-hoilala!*

Nada hebt ab. Ich rufe *Ich bin's, ich, ich!*, rufe immer lauter. Passanten sehen mich an, schütteln die Köpfe. Alle hören mich, nur Nada nicht. Dann, beim zweiten Versuch, meldet sich eine junge Frauenstimme: *Die Person, die sie angerufen haben, kann Ihren Anruf derzeit nicht entgegennehmen. Bitte versuchen Sie es erneut, oder rufen Sie später noch einmal an.* Später? Für uns gibt es kein Später!

Vor kurzem hat sie mit dem Rauchen aufgehört. Von einem Tag auf den anderen, als habe sie es einfach vergessen. Und, wer weiß, vielleicht vergisst sie noch das Sterben und begnügt sich auf immer mit ihrem irdischen Zwischenreich. Sie ist geschrumpft, als wollte sie sich auf diese Weise aus der Welt tilgen, als wollte sie uns nicht einmal einen sterblichen Überrest lassen, als hieße es, sich aufzulösen in einem schieren Nichts – vielleicht von der Größe eines Aschewurms, der sich im Stoß der Bora zuerst über die Veranda trollt und dann in alle Himmelsrichtungen zerstäubt, lachend, natürlich, was sonst.

Die Mülltonnen am Hafen von Split quillen über. Das langgezogene Pfeifen der Güterzüge dringt vom Bahnhof her, dazu das Quietschen der Karrenräder und Kräne, die Flüche der Hafenarbeiter und Schiffsburschen. Ein ständiges Kommen und Gehen. Fähren landen und legen ab. Weit draußen liegen riesige Übersee- und Kreuzfahrtschiffe vor Anker. Immer habe ich die beneidet, die sich einschifften, niemals die, die ankamen, denn wo ich ankomme, will ich fort. Delphine spielen im Hafenbecken. Am Bahnhof suche ich nach der richtigen Verbindung ins Vaterland, das schon dem Großvater nur Unterkommen war, ein weiteres potjemkinsches Dorf in unserem abgekarteten Heimkehrspiel. Eine Diesellok steht verlassen neben einem der grasumwucherten Bahnsteige. Ein Wort kommt mir in den Sinn, nur hier gültig: *Ferata. Zug.*

Ich besteige den Zug mit der Eile einer Fremden. Die Türen schließen mit lautem Zischen – Reisigbesenzischen, Bratpfannenzischen, das Zischen des *Fajerzeigs,* der Streichholzzündköpfchen, das Zischen der Bügelmaschine, das Zischen des Nitroglyzerinsprays, das Zugbremsenkreischen, Zugräderknirschen auf sandigen Schienen, Zähneknirschen, Funkensprühen, und Hanin, dem ich nicht geholfen habe, an jenem Nachmittag im Wald, nur so dabei gestanden, betreten, die stille Ausrede auf ein Spiel, weil doch nichts Schlimmes geschah, nichts als die Faust voll Hetschepetsch, die in der Hosentasche blieb, der Nesselbrand, der vorgetäuschte Ekel, nichts weiter als ein heimliches Begehren, für das man sich schämte und das man zu zerstreuen suchte, im Abzählen der Jahresringe der frisch gefällten Tanne, während man in Wirklichkeit nur das eine Wort zählte, das da fiel und wieder fiel: *Hosenschisser!*, dreimal, viermal, fünfmal *Hosenschisser!* Wie einem das Zählen in solchen Augenblicken glückt, wie man da zählen muss, um überhaupt zu denken, um nicht verrückt zu werden! Man zählt auch die Schläge und Tritte, auch die aufgenötigten Küsse, die Lidschläge, während man den heimlich Geliebten im Stich lässt, um das Spiel nicht zu verderben, um sich nicht zu verraten, nicht mitgemeint zu sein, wenn sie *Hosenschisser* grölen, *Hosenschisser!*, nur weil er mutiger ist als sie, die feige Rache, weil er als Letzter vom Gleis sprang, *Beim nächsten Mal musst du die Lok berühren!* und *Seht nur her – er hat sich nassgemacht!*, bis einem schwarz vor Augen ist, die Lust am Spiel vergangen, das Idiotenlächeln zur Fratze gefroren, weil man endlich weinen will, ihm endlich etwas zurufen will: *Eines Tages helf ich dir!* und *Eines Tages zeigen wir es denen!* und sich doch nur auf die Zunge beißt und auf und davon stürzt in die Kinderkammer, die Tür hinter sich zuschlägt, dem finsteren Spiel auch da nicht entkommen – *Kuckuck, Kuckuck ruft's aus dem Wald!* –, und man schlägt den Kopf gegen die Wand, wie das Filzhämmerchen auf die Klaviersaite schlägt, wie Nadas Schreibmaschinenhebel gegen ungeduldiges Papier, viermal, fünfmal, sechsmal – auch das gezählt und wieder gezählt, denn das Zählen kommt kurz vor dem Verrücktwerden, und wären es Buchstaben, das Wort hieße *Schuld*, nur durch ein Versprechen zu tilgen, wenn überhaupt: *Eines Tages helf ich dir!* Eines Tages die gestohlenen Zigaretten aus Nadas weißer Straußenledertasche, heimlich geraucht am Ufer des Sees, und ihm, Hanin, den Streifen Apaurin in die Faust gedrückt, gegen die Angst, die ihn zum Spielverderber macht, ihn am Leben hält.

Und wie wir uns zusammenfanden, an jenem Septembertag, zur vereinbarten Zeit, von Schwelle zu Schwelle und auf den Gleisen balancierten, die Ohren auf die Schienen legten, wir und die anderen, ging Hanin voran, weit voran, unbeirrt auch, als wir riefen, brüllten, schluchzten und wieder brüllten, um die Anstiftung zurückzunehmen, und all unsere Absichten um Worte kreisten, die wir nicht hatten, Worte, die ihn zur Umkehr drängen sollten und ihn doch nur weitertrieben, als seien wir an allem schuld, als täte er uns unsere Schuld absichtlich an.

Wie waren die Sinne leicht, bevor sie schwanden! Dreimal, viermal, fünfmal pfiff das Ungeheuer. Für einen Augenblick von Ewigkeit hielten wir den Atem an.